미당 서정주 전집

18

소설 · 희곡

* 이 도서의 국립중앙도서관 출판예정도서목록(CIP)은 서지정보유통지원시스템 홈페이지(http://seoji.nl.go.kr)
와 국가자료공동목록시스템(http://www.nl.go.kr/kolisnet)에서 이용하실 수 있습니다.
(CIP제어번호: CIP2017015040)

미당 서정주 전집

18

소설 · 희곡

석사 장이소의 산책
영원의 미소

은행나무

발간사

  미당 서정주 선생의 탄신 100주년을 맞이하여 선생의 모든 저작을 한곳에 모아 전집을 발간한다. 이는 선생께서 서쪽 나라로 떠나신 후 지난 15년 동안 내내 벼르던 일이기도 하다. 선생의 전집을 발간하여 그분의 지고한 문학세계를 온전히 보존함은 우리 시대의 의무이자 보람이며, 나아가 세상의 경사라 하겠다.

  미당 선생은 1915년 빼앗긴 나라의 백성으로 태어나셨다. 우울과 낙망의 시대를 방황과 반항으로 버티던 젊은 영혼은 운명적으로 시인이 되었다. 그리고 23살 때 쓴 「자화상」에서 "나를 키운 건 팔할이 바람이다"라고 외쳤고, 이어서 27살에 『화사집』이라는 첫 시집으로 문학적 상상력의 신대륙을 발견하여 한국문학의 역사를 바꾸었다. 그후 선생의 시적 언어는 독수리의 날개를 달고 전통의 고원을 높게 날기도 했고, 호랑이의 발톱을 달고 세상의 파란만장과 삶의 아이러니를 움켜쥐기도 했고, 용의 여의주를 쥐고 온갖 고통과 시련을 지극한 아름다움으로 바꾸어 놓기도 했다. 선생께서는 60여 년 동안 천 편에 가까운 시를 쓰셨는데, 그 속에 담겨 있는 아름다움과 지혜는 우리 겨레의 자랑거리요, 보물이 아닐 수 없다. 선생은 겨레의 말을 가장 잘 구사한 시인이요, 겨레의 고운 마음을 가장 잘 표현한 시인이다. 우리가 선생의 시를 읽는 것은 겨레의 말과 마음을 아주 깊고 예민한 곳에서 만나는 일이 되며, 겨레의 소중한 문화재를 보존하는 일이 된다.

미당 선생께서 남기신 글은 시 아닌 것이라도 눈여겨볼 만하다. 선생의 문재文才와 문체文體는 유별나서 어떤 종류의 글이라도 범상치 않다. 평론이나 논문에는 남다른 통찰이 번뜩이고 소설이나 옛이야기에는 미당 특유의 해학과 여유 그리고 사유가 펼쳐진다. 특히 '문학적 자서전'과 같은 산문은 문체를 통해 전달되는 기미와 의미와 재미가 풍성하여 미당 문체의 진미를 맛볼 수 있다. 미당 문학 가운데에서 물론 미당 시가 으뜸이지만, 다른 글들도 소중하게 대접받아야 할 충분한 까닭이 있다. 『미당 서정주 전집』은 있는 글을 다 모은 것이기도 하지만 모두 소중해서 다 모은 것이기도 하다.

미당 선생 생전에 『서정주문학전집』이 일지사에서, 『미당 시전집』이 민음사에서 간행된 바 있다. 벌써 몇십 년 전의 일이다. 오늘의 관점에서 보면 그 책들은 수록 작품의 양이나 정본의 측면에서 아쉬움이 많다. 지난 몇 년 동안, 본 간행위원회에서는 온전한 전집을 만들기 위해서 많은 수고를 아끼지 않았다. 서고의 먼지 속에서 보낸 시간도 시간이지만 여러 판본을 두고 갑론을박한 시간도 만만치 않았다. 특히 미당 시의 정본을 확정하고자 미당 선생의 시작 노트나 육성까지 찾아서 참고하고 원로 문인들의 도움도 구하는 등 번다와 머뭇거림을 마다하지 않았다. 참으로 조심스러운 궁구를 다하였으니, 앞으로 미당 시를 인용할 때 이 전집에 의존하는 경우가 점점 많아지기를 바랄 뿐이다.

한편으로, 미당 전집의 출간은 두려운 일이다. 그것은 미당 선생의 모든 작품을 제대로 보여 준다는 형식적 의미를 지니기 때문이다. 세상에 어떤 전집이 있어 미당 선생의 모든 작품을 제대로 보여줄 수 있을 것인가? 우리에게도 그것은 현실이 못되고 희망이겠지만 그래도 우리는 그 희망에 최대한 가까이 가고자 했다. 우리가 그 희망에 얼마만큼 근접했는지는 앞으로의 세월이 증명해 줄 것이다. 다만 지금으로서는 지극한 정성과 불안한 겸손이 우리의 몫일 따름이다.

마지막으로 감히 말하건대, 우리는 미당의 전집 간행을 긍지와 사명감으로 하고자 했다. 우리는 미당을 통해서 이 세상에는 아주 특별한 것이 아주 드물게 존재함을 알게 되었다. 그리고 그 특별하고 드문 것을 우리 손으로 정리해서 한곳에 안정시키는 일에 관여하는 기쁨을 누렸다. 우리의 기쁨이 보람이 있어 세상의 기쁨이 된다면 그 기쁨은 곱이 될 것이다. 아니 그보다 미당의 문학이 이 세상에서 제 몫의 대접을 받게 된다면 우리는 사필귀정事必歸正이라는 네 글자를 진리로 받들면서 더 큰 기쁨을 누릴 것이다.

미당 선생 탄생 100주년이 되는 해의 유월에
미당 서정주 전집 간행위원회

이남호, 이경철, 윤재웅, 전옥란, 최현식

미당 서정주 전집 18 소설·희곡
석사 장이소의 산책·영원의 미소

차례

일러두기

『미당 서정주 전집 18』 '소설·희곡'은 『석사 장이소의 산책』(삼중당, 1977)을 저본으로 하고 『영원의 미소/석사 장이소의 산책』(명문당, 1993), 『현대문학』(「석사 장이소의 산책」, 1973.1~1974.11), 『문학사상』(「영원의 미소」, 1974.4~6)을 참고하였다.

소설

석사 장이소의 산책

소개자의 말

문학석사 장이소張耳笑가 서운대학교徐雲大學校 대학원을 나온 것은 지금으로부터 꼭 열한 해 전인 1959년. 그 뒤 그는 1964년부터던가 모교에서 그가 전공한 중국 문학의 고전 시간강사 노릇을 한 5년쯤 꽤 꾸준히 해 왔지만, 한 달에 만 원쯤밖에 안 되는 월급과 신문, 잡지에 가끔 어쩌다가 문장을 파는 것만이 전 수입이었던 그의 생활은 홀몸의 노총각으로서도 점심은 60원짜리 짜장면도 자주 빼야 했다. 전임강사 자리는 10년을 더 기다려 본댔자 손쉽게는 차례가 올 것 같지도 않고, 영양과 열성은 날이 갈수록 서로 부닥쳐 공부한 보람도 없이 짜증만 늘고, 짜증 나면 밥보다도 조금 더 싼 서울 뒷골목의 특주 같은 걸로 창자와 신경을 달래 오다가, 그러니까 그게 바로 1969년 4월 중순이던가 개나리 진달래가 한창일 땐데 강의를 나갈래야 육체나 마음이 영 말을 듣지를 않아 그대로 그만 몸져누워 버렸다. 이상李箱이가 말한 그 '무병無病의 병'의 일종인 말하자면 이것도 결국은 몸살이지, 몸살.

그러고 한 달쯤 뒤에 '에이 치사한 놈의 것 다 집어치워 버려라!' 우리 장이소는 속으로 되게 한번 지껄이고 총장 앞에 사표를 써다 내고 말았는데, 그 뒤론 서울의 어디에서도 그의 자취를 찾아볼 길이 없어 어찌 아주 잘못돼 버린 거나 아닌가 했더니 최근 그의 가까운 선배인 ○○○교수에게 그동안의 그의 생활 수기 한 묶음이 우송되어 왔다.

아래에 실은 것이 바로 그것인데, 인제 읽어 보시면 알겠지만 그건 일기—그것도 날마다 쓴 게 아니라 쓸 생각이 나는 날만 끄적거려 놓아 온 듯한 일기를 주로 해서 가끔 가까운 사람들에게 보낸 얼마큼의 편지로 되어 있다.

제1장

보조 사공

1969년 6월 17일

으ㅎㅎㅎㅎㅎㅎㅎㅎㅎ ㅎㅎㅎ…… 으ㅎㅎㅎㅎㅎㅎㅎㅎ ㅎㅎㅎ!
으ㅎㅎㅎㅎㅎㅎㅎㅎㅎㅎㅎ! 으ㅎㅎㅎㅎㅎㅎ ㅎㅎㅎㅎㅎㅎ!
ㅎㅎㅎㅎㅎㅎㅎㅎㅎㅎㅎ…… ㅎㅎㅎㅎㅎ ㅎㅎㅎㅎㅎㅎㅎ……

장하다, 장이소야. 그래도 너는 마침내 너를 해방했구나! 지지리
도 못났던 놈. 그래도 지성인이랍시고 대학교순 좋아했지, 좋아했
어. 주인 오징어 뜯어 야몽야몽 먹는 거나 물끄러미 우러러보고 군
침 삼키고 있는 굶주린 개마냥 총장 학장 처장 교수님네 들 눈치나
살살 살피고 만 원 월급에서 덜어서 그래도 정성으로 가엾이 여겨
봐 달라고 달걀 꾸러미도 다 사서 꾸려 들고 드나들던 장이소야, 이
못생겼던 놈아. 잘했다, 정말 잘했어. 일류 명문 고등학교의 우등 졸
업생, 대학의 장학생, 대학원의 수석 석사 장이소야. 인제야 겨우 네
값어치가 되었구나. 잘했다.

그런데 내 재산은 얼마나 남았는가? 가만있거라, 세어 보자. 자,
일금 이십삼만 사천이백칠십 원. 시집간 누님 하나 빼놓고는 나밖에
없던 과부, 내 어머니가 마지막 세상을 뜨면서 남긴 그 꼭 백만 원짜
리 오막살이집 한 채에서 이거라도 안 남았더라면 내가 나를 이만큼
해방해서 한 사람의 보조 사공 노릇이라도 할 수 있었을까? 야, 그걸
곰곰 생각해 보니 나는 아직도 복인이로구나, 그래도 꽤는 복동이다.

돈이지. 두보도 무슨 시에서더라 썼지만 전당포에 무얼 잡혀서라

도 돈이라야 막걸리 한잔이라도 차지가 오고, 요만큼한 보조 사공 노릇도 되기는 되지.

지성知性아, 용하다. 내가 어려서 알아 두고 따분할 땐 생각하던 이 고욤다래 나루터의 민물과 바닷물이 정갈하게 합수치는 곳에 내 손발을 한번 실컷 적셔 보고 싶어 여기를 찾아올 때, 희연囍煙 열 곽과 여자 고무신 두 켤레와 아주 하치는 아닌 나일론 치마저고리 한 감을 곰곰이 헤아려 보고 사서 들고 오게도 하다니, 지성아, 너는 정말로 용한 것이구나.

내가 예상했던 대로 이 희연과 이 여자 고무신과 이 아주 하치는 아닌 나일론 치마저고릿감은 철썩 잘 들어맞았다.

그러고 지성아, 내가 서울에서 그 어렸을 때부터의 웃음을 작파하고라야 살 수 있던 때 맨숭맨숭 이발소에서 깎고 지내던 그 위아래 수염, 그것을 자라는 대로 한동안 내버려 두고 지내 오게 한 것도 네 덕일시 분명하구나. 이 적응하려는 지혜―이런 것도 폴 발레리가 『테스트 씨』에서 말해 보인 그런 딱한 것이라야 말이지 내 것이야 완전한 자기 해방의 길이니까.

"이곳 주인장 되십니까?"

이곳 고욤다래 나루터의 주인 사공을 찾아 만나서 내가 물으니 어디 하늘의 북쪽쯤의 한편이 으스스한 날 남몰래 흐렁흐렁 울다가 치켜든 눈구멍 같은 두 눈깔로 내 두 눈을 물끄러미 더듬어 보며, 서먹서먹 어물거리며

"그런디라우. 댁은 뉘시오?"

그 환갑쯤은 너끈히 됨 직한 해와 바닷바람에 험상궂게 타 금이 거칠게 난, 우리 같은 서생과는 보는 눈의 차원이 너무나 다를 그 얼굴 속의 두 눈으로도 내게 빙그레 호감 있는 눈웃음을 웃어 보인 건 그의 그것 조카뻘쯤은 되게 가물가물 자라나 우거진 내 위아래 수염을 내가 미리 짐작해서 기르고 온 덕일 테니까. 산에 갈 때는 등산화를 신고 가고, 진창에서는 고무장화라야 하고, 교수 앞에 강사는 강사라는 얼굴이라야 하듯이 이 미리 준비한 수염은 늙은 사공의 눈에 들려면 필요하다는 사실도 그야 역시 서글프기야 서글프지만 썩 좋게 되기론데 어때?

"저요. 저 이소라고 불른다능만이라우. 왜 저 산 밑 밭에서 쟁기질하는 사람들이 소를 몰 때, '이랴 이 소!' 하는 바로 그거라능마니라우."

대답해 주었더니 말은 없지만 그래도 피식 반갑다고 그 눈곱만큼 웃어 보여 준 것도 다 내 수염 덕이다.

그러고 또 한 가지는 때다. 국민학교 때 우리 선생님들은 늘 때를 잘 닦아 내라고 성화였지만, 그건 우리나라에선 도시에서나 맨숭맨숭 취직하기에 맞는 교육이지, 농촌이나 구석의 바닷가에 오면 코에도 닿지 않는 말씀이다. 첫째, 때가 자알 한번 끼어야지. 암 그렇고말고.

내가 서운대학교 문리과 대학 중국 문학과 고전 문학 강사 노릇을 그만 야싹해서 못 견디다가 드러누워 버린 뒤에 한 달 동안이나 날마닥 그리워하던 고향. 그 고향을 생각하다가 거기서 80리쯤 떨어진 곳에 있는 이 고욤다래 나루터를 생각해 들추어내고, 여기 와서 덩그라니 보조 사공이 하나 된 것은 수염도 수염이지만 역시 잘 생각해 보면 맨숭맨숭하던 저 이발이나 목간통의 목욕이나 그런 게 아니라, 그 뒤 작정하고 묻혀 온 그 때다. 때의 덕이다.

"한 개 하실라는 게라우?"

내가 백조 담뱃갑을 내 낡은 회색 광목의 작업복 바지 포켓에서 꺼내 들고 먼저 권하니

"나는 희연이지만 한 개 주게. 그런디 자네는 뭘 하러 어디로 댕기는 사람이여?"

이 늙은 사공이 안심하고 말씨까지 가족적으로 가까워져 온 것은 내 더부룩한 수염보단도 어쩌면 이 때 때문인 것만 같다. 자기 거나 자기 가족들 것하고 별다를 것도 없는 그 때 때문일 것이다.

"제 고향은 남도 함평인디라우. 다 망해서 떠돌아다니오."

그러고 나는 내가 대학 강사 시절에 책을 싸서 끼고 다니던 그 구중충한 포플린의 책보에 일찌감치 준비해서 싸 가지고 내려온 물건들 속에서 우선 희연 두 갑을 꺼내어 드렸더니 그 반가워하고도 미안해하는 모양이란!

나는 역시 잘 왔다. 거짓말을 또 해서 안되었지만, 하여간 마음이라면 내 고향에서 한 백 리쯤 되는 이 고욤다래 나루터를 찾아들기 참 잘했다.

그래 나는 마지못해 여기 하룻밤씩 묵게 되는 나그네를 위해서 따로 지어 논 이 나루터 집의 별채에서 얼마 동안이던가를 묵고 있는 동안 내 책보에 꾸려 가지고 왔던 것들을 예정대로 그 가족들에게

알맞게 노나 주고 이곳의 한 보조 사공이 될 수 있었다.

서울에서 많이는 배우고 또 써먹지 않을 수도 없었던 수작 여기 와서까지 되풀이한 건 서글픈 일이지만 석가모니도 거듭거듭 말했듯이 고향에 가까이 가자 해도 방편은 아직도 필요해. 방편은 이렇게 가짜고 서러운 것이니 몹쓸 일일까?

나는 그렇게는 생각지 않는다. 내가 꾸려 온 그 서글픈 희연이 늙은 사공의 입에 옛비슥이 물리인, 아직도 남은 옛날의 쌍놈용의 담뱃대에서 제법 뿔뿔이 노는 모양의 구름무늬의 연기를 천천히 연거푸 뿜어내는 것을 보며, 그만큼한 방편과 인연으로 내가 여기 보조 사공 노릇을 하게 된 것을 생각해 보는 것은 하나도 각박하지 않아서 역시 좋다. 이 늙은 사공의 늙은 아내의 발에 내가 들고 온 흰 고무신이 신겨져 그 얼굴에서 반가운 웃음을 보고, 또 시집갔다 무에 틀려 되돌아온 이 집의 막내딸이라는 젊은 여자의 몸뚱이와 발에도 내가 가져온 것들이 입히어지고 신기어지고 그 얼굴에 살짝한 것까지가 엿보여지고 하는 것을 보는 것 역시 서글픈 대로 즐겁다. 요만큼씩만 주고받으며 사람들이 서로 무슨 일들을 그 본인의 소원대로 되게 만들어 주는 그런 세상이 왔으면 오죽이나 좋을까.

"어디 딴 데 가 봐야 별수도 없겠고, 저도 장차 어디서 사공 노릇이나 하고 살아 볼까 싶은데 좀 가르쳐 주실라우? 밥값은 넉넉히는 없어 못 내지만 위선 제가 먹을 쌀값은 가졌으니까 내겠는디라우."

이 집 막내딸이 그 살짝한 낯굿을 내게 벌써 며칠째 연거푸 보이게 되었을 무렵, 아주 한가한 초저녁에 그 사공의 방을 찾아 나직이 소원하여 나는 그의 승낙을 얻은 것이다.

나무대비관세음. 나를 도우러 오시라고는 하지 않습니다만, 가끔 한가하시건 나한테로 놀러는 옵시오.

내가 맡은 운명을 나도 인제부터는 죽는 한이 있어도 어느 쪽으로 에누리하진 않고 어떻게든 능동으로 자가운전으로 밀고 나가 보겠다.

6월 29일 오전

보조 사공이 하는 일 가운데 월천越川이라는 게 있는데, 이건 꽤나 재미가 있다. 나루터에서 바닷물이 아주 홀쭉하게 물러나 버린 조금 때가 되면 나룻배는 물 깊이가 옅어 갈 수가 없으니까, 사타구니 언저리까지만 닿는 이 한조금 때의 물을 두곤 업히겠다는 사람들을 업어서 건네는 그 월천이라는 것밖에는 건너가길 원하는 사람들을 건네줄 길이 없이 되니 불가불 보조 사공인 내가 도맡아서 하게 되었는데, 해 보니 이건 모르는 사람은 영 모르겠지만 참 재미있는 일이다.

한 사람 업어서 건네주면 그 값은 10원. 그러니까 열 사람이면 100원, 하루 스물다섯 명이면 250원. 이것은 대학의 시간강사료보단도 더 적기는 적다만 내 등때기에 업혀서 건네가는 내 동포들의 남녀노소들의 체온이 뜨시하게만 느껴지는 건 그까짓 대학 강사료의 천 배 값은 될 거다.

오늘은 아침 마수로 하긴 그 10원도 없는 생선 장수 할망구도 건네주긴 했지.

영 너머 장에 가서 그 구럭 속의 생선들을 팔고 돌아가는 길에 월천값은 낼 테니 어떠냐, 업어 건네줄 테냐 어쩔 테냐, 깡패 비뚜릇이 나오는 것이 쉰다섯 살쯤은 됐을까. 아직도 그래도 여자 노릇도 하고 있는 성싶기는 싶은 여잔지 남잔지조차 분간하기 어려운 할망구의 강압이었다. 아메리카의 어떤 화가가 그들의 개척 시절의 사보텐의 황야 속에 홀로 세워 그려 놓았던 그 우악스런 아메리카의 늙은 여인, 그게 머리에 문득 떠올라서

"예, 그러셔라우."

하며 좀 더 자세히 뜯어보니, 이건 아메리카 화가의 그림 속의 그 대단한 늙은 여자쯤은 꼼짝없이 제자 자리라야 할 것으로 보였다.

이 늙은 여자는 생선 구럭을 등에 걸머져서 메고 있었으니까, 이 육중하게 무거운 여자만이 아니라 그 등의 생선 구럭까지를 이중으로 업었다는 느낌 때문에 나는 이 월천의 3층 건축적인 입체감으로만도 휘청거리는 발목을 지탱할 만한 재미와 의지는 있었던 건데, 여자는 무엇 때문일까, 이 나룻목 물속의 한가운데쯤 오자

"염려 말어, 염려 말어. 제미 ×할 것, 속곳 다 뒤져야 시방이사 단돈 10원 한 장 없이 간다마는 돌아올 때 봐라, 봐, 봐라, 보랑개. 10원이 없겠냐, 그래 10원이 없어? 남을 너무 무시해 보지 마라! 절대로 무시 말어!"

하지 않으시는가.

그 말은 내게 대학원 장학생 시절에 세상을 떠나시던 내 어머니가

"……나는 너한테 할 정성 다했다. 인제는 네 차례야."

하시던 말씀을 생생히 기억해 내게 해서

"염려 마셔라우."

했더니 저쪽 언덕에 내려드리자, 그분은 무에 좋은지 활짝 밝은 여름 한낮의 해가 뜬 듯 입이 귀에 닿도록 눈웃음 하고는

"옛소! 이거나 한 마리 갖다 구워 자시고 기다리고 있어!"

하고 그 등에 멘 생선 구럭에서 과히 크지는 않지만 싱싱한 숭어 한 마리를 하필이면 내 배꼽께를 향해서 되게 내던지는 것이다.

내가 이 세상에 나서 이렇게 받아 구워 먹어 보는 그 중치의 숭어 맛 좋더군. 나는 불교 쪽에도 쬐끔은 거사(居士)지만, 사람들이 이렇게 살기라면 던져 주는 숭어도 맛일 수도 있겠다.

저녁때 이 숭어 장수 할머니가 돌아오면 10원을 꼭 받아서 내 정신의 영원한 재산 목록 속에 넣겠다.

오후

이 고욤다래 나루터에 몇백 년이나 서 있었는가, 또 한 해 새싹이 인제 제법 무성히 자라, 그 찬란한 갈맷빛의 '모두 오라'는 손짓을 하고 있는 아무래도 몇백 년의 장년기이기는 한 듯한 이 느티나무. 이 느티나무 때문일까. 오늘 오후엔 나도 꽤는 신바람 나 있었다.

신혼부부인 듯한 한 쌍의 남녀가 왔다.

나룻배는 물이 옅어 못 뜨고 불가불 월천이어서 내가 불려 나갔다.

"어느 쪽을 먼저 건네라우?"

내가 물으니,

"그야 나를 먼저 업어 건네야지요."

아직도 내 나이보단도 몇 살은 훨씬 더 아래인 것 같은 놈이 요러초롬 말해서, 그 시비는 조금 있다 하기로 하고 나는 우선 그를 업어 건네 달라는 대로 업어 건네 저쪽 언덕에다 갖다 놓았다. 그는 내 등에 업혀 물을 건네가면서 내 등이라도 단 한 번이라도 어루만지든지 되게 치든지 그러기만 했어도 나는 그한테 가까워질 수 있을 텐데, 그는 그의 부모 때나 그 이전의 어느 때에서도 그걸 하기 게을러했을까, 나한테도 그걸 게을리해서 나도 그냥 무심히 저 언덕에 내려놓고 말았을 뿐이다.

그런데 나두 역시 나는 나다.

그 신부가 내 등에 업히더니 그건 신랑하고는 취지가 달라. 신랑 녀석은 무에 그리 내 등이 못마땅해서 그랬는지 금세라도 튕기쳐 날 화살처럼 그런 꼴로 있더니, 신부는 아니야, 내 업은 등살에 살짝 달라붙어서 내게 그 20년 전쯤의 어느 6월이던가, 살아서 내 가슴의 살에 제 살 대고 있던 내 누이 같았다.

"물, 참, 좋구만이라우……"

이것은 그네가 그의 남편이 이 나루터의 저편에 그네보단 한 걸음 먼저 건네가서 그네를 눈이 빠지게 기다리고만 있을 때 그네가 새로 느끼어 내게 들려준 말이다.

"……조, 좋구말구……"

나는 어느샌지 겨어 다 빼먹고 그녀의 무얼까, 오래빈가 애인인가 더 나은 것인가 그런 것이 돼 가고 있었다.

"좋다!"

고 나도 말로 6월이 해방된 신바람 속에서 말해 봤다. 그러고는 그 신바람이 아무래도 그냥 그대로는 아니어서 나는 내 등에 업은 여자가 남의 신부라는 것도 잠시 잊어버리고 그녀를 업고 물속을 오르내리고 있었던 듯하다. 그야 그거야, 일반의 아버지나 어머니가 그 막내 아들딸이나 손자 손녀를 등에 업고 희희낙락하는 그런 종류의 그런 시간보단이야 또 다른 것이겠지. 오르락내리락 나는 고의로 신랑이 있는 언덕에 그의 신부를 업어다가 놓는 것을 연기해서 그 사이의 고욤다래 강 속의 허리춤의 물에 그녀를 업고 그냥 오르락내리락 맴돌고만 있었다.

"……이놈! 이놈아. 빨리 오너라. 빨리 와!"

하는 소리가 언덕에서 들려는 왔지만, 나는 웬일인지 이 물속의 걸음마저 그 명령자의 마음대로 할 수는 없었다.

"어서 와! 어서 와! 어서 업고 와! 이놈아, 이 죽일 놈아, 찢어 놀 놈아!"

어쩌고저쩌고 너절하게 억만 년을 내 주위에서 지껄여 대고 있다 더래두……

그렇지만 그건 역시 그녀의 남편한테는 미안한 일이다. 하긴 요즘 우리 도시 사람들이 양춤바람이 들어서 남의 아내들하고도 곧잘 어우러져 춤도 추고 하는 데 비긴다면 그렇게쯤 못 비길 것도 없겠지만, 이런 촌구석에서 그런 풍속은 전혀 모르는 사람들에게 물속의 업은 춤을 추어 젊은 남편의 눈에서 불똥이 튀게 한 것은 미안한 일이다. 그리스의 신장神長 제우스가 보았대도, 또 가섭 앞에서 꽃을 살짝 만지며 눈웃음 짓던 석가모니가 보았대도, 마리아의 손에서 그 발에 기름칠을 받고 그 머리털로 닦아 주는 호강을 받고 있던 때의 예수가 보았대도, 남자南子라는 여자와의 소문 때문에 그 제자 가운데 하나가 찾아와서 걱정을 했을 때 "나는 하늘이 싫어할 일은 하지 않는다……"고 대답하던 공자가 보았대도 요만큼의 내 신바람 낸 행동을 가지고 누구도 과히 탓하지는 못하겠지만, 아직 이만큼 한 사정도 잘 이해할 리 없는 이 우리 시골뜨기의 젊은 남편을 성나게 한 것은 역시 미안하다.

어린아이들의 손에 붙잡혔던 소금쟁이가 다시 물속에 내던져져 해방되어서 어디 암소금쟁이를 하나 업고 맴돌듯 하던 내 물속의 아랫도리만의 한동안의 춤을 아쉰 대로 끝내고 엉금엉금 사내가 기다리고 섰는 언덕 쪽으로 가까이 가자 사내는 단연히 주먹을 부르쥐고 내 먹살을 금시라도 단단히 붙들어 잡을 자세로 내 앞에 버티고 있는 게 보였다.

그러나 이런 정도의 시비에 빠지지 않을 만큼은 내 지성은 건재하다.

"하! 으흐흐흐흐흣흐흐흐! 으흐흐흐흣흐흐흐! 아, 그놈의 굴 껍데기가 어찌나 많은지 그걸 피해 살살 돌아오느라고라우."

그러면서 나는 내 오른쪽 발바닥을 그의 눈에 잘 뜨이게 물 위로 바짝 높이 추켜들어 올렸으니 말이다.

아닌 게 아니라 나는 이 남의 젊은 아내를 업고 나루터의 물속을 아랫도리 춤으로 맴돌고 있을 때 단 한 번 굴 껍질을 밟아 오른쪽 발바닥에 약간의 생채기를 만들었고, 그걸 알자 또 그걸 만일의 경우의 변명으로 삼을 것도 미리 궁리해 두었었다. 그러니 이것, 한 사람이 사람들의 세상의 습관을 넘어서서 한 신神의 모습으로만 행동한다는 것은 어려운 일이다. 아무래도 사람들의 습관에 맞춰 살살 거짓말을 침 바르듯 발라야만 하니까.

사내는 물론 내 발바닥에 핏금이 그어져 있는 것을 똑똑히 알아차리자 그 쥐었던 주먹을 사르르 펴고

"아 그렇지만, 그건 너무나 걸리지 안했냐 말이여? 그게 무슨 즛이여? 무슨 즛이냥개?"

하는 정도로 나를 내버려 둘밖에 없었다.

내가 만일에 그네를 물속에서 업고 맴돌 때 잠깐 반짝 생각했던 것처럼 그네를 내 등에서 어깨 위로 올려 앉혀 받치고 저 마르크 샤갈의 그림에서 흔히 보는 것과 같은 그런 모양으로 이층걸이의 무동춤이나 한바탕 시도했더라면 어떻게쯤 되었을까? 여자는 물론

"……아이고 이 쥐나 달칵 물어 갈 놈아!……"

어쩌고 고 예쁘장한 두 주먹으로 내 어깨를 치며 동동거렸을 것이고, 사내야 더 말할 것도 없이 내가 언덕에 닿기만 하는 때는 내 멱살을 잡아 내 빰이나 또 다른 데를 제 힘껏 두드려 갈겼을 것이다. 그러나 나는 아무 대꾸할 나위도 없이 두 누깔만 멀롱멀롱 당해야 했을 것이다.

그런데, 이것 인제 돌이켜 생각해 보니 그렇게 하는 편이 한결 더 나은 걸 그랬다. 따귀나 몸뚱이를 주먹쯤으로 몇 차례 얻어맞는다는 것 ─ 이것도 생각하기에 따라서는 장고長鼓의 장단일 수도 얼마든지 있는 거니까.

이것 참, 언제 한번 신나거든 해 봤으면 싶다. 떼어 가지 않을 만큼만 마음을 써서? 가만있자, 이런 경우는 법에선 그게 어떻게 되더라?

7월 2일 밤

유교의 『중용』이란 책에 '수유須臾'라는 말이 있다. '바른 인생을 잠깐도 멈춰서는 안 된다道也者 須臾不可離也'는 뜻으로 읽어 가르쳐 오고들 있어 이 수유는 '잠깐 동안'으로 통해져 있지만, 한 수유 동안이란 사실은 45분이나 되는 상당히 긴 시간이다. 이것은 옛 중국의 주周 이전의 고대에 쓰이던 시간 단위의 하나로, 가장 짧은 시간의 단위인 순간을 비롯해서 탄지, 나예의 다음인 맨 마지막의 긴 시간의 단위로 쓰여졌던 것이다.

순간瞬間은 눈을 한 번 깜박거릴 동안이고, 탄지彈指는 두 손톱을 맞부딪쳐 ─ 그러니까 아마 대개는 중국 사람들의 그 긴 손톱들 중에서 오른손의 무지와 식지의 손톱을 심심하면 한 번씩 맞부딪쳐 퉁겨 울리는 뜻을 가진 것이고, 나예羅豫는 그물을 쳐 늘여 날으는 새들을 몰아서 잡아먹고 살던 그들의 옛 생활 풍속 때문이었겠지, 새 그물을 준비한다는 뜻이고, 수유는 그렇지, 저 옛 중국인 사내들의 그 위아래 턱에 볼만하게 자란 수염 그것을 쓰윽 한번 쓰담는다는 뜻인 듯하다.

그러니까 요새 몇 시 몇 분 몇 초라는 것으로 하여 추상으로 시간을 셈해 살고 있는 우리들이

"여보, 나 몇 초 안에는 세수가 끝나겠으니 그 전화 그대로 잠깐만 기다리라고 해."

해야 할 경우는

"여보, 당신이 몇 번만 눈을 깜박거리고 있을 동안에는 내 세수는 끝날 테니…… 기다리라고 해."

하는 걸로 되어서, 그만큼 한 시간 사이를 메꾸는 것은 아무 의미도 실감도 없이 그냥 가고 있는 시간이 아니라 그리운 사람의 속눈썹이 그 구상具象으로 깜박거리는 의미로 실감이 된다.

순간의 다음 단위인 탄지도 멋이 꽤나 있는 것이다.

"한 5분쯤이면 우리는 오래 헤어지게 되겠구려."

생각하고 느끼고 이별의 눈물이라는 걸 참느라고 속 태우고 있는 남녀도

"이 손톱을 몇 번쯤만 퉁겨 소리 내어 울리고 있으면 이분이 내 곁을 떠날 시간이다."

로 고쳐서 느끼기라면 훨씬 더 힘세게 사는 노릇이 될 수도 있는 것이다.

새 그물을 준비한다는 뜻의 나예나, 위아래 턱수염을 쓰담는다는

대인풍의 모습을 담은 수유를 시간 단위로 한 것도 다 그만큼 한 실감이 있어서 좋다.

"여보게, 90분쯤이면 내 강의를 마치고 올 테니 여기서 기다려. 180분쯤은 어디 가서 왕대포나 하세."

하는 것보단이야

"여보게, 자네 수염이나 두어 번만 쓰담고 앉아 있어. 그다음엔 우리 어디 가서 수염 네 번이라도 쓰담으면서 왕대포 한잔 하세나그려."

하는 것이 훨씬 더 감칠맛이 있고 첫째 의젓해서 좋지 않은가.

나는 오늘 하루를 아직도 서투른 나룻배의 노를 젓고 이 고욤다래 나루터의 물 위를 건네가고 건네오며 이런 옛날의 시간 감각의 달가움 속에 젖어들어 있었다.

그런데 해 질 무렵 나는 나만이 이런 시간 감각의 흥취에 빠져 있는 게 아니라 이 고욤다래 나루를 건너는 사람들 가운데도 사실은 아직도 그런 종류의 구상적 영상의 시간 감각을 지니고 사는 사람들이 있는 걸 발견했다. 그러고 물론 이것은 중국이 아니라, 순 우리나라 옛것이어서 한결 더 정다운 맛이 있었다.

이곳에서 '다래끼'라고 부르는 바구니 — 대나무를 가늘게 쪼개서 절은 역시 그 사군자 냄새의 바구니를 끈 매어서 등에 지고 거기 바닷고기들을 담아 날라 장터 마을에서 팔고 지내는 여자 생선 장수 둘이 이쪽으로 건너오더니 지붕 위에 그득 피어나 있는 박꽃을 보고는 그중의 하나가

"월레(아이고머니), 벌써 박꽃이 피었으니 불꽃더미(해당화 꽃동산) 나루에 가면 한참물때가 되겠라우. 나룻삯은 또 곱빼기로 물게 되었구만. 오오매, 젖이 벌써 네 번째나 새어 나고 있네. 아이고, 내 강아지 을마나 시장했을꼬 인이?"

하고, 또 다른 하나는

"아이고, 내일 하루는 그만 빨래라도 하면서 두 다리 뻗고 푹 좀 쉬었으면 좋겠구만서두…… 모레는 두 조금날이니 나룻삯도 안 들어서 좋고……"

하는 것이다.

물론 이 사람들이 '참물때'라 하는 것은 만조 때를 말하는 것으로, '한참물때'라면 그건 만조 중에서도 가장 그뜩히 바닷물이 밀어닥쳐 오는 때고, 조금은 또 물론 간조干潮로 첫 조금에서 두 조금, 세 조금 그 세는 수효가 늘어 갈수록 바닷물은 그 들어오는 양을 점점 더 줄여 가는 걸로 되어 있다. 그리고 만조 때건 간조 때건 들어오고 나가는 바닷물을 그들의 생활 사이에 두고 시간을 재는 습관이 언제 적부턴지 생겨서 내려오고 있는 것이다.

나는 서울에서 팔목에 차고 지내던 시계를 여기 와선 별로 쓸데가 없어 내 보자기 속에 집어넣어 두고 지내 왔는데, 오늘 해 질 무렵 이 젊은 두 여자 생선 장수들의 주고받는 말을 듣고는 그따위 것은 숫제 어디 숨겨 두고 마잘 것도 없는 것이라 느끼어져 집어내다가 바닷물 속에 내던져 버릴까 하다가 그냥 한 장난감으로 다시 고쳐 생각해서 내 주인인 이곳의 늙은 사공 방에 갖다가 놓았다.

"요따위 게 여기서 소용은 없겠지만, 두었다가 누구 대처에 나갈 일이나 생기건 써 보셔라우."

하니,

"아따, 자네는 거 별것을 다 장만해서 가지고 다녔네그려."

대답은 이것뿐이고, 내게서 고무신 선물을 받던 때처럼 고마워하는 눈치는 보이지 않았다. 이들의 '한참물때'니 '저녁 박꽃 때'니 '새벽 박꽃 때'니 '내리미질 때'니 하는 것 때문에 이따위 재깍거리기만 하는 시계의 때라는 것은 영 눈에 들지 않는 것이겠지.

아 참, 그 '내리미질 때'라는 것은 두 개의 대나무 막대 사이에 적당한 넓이의 그물을 매달아서 그걸로 과히 깊지 않은 바닷물 속을 내리밀고 다니며 새우나 갈때기(농어), 숭어 새끼, 꽃게 같은 걸 떠올리는 일을 할 만한 때를 말하는 것인데, 이것은 위에서 말한 옛 중국 시간 단위 속의 나예라는 것의 감각과 뭍과 바다의 차이는 있지만 비슷한 것이라 하겠다.

이러니, 늙은 사공도 물론 내가 바다에 버릴까 하다가 준 그 시계 같은 것을 여기서 써먹지는 않고 말 것이다.

7월 7일

지난밤 이른 새벽에는 소나기가 흠뻑지게 한바탕 내려 퍼부었던 모양인데 나는 그때 깨어 있질 못하고 참 오랜만에 내 고향 국민학교 때의 한 반의 어떤 계집애의 꿈을 꾸고 있었다. 산골 냇물가 언덕의 감나무는 시방 생시라면 계집애의 젖꼭지만큼 한 새 열매를 겨우 빚어내고 있는 판이지만, 내 지난 새벽의 꿈속에선 그것들이 그 지나치게 떫은 푸른 철들을 다 지나서 주황의 단물이 잘 들면서 가지가 휘어지게 매달려들 있고, 그 그늘 밑 먼지 한 점 없는 해사하게 맑은 햇빛에 국민학교 6학년짜리의 서운녀西雲女라는 계집애와 나는 나란히 앉아 있었는데, 그 6학년의 마지막 고비의 어느 날 어디선가 우리 둘이 그랬던 것처럼 무슨 이별의 말은 없이하고 있었다. 그 꿈은 그저 그것뿐이었다. 고향 가까이 와 있고, 내 의지가 자기를 에누리해 오던 걸 그치고 그래도 이 맑은 하늘 밑의 맑은 물에 맞추어 무얼 해 보려고 단단히 작정이라도 하고 있는 덕택이겠지.

나는 안다. 프로이트 같은 이는 생시의 의지로도 좌우할 수 없는 꿈의 밀실과 잠재의식과 본능의 욕정 같은 걸 따로 두었지만, 석가모니가 이 점은 프로이트보단 훨씬 더 마음의 곡절을 자세히 살펴 분간한 것을. 석가모니는 프로이트가 잠재의식이라 한 것을 아뢰야식阿賴耶識이라 해서 무명無明이라는 이름으로 거기 온갖 본능의 욕정의 혼돈을 두기는 했지만 의지력 여하에 따라서 이건 악으로도 선으로도 그 이상의 법열法悅로도 그 문을 열어 갈 수 있는 걸로 보고 있는데 이게 맞는 줄 안다. 이렇게 생각하고 살기로 한 나니, 나는 내 생시와 꿈속까지를 내 의지대로 영도해 나가서 언젠가는 내 운명이라는 것까지를 내 마음대로 여유 있게 자운전自運轉해 가려 한다.

내 국민학교 6학년 때의 계집애 친구와 같이 앉아 있던 꿈에서 깨어났을 때는 햇빛이 금시 새로 산에 올라와 바다를 비치기 시작하

는―소나기 뒤의 무슨 큼직한 목화꽃 속 같은 아침이었는데, 더 내
릴는지 모르는 비를 염려해선지 삿갓을 깊숙하게 눌러쓴 한 마흔 몇
살은 됨 직한 건장한 사내 하나가 큼직하고 탐스럽게 살찐 노란 수
소 한 마리를 앞세우고 내 방 앞에 나타나 나를 불러 깨게 해서 아직
미처 잠이 덜 깨어 눈을 부비면서 나오는 내 두 누깔 속의 속까지를
무슨 필요에선지 깊이깊이 파고 들어오며 보더니 겨우 무얼 알아차
리고 안심했는지

"여소, 노형. 우리 친구하세, 친구해. 캑!"

하고 굵다란 가래침을 제 발부리와 내 발부리 사이에다 올빼미 누깔
서너 개 포개 논 것만 하게 제법 표현주의적으로 내뱉어 놓는다. '야,
이건 상당하구나' 싶어 아직 조금은 덜 깼던 잠에서 냉큼 깨어나면
서 먼저 그 가래침을 보니 그 속에는 이 사람 무슨 병인지 팥죽빛으
로 무르익은 찰거머리만 한 핏덩이가 몇 개 거기 뚜렷이 박혀 살아
서 꿈틀거리는 듯했다.

　그래 다시 그 삿갓 밑의 두 누깔이며 그 밖의 것들을 유심히 뜯어
보며 거기서 병을 찾아보려 했지만 그것은 또 영 허사였다. 사내의
얼굴이나 건장키만 한 몸은 완전히 무병無病이었고, 그러니 뱉어 논
가래침 속의 핏덩이들은 일테면 아이들이 한동안씩 그 호주머니에
간직하고 다니다가도 대수롭지 않게 생각되면 언제나 내어던져 버
리는 빛깔 있는 차돌막이나 뭐 그런 것같이만 보였다.

　"여소, 친구하자니까, 친구해."

　사내는 이 소리를 또 한 번 정확하고 야무지게 발음하곤

"자, 그럼, 냉큼 좀 건네주소, 건네주어. 자네도 맹 자식새끼나 마누라는 있을 테지? 우리 집엔 시방 자식새끼나 마누라가 다 병이 나서 다 죽게 되었네. 이 뿌사리를 가지고 장에 가서 어서 냉큼 팔아서 약이나 한번 사 써 봐야지, 이것 참 큰일 났네, 큰일 났어! 어서 가세, 어서 가. 이 물 건네 어서 가!"

이렇게 나를 졸랐다. 이렇게 나를 졸랐는데, 그게 마지막 말씀에 가서는 제법 무슨 운(韻) 비슷한 것까지 달고 노래 비슷이 출렁거리기까지 해서 나는 그가 병자라고는 어느 모로도 느낄 수가 없었다.

나는 그와 그의 뿌사리를 나룻배에 실어 건네며 마음속으론 이 사람 말씨의 마지막 부분을 흉내 내어 '어서 가세, 어서 가. 이 물 건네 어서 가. 삼신산에 불로초라도 캐러 가세, 캐러 가⋯⋯' 하고 그의 운을 받아서 달기까지 했었다. 좋은 아버지고 남편인 것을 그의 눈은 내 눈과 마주치는 어느 가느다란 좁쌀알만 한 금강석 같은 순간에서도 마냥 증명만 하고 있었다.

그런데 이놈이 바로 소도둑놈이었다는 것은 더욱더 장관이다.

오후 4시쯤 되어서—그러니까 여기 시간으로는 다섯 조금인가 여섯 조금물의 박꽃 때가 되려면 중국 옛날 시간으론 수염을 두서너 번 점잖게 쓰담고 있을 만한 시간이 아직도 여유작작하게 남아 있을 때였는데, 숨이 턱까지 그득 찬 이것도 한 마흔 또래의 눈구녁이 아까 그 피가래침의 사내보단 훨씬 더 쬐그맣고 인색해 뵈는 사내 하나가 이건 밀짚 벙거지 하나도 쓰지 못한 상고머리에 마포 고의적삼 바람으로 나타나서

"아이고, 여기 소도둑놈 지내가는 것 못 보겠어라우."

하고 극진히 존댓말을 써 내게 묻는 것이다.

"그 사람을 아요?"

물으니 그건 모른다고 했지만,

"우리 소는 누가 보아도 곧 알어라우. 그 소는 우리 집 식구가 다 되어 있어서 남의 집 소들은 다 풍경을 하나씩만 달지만 그것은 하두 이뻐해 두 개나 달았는디라우. 그 놋쇠도 썩 존 걸로 골라 만들어 달아서 딴 소 목의 풍경 소리보다는 훨씬 더 쇳소리가 좋소. 그러고 고삐도 피모시(겉껍질 달린 대로의 모시)로만 새로 단단하게 꼬아 달아서 그것만 보아도 곧 표가 나요."

하고 연달아서 말해 그의 소만큼은 아침에 그 소가 바로 그의 소라는 걸 내게도 곧 쉽게 역력히 알게 하는 것이다.

그러나 물론 나는 아침에 그 피가래침을 내 옆에 뱉고 간 그 사내가 끌고 와 여기 나룻배를 타고 건네간 소가 아마 그 소일 거라는 걸 잘 눈치채면서도 그걸 그에게 일러바치지는 않았다.

일러바치기는새로,

"못 봤구만이라우. 소를 한 마리 건네기는 했지만 모가지에 풍경을 두 개 단 거나 피모시의 고삐를 단 소는 못 봤구만이라우. 사람들 눈이 무서워서 이 길론 안 오고 딴 데로 숨어서 갔겠지라우."

하고 시치미를 떼 넌지시 거절했을 뿐이다. 오늘 이른 아침에 이 나룻목에서 그 소를 눈여겨본 건 나뿐이었으니까 이쯤 말하면 될 것이라는 것까지를 속요량해서까지 거절해 버리고 말았을 뿐이다.

소도둑놈의 일당이나, 그런 범죄를 돕는 자가 되기 지망이냐고? 천만에, 그것두 아니지만, 아무래도 그걸 그렇게 할 수는 없다.

참, 마침 내 이 거짓말을 뒷받침해서 나루 건너 마을 산모롱에는 아직도 더러 어린 비구름 사이를 뚫고 무지개도 오늘 또 한바탕 비쳐 주었지만, 그 무지개나 비구름들의 어느 것을 샅샅이 눈여겨보아도 내 거짓말을 뒤집어 놓을 생각은 나지 않았다.

나는 첫째 무엇보단도 인제 더는 파흥하기가 죽도록 싫은 것이다.

7월 8일

오늘도 아침부터 날은 흐리어 비가 찔끔거리는 데다가, 이것저것, 더구나 그전에 사귀었던 계집들의 일이며, 죽은 지 오래지 않은 어머니 일이며, 고향 생각—일부러 여기서 백 리쯤 밖에 놓아둔 내 어릴 때 자란 고향 마을 생각이며 그런 게 고욤다래 나루터 마당에 자욱한 머귓잎에 이어 듣는 빗소리에 자꾸 일어나 그대로는 가만있지 못하게 해서, 손님이 있을 경우의 일은 원사공보고 좀 보아 달라고 하고, 속잠뱅이 바람으로 삿갓만 하나 머리에 얹고 나룻목에서 5백 미터쯤 아래 개썹목이라는 갯고랑으로 망둥이 낚시질이나 한번 하러 나갔다.

이 이름이 붙은 까닭은 이 갯고랑가엔 잘못 골라 디디다간 잠깐 사이에 모가지까지 빠져드는 수렁이 몇 군데 있어서 그렇게 되는 날은 거기서 빠져나오기가 무척 힘이 켜는 때문이라 하지만, 나는 며칠 전엔가 거기 가서 벌써 난처한 곳들은 다 잘 눈어림해 두었으니까 문제없다. 나는 물론 이런 수렁은 그게 사람들 속에 있는 것이더래도 절대로 다시 빠지지는 않기로 작정한 터이니까.

망둥이들은 아직은 어리지만 여긴 참 많다. 낚시의 입갑은 여기선 갯지렁이가 아니라 쏙이라는 사투리 이름을 가진 쬐그만 바닷가재를 쓰는데, 쏙 한 마리면 세 동강이를 내서 낚시 얼터기에만 붙여 넣어도 넙죽넙죽 아주 잘 문다. 이걸로 보면 그 개썹목이란 이름은 비단 그 수렁 때문만이 아니라, 이 무턱대고 걸려드는 망둥이 떼를 두고도 감각되어 붙여진 것인 듯하다. 그렇다면 좀 쌍스러운 대로 이 이상으로 알맞은 이름도 찾기 어려움겠다. 여기서 쓰는 이것과 비슷한 낱말로 '놋좇'이라는 것과 '놋썹'이라는 게 있는데 그건 바로 요즘 내가 부리는 나룻배를 젓는 노를 뱃머리에 집착해 있게 하는 쬐그만 쇠뭉치로 된 것과 그것이 들어박히는 구멍을 말한다.

"……이 사람아. 배를 탔으면 그냥 배나 타지, 놋좇같이 삐걱거리기는 뭣 허러 삐걱거려? 어허허허……"

어쩌고 하는 소리를 나룻배를 몰고 가다간 가끔 듣는데, 이렇게 이 알맞은 환경에서 이런 낱말이 끼어 사용되는 걸 들으면 자연과 배 같은 게 모두 의인화된 신화 속 같아서 씽씽해 좋다. 물론 사상도 언제쯤부터 책도 없이 이렇게 전해져 내려오고 있는 것인지는 모르지만 진부한 유생儒生 따위의 때는 말끔히 벗은 아주 꽤나 훤칠한 것이고.

각설. 망둥이를 한 두어 시간 동안 한 5, 60마리쯤 잡아 바구니에 담아 가지고 와서 막걸리나 좀 마실 양으로 안주 해 달라고 부엌의

이 집 막내딸 손에 앵겨 주고 나와 내 방 마루에 앉아 있노라니,

"아이고매!"

하는 모가지 속이 한쪽 찢어지는 듯한 외마디 소리가 딴 사람 아닌 바로 그 망둥이들을 맡은 여자한테서 나고, 그러고는 이어서

"아이고 코코 코코코코…… 아이고, 아이고, 아이고 코코…… 아이고 코코, 아이고 코코……"

하고, 제법 무슨 아메리카 재즈의 익살스런 반복 문구처럼 장단도 꽤나 들어맞게 읊조려 대고 있는 것이다.

나는 요 며칠 전에 이곳 나루 건너 고욤다래 마을에 사람이 죽어서 그 상여 뒤를 따라가며 울어 대던 사십쯤 된 과부 아낙네의 울음소리를 저절로 연상해 기억해 내서 이 "아이고 코코……"에 견주어 봤다.

"……아이고, 아이고, 아아이고, 아아이고…… 나보고는 어찌라고, 아아이고오, 아이이고오, 나보오고는, 어어찌라고, 아아이고고, 아이이고오……"

그 상여 뒤의 여인네의 울음소리의 가락은 자세히 들어 보니 언제 얼마큼씩이나 그 마음속으로 가만히 연습해 두었던 것인지 완연한 육자배기 소리를 닮고 있었는데 반해서 여기 이 여자 소리는 아직도 거기까지에는 가지 못했지만, 그게 어딘지 일맥상통하고 있는 것만은 사실이고, 또 이게 결국은 아무리 막을래야 막을 수 없이 솟아나는 예술이라는 데 생각이 미치자 내겐 이건 적지 않은 신바람거리가 되었다.

가 보니 그네는 내가 준 그 망둥이 새끼들을 도마에서 칼로 다루다가 한 손가락에 과히 대단치 않은 상채기를 내고 있을 따름이었다.

나는 만일의 경우를 염려해서 내 보따리 속에 지니고 왔던 몇 가지의 약품들 가운데 머큐롬이 있었던 것을 생각하고 그리루 그네의 그 상처 난 손가락을 이끌고 가려고 그네의 다치지 않은 다른 한쪽 손을 덥쑥 잡아 쥐고 끌었다. 그러나 그네의 그 "아이고 코코……"의 멜로디의 신바람으로 끌고 가던 내 걸음은 가다가는 그 머큐롬 쪽이 아니라 다시 바닷물 쪽으로 방향을 바꾸었다. 머큐롬 그따위 것은 내 시계가 이미 여기 와서 소용없이 된 거나 마찬가지로 이런 여자의 이런 상채기엔 영 안 어울리는 것일 뿐이고, 바닷물이 거기 아주 척 잘 들어맞는 선약仙藥이라 함을 나는 곧 즉흥적으로 알아챘기 때문이다.

나는 그네를 끌고 가서 바닷물 앞에 세우고 상채기 난 손가락을 내 두 손으로 움켜쥐어 바닷물에 담그며

"…… 아이고 코코, 아이고 코코, 아아이이이고, 코코 코코오, 코코 코코오……"

하고 그네가 그네의 부엌에서 만들어 낸 가락을 흉내 내어 꽤나 높은 소리로 바닷가의 산둘레가 쩌릉쩌릉 울릴 정도로 읊조려 대며 그 사이사이 또 어쩔 수 없이 덩달아 나오는 반가웁고 신나는 웃음소릴 섞었다.

"……아이고 대고 내가 돌아를 가아네. 죽음에 들어어 노수나 있는가. 아이고 대고……"

하고 또 어렸을 적 내 고향 함평—여기서 백 리밖에 안 떨어져 있는 함평에서 들어 아직도 그 비슷이 외고 있는 진짜 육자배기의 한 부분도 거기 덧붙여 노래 불렀다.

여자는 바다의 소금기에 절은 손가락의 상채기가 벌써 피 흘리길 멈추고 있는 걸 들어내어 보고 알자 신기해라 하며

"당신은 아마 바다귀신하고도 친한 모양인감만이라우 인이?"

했다. 그러고는 그 복숭아꽃보단 좀 더 선명하게 짙은 위쪽의 잇몸을 상당히 끈적끈적한 침 기운까지 섞어 펑펑하게 좋게 젊은 암말처럼 그 희고 단단한 이빨 줄 아울러 쓰윽쓰윽 드러내 보이며 머리를 뒤로 연거푸 젖히고 젖히면서 눈웃음 쳐 보였다. 부르르 부르르 가늘게 떨리는 눈썹 밑의 두 눈과 콧구멍도 이렇게 두고 보니 보티첼리의 〈비너스의 탄생〉의 그 큰 조개껍질 위의 비너스만 못하지도 않게 보였다.

'이만큼이나 한 걸 어떤 자식이 어째서 버렸어.'

나는 이렇게 발음하려다 말고 그네의 상채기 났던 손가락으로 눈을 보내다가 거기 묻은 핏속에 반쯤 파묻힌 그네의 손톱 속에 눈을 담갔다. 내가 모든 여자들의 이쁜 손톱에서 늘 찾아보고 속으로 안타까워했듯이 이것도 그 이쁜 연분홍의 깨끗하고 밝은 커튼을 친 창처럼 또 나를 안타깝게 한다. 그나마 그 불가사의의 이쁜 분홍의 커튼 밑엔 새로 맑디맑은 반달과 같은 달이 떠오르고 있다.

그래 나는 또 국민학교 졸업 때까지 내가 좋아했던 내 계집애 서운녀를 또 생각해야 한다.

그런데 여자는 그 모양과는 달리 언제부터 어찌다가 그리된 것인지,

　"대처로만 나가면 체, 식모살이를 해서라도 내 노릇은 할 텐데, 체! 여그서 이러초롬 썩기가 억울쿠만이라우!"

배운 거라는 게 마지막엔 또 겨우 이 소리다. 네가 무얼 안다고 그러느냐? 생김새는 말만큼이나 이쁜 걸 무엇들이 이렇게 가르쳐 놓았는지? 이런 걸 어쨌으면 할는지, 내 마음엔 또 구름이 낀다.

　"아버지하고 오매는 등 너머 마을에 가셨어라우. 나하고 당신하고 시방 여기선 둘뿐이라우……"

　여자는 말했다. 그러나 나는 그네를 거기 그대로 내버려 두고 내 방으로 들어가서 문을 닫았다. 나는 내 신화에서 외면하는 자들에겐 누구에게나 두루 외면하기로 작정했으니까.

　나는 이 사공의 딸 때문에 한동안 또 꿈자리 사납게 생길 망정인가 보다.

　이 엉뚱한 여자의 엉뚱한 손가락의 상채기를 바닷물에 적셔 주다가 나는 내 바닷물에 팽개쳐 깊숙이 집어넣어 두었던 저 중삼이란 계집애의 일을 꺼내어 다시 뒤척이게 되었다.

　나무대비관세음. 당신은 세상의 온갖 서글픈 것을 두루 다 아시어 좋게 하실 수 있다니 부디 그렇게 하시옵소서. 나는 종교를 생각할 때에도 무얼 의타할 힘을 찾으려는 사람은 아니다. 순전히 내 마음속의 내 능력으로 신神이건 불佛이건 알 것을 알고 그마만큼의 푼

수로만 살려는 자고, 그렇기 때문에 어느 경우에도 나는 내 운명은 내 혼자의 힘으로 자가운전하려는 자이다. 그렇지만 가끔은 나도 어디선가 얻어들은 저 관세음보살님을 부를 만큼 아주 못나 버리는 때가 있다. 우리 중삼이를 생각할 때, 더구나 비가 구중충히 내리는 날에 내 계집애 중삼이를 생각할 때는 저절로 관세음보살님도 마음속으로 불러진다. 나무대비관세음보살! 우리 계집애 중삼이를 좋게 해주옵소서!

처녀 중삼이와의 관계 고백

'처녀 중삼'이라 할 때의 '중삼ᅲᅳ'이라는 것은 물론 내가 말하려는 처녀의 본성명은 아니고 그 별명이다. 어떻게 해서 붙은 별명이냐 하면 그건 이 여자가 중학교 3학년 때에 일으킨 스캔들 때문인데, 그럼 나하고 사이에 그 여자가 그 어린 나이에 그런 관계를 일으켰느냐 하면 그게 아니라, 그건 그네의 형부와의 사이에 일으킨 것을 나한테 뒤에 고백했을 뿐이고, 나와의 관계가 생긴 것은 그네 나이 스물두 살이 되었을 때니까 그 중3에서는 7년인가를 더 지낸 뒤의 일이 되겠다. 물론 그네는 나와는 잠시일망정 아주 가까운 사이였지만, 나는 대학생 시절의 어느 때던가부터 사람의 이름뿐만 아니라 모든 것의 이름이라는 걸 애써 외지 않기로 작정하고 꾸준히 이행한 덕으로 그 여자의 본성명이 무어던가도 내 쪽에서 전연 묻지 않고 말았다. 무엇에 이름을 붙이고 그것에 비중을 두고 보면 그게 자연인이나 자연물로서의 본질감이 줄어든다고 느꼈기 때문인데, 이건 실존주의에서 배운 게 아니고, 내가 대학에서 중국의 고전 문학 시간에 배운 노자의 『도덕경』 속의 '이름 없는 것이 하늘의 비롯이요無名天之始……' 어쩌고 하는 부분에서 본뜬 것이다.

하기는 그네의 오빠인 내 술친구가 이름이 무엇인 것까진 모르지만 그 성이 박인 것만은 아무리 안 외려 했어도 남들이 박 군, 박 군, 박 군 하고 하도 많이 불러대는 통에 어쩔 수 없이 기억하게 되어 있으니까 그네의 성도 불가불 모를 수도 없이는 되었지만, 그네의 이름 그것만은 정말로 지금도 모르고 있고, 또 지금도 그게 좋았었다고 생각하고 있다.

대학을 졸업하고도 아무 취직자리도 없어 어칠비칠하고 길거리를 기웃거리고 다니던 불쌍한 사내 몇이 덮던 이불을 팔고 또 무엇을 팔고 해서 명동에다가 냈던 막걸릿집―소위 학사주점이라는 곳에 내가 가끔 드나들고 있던 때, 술을 부지초면의 사람에게도 가장 잘 사는 평판을 가진 자로 박 군은 내게로 알려져서 아닌 게 아니라 이자에게선 나도 어쩔 수 없이 공술을 꽤 여러 번 얻어 마셨다.

"한 잔 먹세그녀, 또 한 잔 먹세그녀, 꽃 꺾어 산 놓고서 무진무진 먹세그녀, 이 몸 한번 죽어지면 지게 우에 거적 덮어, 어욱새 속새 떡갈나무 소소리바람에 잔나비 울 제 그 누가 또 한 잔 먹자코 하노?"

이 박 군이란 자는 송강의 「장진주사將進酒辭」를 제 맘대로 줄이고 고치고 한 이 넋두리를 한잔 거나하면 늘 입버릇처럼 읊조리며 그의 공술대접의 술잔을 받쳐 들고 누구에게나 곧잘 십년지기 그리듯 대서 들었었는데, 처음 만나는 사람에겐 "자, 동포 한잔합시다"지만 두 서너 번만 만나게 돼도 벌써 "날 좀 보소, 날 좀 보소, 동지섣달 꽃 본 듯이 날이날 좀 보소"고 대여섯 번만 만나는 날은 바로 곧 "조카님 왔나? 자, 어서 또 한 잔만 더 하자"를 나이 차이만 대단하지 않은 덴 누구에게나 유창하게 아주 잘 통하게 하는 비범한 재주를 가진 사내로서, 그 코 밑에 단 나비 모양의 이쁜 콧수염과 아울러 그건 그걸 당하는 누구에게도 불쾌감을 주지는 않았다.

나는 처음 한동안 이 박 군이란 자를 누구네 부잣집 망나니 자식인가 했더니 뒤에 알고 보니 그게 아니고 사실은 그 '다정도 병인 양'한 녀석의 일종인 것뿐인 꽤나 좋은 녀석으로, 그 술지랄도 단순히 그의 하나뿐인 누이동생 때문인 것도 나는 차근차근 알아야 할 마련이 되었다.

자, 그런데, 나, 이것, 이렇게 쓰다 보니 도스토옙스키 조박糟粕의 무슨 소설가 비슷한 연습이나 하고 있는 것 같군. 이런, 그래서야 안 되지. 그런 것도 영 않기로 단단히 작정했으니 그래선 안 되고말고…… 제1한국인이 되기로 단단히 작정한 난데 이런 수다 이것도 안 되고말고. 안 되고말고.

각설. 이 박 군이란 녀석은 이런 학사주점 비슷한 데로 헤매고 다니며 그 개작한 「장진주사」와 공술을 무한정 한동안 사며 결국 장이소 나 같은 놈 하나를 찾고 있었던 것이다. 지독한 정물情物엣자식 같으니……

이 학사주점에서 초대면한 지 반 해쯤이 지나서 서로 이 자식 저

자식을 마구잡이로 불러도 하나도 숭허물 없게쯤 되자 늦은 봄날 꼭 제 놈 거나한 붉은 눈만큼이나 거나한 날인데, 녀석은 정릉 막바지의 진달래며 복숭아며 살구꽃 같은 것도 역시 거나하게 피어 있는 산골짜기 개울길로 나를 인도해서 저는 영 입을 다물고 그 쫄쫄쫄쫄쫄쫄 조잘대는 물소리를 한동안 들려주며 앞장서 가더니, 그다음에는 제법 잡목들 사이의 꾀꼬리 소리도 나는 곳도 지나서 마지막엔 그렇지, 아무리 높이 봐도 한 60만 원짜리쯤으로밖에는 더 볼 수 없는 ㄱ자형의 그의 허술한 양기와집 속으로 나를 이끌고 들어갔다.

그래선 목사님 노릇을 너무나 고단해 그만두었다는 칠십은 넉넉히 됨 직한 그의 늙은 점잔한 아버지와 환갑쯤은 됨 직한 역시 점잔한 그의 어머니한테 나를 인사시키고, 그다음에는 제 방—법률책과 철학, 종교, 문학, 역사책 들이 한 3백 권쯤 꽂혀 있는 유리 미닫이도 안 단 책꽂이 하나만이 겨우 두드러진 방으로 나를 이끌고 가 거기 앉히고, 또 오래잖아 진로 소주에 마른 오징어를 한 마리 고스란히 구워서 노릿노릿 꾸불꾸불하게 그 옆에 곁들여 쟁반에 받쳐 들고 들어오는 젊은 여인을 역시 내 옆에 앉히고 내게 소개했다.

"이게 내 단 하나뿐인 누일세. 같이 친하게 지내보라구. 아마 모르면 몰라도 둘이는 서로 비슷한 데가 있을 것 같기도 하구마."

말하자면 나를 즈이 매부감으로 따악, 경상도 문둥이 중에서도 상 문둥이 기질로 따악 정해 버리려는 것이다.

"우리는 이래 봬도 신라 박혁거세왕의 바른 자손이단이(자손이다 웅)? 그만 너희끼리 알아서 해라."

진로가 두어 병 연달아서 비워지자 이런 소리도 하는 것이다.

짜식은 이 무렵엔 그 고주망태로도 그래도 사법시험이란 것에 합격한 지 얼마 안 되는 때였다. 그래 이 자식이 구생유취의 수재 의식으로 지랄이거니 하기도 했으나, 또 한쪽으론 나를 어떻게 어느 틈에 알아보고 그러는 것인지는 몰라도 그만큼은 가까웁게 여겨 주는 게 은근히 고마워서 나도 술김에 그저

"그러자, 오냐, 오냐, 그러자."

맞장단만 치고 있었다.

여자가 아주 형편없이 보였다면 그런 맞장단이나 나왔겠나. 여자도 눈이나 눈썹이나 이빨이나 손톱 속의 반달이나가 두루 훤칠하고도 거나한 게, 또 적당한 콧대 밑의 두 콧구멍에서도 늘 상쾌한 내음새가 풍겨 나는 듯하는 게 내 하체의 세촉 감각細觸感覺을 제법이나 잘 유발하고 있는 것도 있어 물론 그런 것이다.

그래 오래지 않아 그네는 내 집의 내 방에 혼자서 찾아다니는 형편까지 되었는데, 내가 이 여자하고 그걸 하고 만 것은 그네를 내 아내로 맞아 볼까 하던 맨 처음 상종 때의 그 관심 때문이 아니라, 그네의 엉뚱한, 정말로 엉뚱한 고백 때문이다.

여자는 내 방에 네 번짼가 다섯 번째 찾아왔던 어느 날 해 어스름 때였는데, 그날 날씨가 오늘같이 구중충하고 빗낱이 듣고 해서였는지, 문득 자기 집 이야기를 꺼내 해 가다가 자기에겐 지금 충청도 어느 시골의 은행 지점장인 형부가 있단 말을 했다.

그러나 나는 그까짓 이야기쯤이 대수로울 것도 없어 흘려듣고 있

으려는데,

　"그놈은 나쁜 놈……"

하며, 야, 이건 무슨 즉흥에선지, 한 두어 자쯤 사이를 두고 마주 보고 있던 우리들의 위치에서 저도 모르고 한 일일 것이다. 자리를 바꾸어 내 옆으로 나와 서로 몸뚱이가 닿을 만큼 바짝 다가와서는 한 손을 손가락 다 펴어 그 손톱의 반달들도 선명히 내 한쪽 무릎 위에 얹었다. 그러고는

　"…… 중학교 3학년 때였어요. 학교에서 집으로 돌아오니까 집 안엔 아무도 없고 형부만 혼자 있지 안해요. 토요일이었는가 봐요. 우리 아버님은 그때도 목사지만 집이 가난해서 나는 형부네 집에 얹혀 거기서 그 덕으로 학굘 다니고 있었어요. 그런데 그날도 오늘마냥으로, 아니 그날 그때는 억수로 비가 쏟아지고 있었는데 비에 후줄근히 적신 나를 형부는 낄낄낄낄 웃어 젖히며 덥석 끌어안더니만 챙피해서 소리 안 질르는 걸 기화로 미리 방 아랫목에 펴 논 이불 속에 쓰러눕혀 버리지 않어요? 그래 아파서 울며 당한 것이 그 뒤엔 우리 단둘이 있는 틈만 있으면 예사가 되고, 고등학교 3학년 때까지 나는 형부와의 그 짓을 치러야 했어요. 졸업이 얼마 남지 않은 겨울 공일날이던가 우리는 밖에서 돌아오던 언니한테 그예 발견되고, 그 때문에 언니는 형부하고 한동안 별거했지만, 살길도 없는 데다 아이들 때문에 다시 합쳤지요. 그런데 나 같은 여자가 어디 시집을 갈 수 있을까요? 오빠는 꼭 그런 것도 아니라고, 형부만 잊어버리면 된다고 하시지만 나는 아직도 용기가 나지 않어요."

이렇게 내게 고백하며 저도 모르게 그 손가락들에 힘을 주어 내 무르팍의 살을 꽤나 되게 움켜쥐어 대는 것이다.

그래 나는 비로소 그네의 그 진달래꽃 분홍 속에 새 반달이 떠오르는 손톱의 손가락들을 내 무릎에서 두 손으로 붙들어 올려 내 입속에 집어넣으며 나도 그네의 그 형부란 녀석처럼 내 요 위에 그네를 쓰러 눕혀 누르지 않을 순 없었다.

'먼저 형부라는 걸 이 여자 마음속에서 되도록 많이 지워 버리고, 누구든지 위선 그 자리를 대신 메꾸어 주어야 한다'는 논리에, 또 잘 부합하는 내 욕망 때문이었다.

그네는 그 형부라는 자의 짧지도 않은 동안의 세촉 놀잇감으로 훈련되어 오는 중에 꽤나 망측한 버릇들까지도 배워 가지고 있었다. 가령 그 세촉의 감각이 막다른 데 이르면 무심결에 사내의 그것을 빼어 두 손으로 움켜쥐고 제 입속에 넣어 혀로 그걸 개가 하듯 핥는 짓까지 배워 물들어 있었다.

'어떻게 생피 난 형부와의 관계의 이런 그리움 대신에 나를 더 많이 그리워할 수 있을까?'

나는 그런 짓을 당하면서 염려하면서도 또 한편으론 내 논리를 고집하고 있긴 했다. '그래도 우리나라의 법률이나 인습 속에선 어서 빨리 너의 형부보다 나를 더 그리워하게 돼야 산다. 산다!' 하고……

중삼이도 또 중삼이의 오빠 박 군도 중삼이와 나의 새 육체관계 성립에 대해선 나나 거의 마찬가지로 생각한 것 아닐까? 딴 문제 다 접어 두고 먼저 그 중삼이가 그네의 형부와의 생피 난 기억이나 관심에서 누구 하나 딴 사내에게로 정을 새로 붙여 어떻게 손가락질 안 받는 이 나라의 보통 남녀들이 하는 식으로 살아 봐야 쓰겠다고 덤빈 점은 내 생각이나 비슷하지 않았을까 싶다. 그래 나는 중삼이를 내 요 위에서 불 누르고 걸터탈 때나 또 바로 그 짓의 뒤에나 또 지금이나 매한가지로 중삼이와 그 짓 한 건 더 많이 잘못이라곤 생각하지 않는다. 잘못이더래도 그건 한 30퍼센트쯤의 잘못일 것이고 70퍼센트는 잘한 일일 것이니 결국 낙제 점수는 아니고 진급되는 일이라고 생각하는 것이다.

그렇게 해서 중삼이와 내가 결혼을 한다 하자. 그래 밤의 이부자리에서 그 짓을 성의껏 되풀이하며 문득 그네 형부가 더럽게 길들인 짓거리—그네의 입의 혓바닥을 사내 연장에 갖다 대는 그런 짓의 출처를 쓰라리게 연상하고 잠깐씩 그 불쾌감을 거기 쾌감에 섞는 일이 있기야 있겠지만 그건 잘 에누리해 가면서 한 아이의 출생쯤을 기다린다 하자. 그래서 그 아이가 그 천사의 사무사思無邪의 어린 입으로 "아아빠, 찌찌찌찌……" 어쩌고 이쁜 아양을 보일 무렵쯤엔 그 애를 개재해서 그까짓 형부 녀석 같은 것에선 그네도 본심으로 그 정을 나 장이소에게로 더 많이 잘 옮겨 올 것이다.

요러초롬 해 보는 것은

"네 이놈! 변명 마라, 이 잡놈! 네놈이 색골 마음이니까 불을 눌른 것이지, 네놈이 어디 그런 성인聖人 마음인 셈이냐, 지금?"

하는 쪽에서 대든다면 그야 물론 정 아니라고 잡아뗄 장사도 없겠지만, 그래도 이 색골 조건으론 감점이 되더래도 30점 정도일 것이고,

역시 70점은 누이도 좋고 오빠도 좋고, 일가친척에도 두루 좋고, 또 그 형부 처제의 불륜의 병에도 약이 될 나와 중삼이의 새 결합에 주어져야 할 것이다. 가령 내가 중삼이와 결혼을 안 하고 만다 하더래도 중삼이는 형부의 정부라는 괴로운 딱지는 면하게 되니 인제 결혼은 또 딴 사내와 한다더래도 효과는 거의 마찬가지 아닌가.

불교의 경經책의 어떤 것에 보면 보살들의 자진 지옥행이라는 것이 있고, 또 자기 육체의 전부나 한 부분을 제공해서 딴 목숨을 바로 구제하려는 육보시肉布施라는 게 있다. 석가모니는 그 제자인 보살들한테 중생을 구제할 생각이라면 억천년 동안이라도 지옥에 가서 머물며 수작해도 좋다고 했고, 굶주린 범을 살리기 위해서 제 몸을 고스란히 던져 먹여도 된다고 했다. 그래 이걸 핑계 삼아 갖은 추잡한 짓거리의 행각을 합리화하고, 웬만한 엽색 행위까지도 육보시한 거라고 낄낄거리는 어중간한 축들도 이 땅 위엔 꽤나 살아왔다.

상당히 나이가 먹은 걸로 보이는 우리나라의 어떤 이야기엔 '중이 감나무 밑 풀밭 위에서 여자와 그 짓을 하다가 홍시가 떨어지는 것을 보고 냉큼 그 짓은 중간에 작파해 버리고 그 홍시 쪽으로 달려갔다'는 것이 있고, 이건 '모든 고민은 집착에서 생기는 것이니, 집착이 없으면 고민에서는 구제된다'는 불교 교리의 한 예로서 사용되어 오고 있기도 하다. 물론 이런 예시자라는 것은 대개 무얼 재빠르게 잘 한바탕 훔쳐 퍼먹고 난 놈처럼 낄낄낄낄 넉살을 떠는 게 예사긴 하지만, 하여간 그건 그렇게 사용되어 오고 있는 건 사실이다.

그러나 내 경우는 위의 불경의 보살의 자진 지옥행에나 육보시에 그 짓 하다 홍시 쪽으로 가 버리는 이야기에나 다 두루 어느 만큼 비슷기는 한 것이지만, 또 아주 다른 것인 것 같다. 논리는 비슷할 수 있지만 실상이 다른 것이다.

내가 한 짓은 실상은 비교적 가까운 예를 찾자면 저 딱한 우수의 사나이 샤를 보들레르의 『악의 꽃』의 어떤 시편 속에 담겨 보이는 그 망나니도 성인^{聖人}도 못 되어서 지랄인 그런 지랄쯤일 것이다.

중삼이 — 그것과 내가 그 짓을 한 뒤에 나는 여러 날을 두고 오래오래 생각해 봤다. 호메로스의 『오디세이아』에 나오는 지옥에 떨어진 오이디푸스 왕의 어머니 — 자기 자식인 줄도 까마득히 모르고 마주 붙었다가 뒤에 제 자식인 걸 알아보고 목매달아 죽었다는 그 어머니에게 목매달기 전에 우리 중삼이처럼 내게 올 기회가 주어졌다면 나는 어떻게 했어야 할까, 하고…… 오이디푸스 왕을 그 어머니가 낳아 놓았을 때 점쟁이는 이놈이 크면 제 아범을 죽이고 제 어멈을 붙을 놈이라고 해서, 좋은 옷과 이부자리에 싸서 갖다가 버린 것이 커 가지고 강자가 되어 부하 도당을 거느리고 세상을 휘두르고 다니다가 제 모국을 침략해서 제 애비인 왕을 알아보지도 못하고 죽이고 그 왕비인 제 어머니를 또 누군 줄도 모르고 강점해서 그 짓까지 하지만 뒤에 서서히 그 신분들이 알려지면서 아들 오이디푸스는 제 손가락으로 제 눈을 찔러 후벼 내 장님 방황자가 되고, 그 어머니는 제 스스로 목을 매단다는 그런 이야기 속의 그 어머니가 목매달기 전에 만일 우리 박 군 같은 오빠 녀석이라도 하나 있어 내게로 왔다면 나는 어떻게 했어야 할까, 하고……

그래 나는 그 답안을 아래와 같이 냈다.

'저만 무슨 쬐그만 꼬투리라도 가져 응해 준다면야, 암, 오이디푸스의 어머니는 말고 그보단 더한 거라도 위선 살리고 봐야 할 것 아닌가. 하체의 새 세촉으로라도 위선 살리고 볼 수 있다면 그것도 그렇게 해서라도 서둘러 봐야 할 것 아닌가' 하고……

내 생각인즉 대강 이런 것이었는데도 우리 중삼이는 그 세촉을 여러 차례 되풀이하는 동안에 알게 된 일이지만, 참, 견디기 어려운 여러 가지 육체와 마음의 버릇을 배워 길들여 가지고 있었고, 그게 내게는 못 견딜 짜증거리가 되었다.

그 짓을 하는 도중에 내 연장을 그네 혀로 사알살 핥는 것까지도 괜찮았지만, 그다음엔 내 손가락의 손톱 끝들을 그 송곳니로 질근질근 깨물기 시작하는데, 질근질근하다가 마침내는 그 위아래 송곳니 끝에 여지없이 힘을 주어 내 손톱 끝들을 어떤 것은 두 쪽으로 찢어 놓기도 하고, 또 어떤 것은 살이 닿는 곳까지 덩그라니 물어뜯어 내며 나한테서 어쩔 수도 없이 "아이고 아야!" 소리까지 내게 하고 아주 아파서 못 견디게 하는 것이다. 그런가 하면 제 하체의 거기를 또 내 주둥아리께에 덮쳐 대 억누르며 내 위에 걸터타서 서로 거꾸로 머리와 꼬리가 겹치게 하여 내 그것을 무슨 서커스의 기술사마냥으로 빨고 지근거리고 핥고 하는 것이다.

그러나 그것만이었다면 나는 오히려 이런 습관을 들은 바도 있는 그 일본 사람들의 '욘주핫테(48수)'쯤으로 여겨 배우고도 있었을 것이다. 그렇지만 그건 육체의 짓이고 그 입에서 그때그때 나오는 말씀들이 내게는 견디기 어려운 것이 되었다.

예로 들자면 그 짓이 한참 성행할 때

"핫, 핫, 핫, 핫! 핫, 핫, 핫, 핫!"

하고 내는 소리 같은 게 그 일종인데, 이건 어느 모로 보건 우리말은 아니고, 나도 일본 말은 좋아서 한 게 아니라 외국 책이 드문 여기에서 불가불 일본 책으로라도 우선 급한 면을 하려고 상당히 이쿠어서 짐작이지만 다급히 네, 네, 네, 네 할 때나 앗, 좋아, 앗, 좋아, 앗, 좋아, 앗, 좋아, 할 때 흔히 쓰이는 일본 말의 그 '핫' 아닌가. 짜식, 그 형부란 놈 참 더럽게는 갖은 서커스 다 가르쳤다 하는 생각보단도 이 계집애가 이 잘못 길든 서커스를 언제쯤이면 졸업할까 하는 생각 때문에 나는 참 많이 구중충해지지 않을 수 없었던 것이다. 그놈이 일정 때 어디서 무슨 고쓰까이(사환) 노릇을 하면서 어느 일본 여자한테서 이런 '핫, 핫, 핫, 핫'까지 물들었는지는 모르지만 그게 문젠 것이 아니라 여기 이 중삼이에게까지 옮겨진 이 '핫, 핫'—언제 끝이 말쑥하게 날는지도 모를 이 '핫, 핫'이 그저 못 견디게 짜증 나고 구역질 나서 어서 빨리 물러서고 싶은 느낌만 첩첩이 쌓이게 되고 만 것이다.

그래 누가 뭐라 하건 그 때문에 나는 중삼이와의 결혼은 작파하기로 하고, 그저 그네의 형부와 앞으로 올 딴 사내 사이의 한 교량으로만 놓이기로 작정하고, 그네 오빠의 기대에 대해서 어느 날 아래와 같은 유서 비슷한 한 통의 편지를 썼다.

중삼이의 오빠 박 군은 보시오. 나는 거죽은 당신들하고 많이 같지만 무언가 마음속의 자잘한 생각들은 아주 엄청나게 다른 것 같소. 내가 중삼이를 아내로 하려다가 도망치는 걸 용서하시오. 나는 아마도 그 힘이 모자란 모양이오. 그렇지만 혹시라도 중삼이가 그 형부 때문에 풀 죽었던 걸 나를 디딤돌로 해서 다시 회복하게 되었다면 내게는 그 이상의 다행은 없소. 부디 중삼이가 좋은 남편 얻어서 형부도 나도 잘 잊는 마음속의 연습을 부지런히 쌓아서 좋은 자녀와 그 뒤의 영원을 잘 만들기만을 바래요.

이것이 그 편지의 중요 골자였던 것 같다.

그러고 나는 떠나왔다. 그리고 이 떠난 것에서는 두고두고 이 땅 위에 사람들이 살아 있는 한, 그 심판을 받기로 나는 작정하고 있다. 나는 아무래도 아직은 그 보살행에서는 아득한 데 놓여져 흘러가고 있는 것이겠지.

7월 15일

나는 요 며칠 전부터 오후 한나절씩 그 모래찜이라는 걸 이어서 하고 있다. 바닷가에 모래밭이 7월 햇빛을 받아서 이 세상의 누구의 정보단도 훨씬 더 뜨시해지다가 따가움게까지 되어 있을 때 그 속에 몸과 마음을 모가지 닿도록 묻고 있는 일이다. 여기 이렇게 묻혀 있으면 내 신경질의 어깨와 허리춤과 팔다리의 반역反逆은 어느새인가 흙 그것같이 태평하지 않을 수도 없고, 하늘이 가장 넓게 또 계속적으로 잘 보이고, 잘 보이다간 나한테로 불가불 관계해 오고 있기 때문이다.

이 모래찜을 나한테 가르쳐 준 사람에게 나는 참 많이 감사한다. 나는 이 모래찜의 덕으로 벌써 내 몸의 여러 곳의 신경질은 물론, 마음속의 못 견딜 기억들까지가 점점점 견딜 만한 것으로 완화되어 가는 것을 역력하게 느끼게 되었으니 말이다.

나한테 그 모래찜을 권하고 가르쳐 준 것은 한 마흔두서너 살쯤 되어 보이는 희말쑥한 여잔데, 이 여자는 나한테 나타나기도 또 꽤나 묘하게는 나타나 왔다.

바로 지난 7월 초닷샛날이던가 엿샛날 밤 9시 무렵이었는데— 이렇게 말하면 새파랗게 젊은 놈이 거 뭐냐, 날짜 하나도 꼭 제대로 기억하지 못해서야 쓰겠느냐고 핀잔할 사람이 적지도 않겠지만, 나는 사실은 일부러 이걸 또박또박은 따지지 않기로 작정하고 마음속으로 연습을 해 어느 만큼은 성공해서 욀 필요 없다고 생각하면 안 하고 또 욀 필요가 있을 때는 외기도 하고 하는 데도 어느 만큼은 길들은 사람이라 그렇게쯤밖엔 헤아릴 길이 없는 날의 그맘때였는데, 나루를 인제 더는 건넬 사람도 없을 것 같고 하여 내가 그냥 태고 그대로 여기 한가하여 꾸물꾸물하며 잠 조금 전의 잠자리에 누워 있을라니 누가 여자 소리로 내 방 창문을 두드리며

"나, 발 씻을 물 조금만 주소."

하는 것이다.

나가 보니 여자는 아까도 말한 것처럼 희말쑥한 마흔두서너 살쯤

의 하이옇게 소복한 맵시인데, 그 흰치마와 속곳을 높이 걷어 올려 두 손으로 붙들고 있고 그 밑에 드러나 있는 두 다리와 두 발에는 아직 물기와 뻘흙이 적당히 묻어 있는 걸로 보아 조금 때의 나룻목을 사공 불러 수고시킬 것 없이 그냥 혼자 독립해서 벗을 것 벗어부치고 건네온 것임에 틀림없어 보였다.

"여기서 동쪽으로 조금만 가면 거기 주인집 바로 옆에 우물이 있소"하려다가 내가 그러고 말지를 않고, 신이 나서

"나를 따라오시오."

하고 냉큼 그네의 앞장을 서서 나선 이유가 있다.

딴게 아니라 『대동운부군옥』이란 책에던가에 실려 있는 것이지만, 신라 때 김유신이가 경주 근교의 수풀 속을 지나가다가 만났었다는 사나이—죽은 애인의 숨결과 혼을 대나무 통 속에 거두어 넣어 가지고 저의 고향 백제로 돌아가고 있던 그 사내의 몸뚱아리가 풍기고 있었다는 그런 것 비슷할 듯만 싶은 묘하게는 멋들어진 것이 그네에게서는 샘솟아 나고 있어 그 때문에 그렇게 냉큼 시중을 들어 나선 것이다.

여자가 말한 것은 그저 발 씻을 물을 달라는 것뿐이었지만, 눈을 거기 보내어 조금만 그네를 눈여겨봐도 누구에게나 완연히 알려지는 것은 그네가 묘한, 참으로 묘한 침묵 속의 한 덩그란 음악과 무용의 질서 속에 잠겨 잔잔히 너울거리고 있는 모양이었다.

입으로 무얼 따로 말해 들려주거나 몸으로 무슨 춤이랄 것을 추어 보여 주거나 그렇게까진 하지는 않았지만, 너무나 훌륭한 무희나 여

자 가수들이 그들의 발표 바로 뒤에 아직도 여운같이 남겨 담고 있는 것, 아니면 마악 그 발표 조금 전의 마음속의 마지막 연습 끝에 못 참아서 짓거리하는 눈 끝이나 손톱 끝의 어쩔 수 없는 자잘한 율동, 그것을 사실은 너무나 잘 표출해 내고 있는 것이었다. 그중에서도 말하자면 그것은,

  죽음에 들어어 노수가 있나아?……

하는 저 육자배기 가락 같은 것을 침묵과 눈 끝과 손톱 끝에만 할 수 없이 너울거리고 있는 듯한 느낌을 강하게 주어서 나는 저도 몰래 거기 이끌리어 그네 앞장을 서서 우물 옆으로 그네를 안내하고는, 어느새인지 그네의 두 발까지를 씻어 주려는 사람이 되어 거기 있었다.
  불붙여 들고 나온 칸델라를 우물 한 옆에 놓고 내가 두레박으로 우물물을 퍼내서 그네의 뻘 묻은 두 다리와 발에 끼얹어 주며
  "당신은 밤중에 홍두깬가 했더니 밤중에 장구채 비슷한 데도 있소, 잉?"
하니, 여자는 이런 곳의 뻘을 만지기에는 너무나 화사해 뵈는 두 손의 손가락들로 그네의 다리와 발의 뻘을 문질러 닦는다기보단 무슨 기묘한 악기를 탄주하거나 취주하듯 하며, 그네 머리를 두어 번 앞뒤로 *끄덕끄덕 끄덕*여 보이고는,
  "아따나, 젊은 사공 거 눈이 제법이다, 잉? 허지만 이건 그냥 장구채질이 아니라 노래다. 일만 만萬 자, 귀신 신神 자, 그 만신의 노래라

는 거다."

하고 제법 절간의 조실이 학인한테 강의나 하듯 하는 말투로 느릿느릿 이렇게 낭랑히 또박또박 뇌까리면서 씨익—아조 이 이상이 더는 없을 정도로 버젓하게는 씨익 머리를 천천히 좌우로 한바탕 번갈아 돌리며, 느긋한 두 줄의 이빨을 드러내 보이며 소리 없이 웃었다. 그러나 가느다란 실낱같은 두 눈썹 밑에 오뚝한 콧날 위에 매우 초롱한, 너무나 초롱해서 꼭 용소龍沼나 무슨 그런 꿈틀거리는 깊은 구멍으로 밤하늘 속에 한정 없이 뚫어져 있는 것 같은 그네의 두 눈망울만은 그 느긋한 웃음과는 다른 느낌을 주었다. 그것들은 어떻게 그 느긋한 이빨의 웃음과 관계하는 것인지 아직 잘 모르지만, 그 두 눈만은 따로 그것만을 보고 있자면 무척은 서럽고도 또 무섭고 쓸쓸한 것이었다.

그래 나는 어느결엔지 할 수 없이 이 많이 쓸쓸하고도 무섭고 서러운 것의 시종이 되어,

"내가 닦아드리지라우."

하며 내 손수 그네 두 발에 아직도 남은 뻘에 손을 대어 공손하게는 깨끗이 깨끗이 닦아 내기 시작했다.

그러나 여자는 내가 겨우 그네의 발가락과 발가락 새의 뻘을 닦아 내려고 내 오른손의 식지를 그 어느 사이에 밀어 넣자 기겁하듯 뿌리치고 그 발로 내 손등을 지그시 눌러 밟으며,

"남의 여자의 발을 그렇게 닦는 게 아니오. 사람이 장구채니 어쩌니 해서 뭐나 조금 아는가 했더니 어디 쓰겠다고?"

해 버린다.

"아따메, 무엇이 어째서 그러시오? 그만큼 한 나이 해 가지고 숫계집애 모양으로 그럴 건 뭐요?"

하려다가 내가 입을 다물고 만 것은 묘한 일이지만 내 손끝이 찌르르 울릴 만큼 전율하던 그네의 그 신경의 푼수로 보아 혹시나 이건 정말로 또 처녀성의 여자가 아닐까 하는 주저 때문이었다. 소피아 로렌이라는 여배우가 그리스의 어느 바닷가의 처녀로 어느 장면에 서던가 어떤 사내에게 되게는 싸독해서 부르르르 떨며 거절하던 그 것보단도 더 단호한 것이 연극 아닌 현실로 그네에게서는 또 샘솟아 나고 있었다.

그렇지만 여자는 또 아조 나를 우물쭈물하고 말게도 하지는 않았다.

"나하고 학상하고는 전생에 무슨 인연이 있는 게다. 학사앙! 그러니 이러고 말 게 아니라 또 만나서 마음속의 가려낼 것을 자세히 한번 가려내 보자. 내 집은 여기서 남쪽으로 세 개의 언덕 너머 선돌이라는 마을에 있고, 거기 와서 '선돌처녀'라면 누구나 다 아니 꼭 한번 찾아오시오, 학상."

귀신이 곡할 일이지만, 그네는 이렇게 한동안 대학 강사이기도 했던 나를 학상, 학상 불러 대어 내가 일종의 학생 퇴물인 것을 용하겐 맞혀 내고, 또 그네를 꼭 한 번 안 찾을 수는 없는 관심과 매력 속에 나를 단단히 비끄러매고 만 것이다.

그네는 좀 무색해 있는 내 곁을 떠나면서 또 내가 이 고욤다래 나루터에 온 뒤로 손님한테서 받아 본 것 중엔 제일 많은 돈인 백 원짜

리 석 장이나를 내 두 손 중에 왼손을 골라 손바닥에 꼭 쥐어 주며,

"바른손으론 딴 할 일이 많으니 이건 꼭 왼손에 쥐어야 하는 거고, 잉. 언제 한가한 해 질 녘이 있건 이걸로 막걸리나 언덕마다 한잔씩 사 마시면서 싸득싸득 걸어서 꼭 한번 찾아오시란 말이여."

당부까지 해놓았으니 그걸 마다할 수는 학상으로서는 도저히 없는 일이었다.

선돌처녀 이야기

1

그 여자와 헤어진 이튿날 아침, 세수하고 돌아오는 길에 내 주인인 늙은 사공을 만나서 '선돌처녀'를 혹시 아느냐고 물으니, 그는 어디다가 그렇게 깊숙이 감추어 두었던 것인지 내가 그와 만난 뒤 단한 번도 볼 수 없던 소년 적 웃음을 다 길어 올려 그 소금발과 햇볕에 절은 주름살들을 축이고 번쩍거려 보이며 파안대소했다.

"으흐크크크크크크크크! 선돌처녀 말인가? 처녀야 틀림없는 처녀지, 처녀여. 암 그렇고말고. 나이가 반백 살도 넘은 처녀는 우리 사례 안에서만이 아니라 하늘엘 가도 그 처녀뿐일 거네. 으흐크크크크크 크크크크크흐, 으흐, 으흐……"

그는 모처럼의 너무나 유쾌한 웃음을 마지막엔 힘이 모자라 제대로 지탱하지도 못할 정도로까지 과분하게 웃으며

"그 처녀는 옛날에 어떤 미련둥이 사내 녀석이 깊은 바닷물에 좋은 구슬을 빠뜨리고 그걸 건질라고 작은 바가지로 그 많은 바닷물을 품어 내고 있듯이 어쩌다가 잃어 먹은 제 신랑감을 찾을라고 해방 뒤 쭈욱 기대리면서 찾아오는 사내란 사내는 모조리 다 물리쳐 오고 있지만 인젠 너무 나이를 먹어 버렸어. 요새는 점쟁이라도 상점쟁이가 다 되고 도사 뺌쳐 먹게 생긴 도사가 다 되었네."

했다.

나는 늙은 주인 사공의 그런 소개의 말에 구미를 좀 더 돋우어 바로 이날 저녁때 나룻배 일은 그 주인에게 맡기고, 그네가 준 3백 원을 그네가 시킨 대로 왼손에 움켜쥐고, 그네가 지시한 대로 남쪽을 향해 가다가 첫째 언덕 밑에 접어들었다.

보니, 이 언덕은 한쪽은 대밭이고 한쪽은 싸리밭인데, 그 가운데로 넘어가는 길의 이켠 오른쪽에 그 두 귀가 내 이름 이소耳笑보단도 더 유순하고 길게 생긴 예순댓 살 돼 보이는, 머리털이 좋은 배추 포기같이 생긴 할머니가 물동이에 담아 하고 있는 막걸릿집이 있어서 그 선돌처녀가 준 것 중의 백 원 한 장어치를 거기서 마시며 또 그 선돌처녀에 대해 염탐해 보았다.

그 두 귀가 내 이름보단 더 좋은 배추 포기 머리의 할머니는,

"그래라우. 구름 구름 해도 그런 년의 구름은 이 세상 하늘에는 더는 없을 것이라우. 아먼이라우. 제 말마따나 제 마음이 뭉쿨리는 구름이라 해도 어디 이 전라도에서뿐일 거라우? 이 나라는 아마 삼팔선인가 하는 데까진 다 덮었을 것인디, 어디 가서 죽었는지 살았는

지 모르지, 그 신랑가음이란 사내는…… 구름이 아니라 그 선돌처녀
네는 인제는 명경알이지. 인제는 그 신랑가음이 다시 돌아온대도 물
끄러미 제 얼굴이나 거기 들여다볼까, 살을 맞댈 수도 벌써 없이 되
어 먹어 버리고 말았지. 선돌처녀네는 귀신 다 되었어라우. 점도 꽤
나 잘 맞힙넨다.”
했다.

거기서 또 한 마장 걸어가서 좋은 낙락장송박이의 둘째 언덕 바로
너머에 다다르니 거기는 소위 오동색주가라는 것이 있어 내 왼손 속
의 땀에 밴 백 원 한 장을 또 꺼내 주고 막걸리를 또 한 사발 반쯤 마
셨다. 오동색주가는 물론 사내가 하는 술집을 말하는 걸로, 뜻인즉 아
마 화투에 나오는 그 아무 끗도 없는, 피 오동 껍데기에 비유해서쯤
써먹어 온 것 아닐는지. 그야 하여간 이 쉰서너 살쯤의 수염도 없는
이 맨숭맨숭한 사내는 내 염탐하는 물음에 또 엉뚱한 대답을 했다.

“응? 선돌처녀 그 잡것 말인 게라우? 처녀는 제까짓 게 무슨 놈의
처녀? 좃돗집이제, 좃돗집이여. 만주 군다리까지 흘러가서 좃돗집
신세나 지고 온 년이 아따 처녀면 제까짓 것이 몇 푼어치나 처녈 것
이여? 하여간에 시방이사 양반은 되기는 다 되었지만, 원래 씨알머
리도 보잘것없어. 이 민주주의 해방된 시상에 말하기는 안되었지만
저그 엄씨도 단골무당네였당개. 내 요 두 눈으로도 똑똑히 봤지만
저그 엄씨도 낯바닥이 손끝만큼은 번지르허기는 힜지. 징채나 북채
도 자연 번지르르하고……”

수염 나지 않은 놈치고 심술 좋은 놈 드물다더니 정말 고약한 건

그 오동색주가의 소개였다. 그러나 예수도 말씀한 것처럼 '나사렛에 가까울수록 인자에겐 고약하게만 굴 뿐인 것이다'라더니, 그 여자의 마을 가까운 마지막 언덕 밑에서도 그네의 소문은 아조 고약기만 했다.

'선돌처녀'라는 이름은 마을 사람들이 웃음거리로 붙여 준 것일 뿐, 만주에 가서 4, 5년 동안이나 좆둣집 신세를 졌으니 맛본 사내의 수는 하룻밤에 한두 사람씩만 친대도 그게 몇천 명이냐는 계산이었다. 임질에, 매독에 가장 더러운 성병은 다 걸렸었겠지 안 걸리는 장사가 있겠느냐, 그렇지만 해방되어 고향에 돌아올 땐 그걸 고스란히 어떻게 나수었는지 말끔히 고쳐 가지고 온 것만은 재주였다.

어디서 즈이 부모가 흘러들어 왔는지는 모르지만 이 선돌마을에 즈이 부모는 삼십쯤부터 와서 살며 외동딸로 그 '선돌처녀' 하나만을 두었고, 더부살이 머슴으로 아홉 살 때쯤부터 데리고 살던 사내 녀석이 하나 있었는데 이 녀석은 단골네집 또 한 식구인 개나 마찬가지로 누룽지로나 거의 연명하고 지낸 건 뻔하다. 마을의 고아로, 그렇지, 어려서는 주로 단골네의 징과 북, 그리고 그 징채와 북채를 등에 메고 손에 들고 단골네 뒤를 졸래졸래 따라다니며 단골네의 갖은 욕설이란 욕설은 다 얻어먹고 뼈가 굵은 것이다. 그것이 바로 선돌처녀의 신랑가음이었던 건데, 단골네의 남편은 마침 아편쟁이가 되어서 만년을 지내다가 (소문엔 단골네까지도 그런 것 같다고도 했다) 그만 환장해서 그 하나뿐인 딸까지를 만주 좆둣집 장수한테 팔아먹고 만 것이다. 그 뒤 단골네의 머슴 녀석은 어디로 갔는지 간데온데없고, 오호호호코코코코코호! 해방되어 그 선돌처녀만이 만주 좆돗집에서 어떻게나 애썼는지 노랑 돈냥이나 벌어 가지고 와서 기다리고 찾고 있는 것이다. 그 알량한 머슴 녀석을 기다려서 만나면 제까진 게 어찌할 셈인지, 설마하니 사내가 제아무리 못났기로 수천 명썩이나 사내를 맛본 것을 결혼한 일이 전연 없다는 조건 하나로 그래도 처녀로 여겨 같이 살아 주리라 생각하는 뻔뻔한 태도가 얄미울 따름이다. 그렇지만 민주주의 세상인 걸 그걸 마을에서 쫓아낼 권리가 시방 우리한테 있어야 말이지. 그래서 그냥 두고 보고 있는 것이다. 조봉암이가 농림장관 때 자작농 할정割定으로 지주들이 증권으로 땅을 막 헐값으로 파는 바람에 저 벌어먹을 땅마지기나 사고, 돈도 얼마큼은 남아서 시방도 마을에서 지내기는 구차한 편은 아니다. 버젓한 실머슴에, 부리는 계집아이까지 하나 두고 지낸다—쭈욱 이런 것이 그 마지막 셋째 번 언덕 밑 막걸릿집에서 선돌처녀와 거의 비슷한 나이라는 주모한테서 얻어들은 내용이다. 그 주모의 말을 들으면 선돌처녀 그네는 올해 꼭 쉰 살인데도 무슨 년의 마음으로 그런지 10년은 더 젊어 보인다는 것이다.

2

위에 말한 것만큼 한 그네에 대한 예비지식을 알아 가지고—내 스스로 자진해서 알았다기보다도 그네가 지시한 곳마닥 들러서 그네가 준 3백 원으로 일테면 그네의 예정대로 알게 되어 가지고 물어서 그네의 집 대사립문 바짝 밖에 다붙어선 것은 벌써 초저녁이 되어서였다.

　찾아온 게 나인 걸 알게 되자 여자는 기다리고 있었던 듯이 고닥
새 후다닥 뛰어나오며

"오실 줄 알았어라우."

하고 내 젊음도 잊어버린 듯 존댓말을 쓰며

"학상, 어서 들어오셔라우. 진지도 다 지어 놓고 기대리고 있었구
만이라우."

하고 말씨나 태도까지가 꼭 열일고여덟 살짜리쯤의 순 전라도 처녀
그대로가 되어 버렸다.

　나를 왜 학상이라고 부르느냐, 또 어떻게 내가 오늘 밤에 나타날
것은 알고 있었느냐고 물으니

"나는 학교 공부는 한 일이 없지만 만주로 어디로 돌아다니면서
하도 많은 사내들을 겪어 봐서 그만큼은 요량이 서능만이라우."

하여, 아까 세 군데의 언덕 밑의 막걸릿집을 거쳐 오는 동안에 내가
물어서 알고 온 사실의 어떤 것을 그네 스스로 '왜 다 알고 왔으면서
그러느냐?'는 듯이 암시해 입증하고 있는 듯했다.

　내가 학상이라는 것은 꼭 어쩔 수 없는 필요가 있어 그러니 눈치
챘더래도 누구에게도 말하지 말고 모른 체해 달라고, 그건 적선이고
적선하는 이에겐 복이 있을 거라고 하니, 잘 안다, 염려 마라, 내가
학상을 해롭게 할 사람으로 보이느냐고 하며 그 초롱한 용소 같은
두 눈엔 금시 지독스런 눈물의 번개가 번쩍하는 듯하더니 금시 그걸
거세겐 눈 깜짝 사이에 삼엄한 눈웃음으로 깔아뭉개 대치하며

"나마냥으로 사람을 여간해선 잘 안 믿겠는데…… 큰일 났구만. 누구 단 한 사람이라도 송두리째 믿을 만한 사람을 찾아야 할 텐데……"
하고 되게 나무래는 표정으로 다시 변했다.

나는 내가 앞일을 못 믿어 서울에 버려두고 온 내 여자 중삼이의 일을 어쩔 수 없이 생각하며

"어떤 젊은 여자는 그 집안이나 친척들이 너무 못났거나 더러워서 장가들래야 아무래도 앞이 믿어지지 않을 만큼 너무 어지럽게만 길들여져 있습디다. 어떻게 믿지라우?"
하니,

"그야 마음 나름이지라우. 제 본심 아니게 덮쳐 오는 일들이라면 그게 별스럽게 더러운 거라도 본심까지 차지할 수는 없지. 사마상여는 한동안 쇠코잠뱅이를 차고 고용살이도 했지만 그게 어디 사마상여의 본심인 게라우. 내가 만주에 있을 때 우연히 만났던 중국의 어떤 스님은 '보살이 그 본심허고 달리 간음을 당헌다 해도 그게 본심이 아니면 어지러워지거나 더러워질 건 없다'고 하셨는데 그 말씀이 맞아. 나도 그분의 이 말씀에 힘을 입었는데, 당신도 그러시오. 당신은 아마 더럽게 보인 여자를 만나서 마음깨나 썩인 모양이구만?"
했다.

"당신은?"
하고 나는 문득 예의에 어긋나는 질문을 하고 말았다. 그러나 이 질문은 그네를 아는 데는 오히려 큰 주효를 했다.

"나야, 매양 본심 편이지. 가령 여러 해의 전쟁이 일어나서 강제로

여자가 붙잡혀 유린당할 때, 한 주부가 1만 명의 적병한테 두고두고 이어 가며 강간을 당했다고 그 본심이 꼭 버렸다고 할 수만 있을 거라우? 공창 굴에서 몇 해씩 살던 여자도 그 본심은 여전한 수가 있습니다. 애가 안 들어서게 해야 할 텐데, 들어선다면야 그야 그 애를 길러 내야 하는 딴 이야기가 되고 말지만…… 그런데 나는 어찌 보이는 게라우? 쓸 만한 본심이 있었던 것 같은 게라우? 없었던 것 같은 게라우?"

여자는 내가 미리 알고 온 그네에 대한 예비지식의 가장 중요한 곳의 주를 스스로 달고 있었으니 말이다.

"본심을 송두리째 쏟을 만한 누가 있어야 말이지. 사람들은 본심의 어느 쬐그만한 부분하고만 서로 맞지, 송두리째 다 들어맞는 일이 어디 있어야 말이지."

내가 말하니

"당신은 학상이라도 아마 대학상인 것 같은디, 불도佛道나 조끔 해 보시지. 천천히 두고두고 사람들이 자기한테 맞춰 오게 해야지. 그게 게 눈 감추듯 어디 그리 쉽게 되는 건가? 그런디, 당신 왜 나보고 밤중에 장구채 같다고 하셨지?"

해서,

"그런데 장구채가 아니라 만신 노래라면서 그건 또 뭣이요?"

하니,

"그건 마지막까지 꾹 참고 견디는 사람한테는 꼭 오는 노래다."

라고 했다. 그러고는 불교의 여섯 개의 바라밀 가운데 인욕바라밀이 바로 그거라고 했다.

말해 보면 할수록 여자는 나보단도 조금 더 대학생인 것만 같아, 나는 귀담아들은 세 언덕의 막걸릿집의 소문과는 일치하면서도 또 너무나 많이 다른 그 상급생의 모습 앞에 마음의 고개를 숙일 수밖에 없이 되어 갔다. 그러고 그네의 본심론本心論과 그걸 말할 때의 그 단호한 두 눈동자의 초롱함과 확신 때문에 내가 서울에 우선 접어놓아 두고 왔던 내 불쌍하게 훈련되었던 계집애 중삼이를 다시 내 가까이 생각하게 되고, 쉬이 다시 찾아가리라는 마음도 새로 내게 되었다.

내가 어젯밤 고욤다래 나루터에서 닦아 내다가 놓아둔 당신의 발가락 사이의 뻘흙 아니라 그 발가락의 발톱 사이의 때까지를 재주껏 오늘 밤 안으로 새로 목욕한 만신마냥 말쑥하게 후벼 내 드리고 가고 싶다고 신바람이 나서 말해 봤더니, 내 걱정 말고 당신이나 한번 그렇게 하는 게 좋겠다며, 이 댁 계집애를 불러 이것도 미리 준비해 놓았던 구일본제의 쇠가마에 끓인 그네의 목욕통이 있는 곳으로 나를 안내케 했다.

그러고는 참 오랜만에 더운 목욕을 하고 올라오는 내 앞에 저 석가모니가 출가하기 전 아버지 정반왕의 왕궁에서 늘 코로 맡고 지냈다는 그 전단향의 향불, 비록 향로가 아니라 김치 종재기에 담아서나마 사루어서 내게 코를 요기시키고, 참, 그러고서야 겨우 나온 저녁 밥상에는 그네가 늘 먹고 있는 것인지는 몰라도 옛 중국의 황후들이나 요즘 미국의 해군들도 산으로 향하는 그 '홈씩'이라는 게 일어나면 언제나 가까이 애용해 온 산초의 간장이 상의 한가운데 놓여 있었다. 옛 중국의 어떤 황후들은 이걸 그리워하다가 마침내 방의 벽의 흙에까지 이 향을 아껴 반죽해 넣었던 그 산초 말이다.

그네는 그 냄새 옆에서 말했다.

"나는 이런 냄새 때문에 고향에 와서 딴 데 못 가고 살아요."

이런 처녀는 참 희한한 것이다. 그러고 이런 처녀가 우리나라에도 사실은 꽤나 많을 것을 생각해 보자면 그건 더구나 희한한 것이다.

"육지 고기가 없어 미안쿠만이라우. 피 나는 것은 내가 비위에 안 맞아 먹지 안하닝개 부리는 머슴이나 계집애까지 어느새 나를 닮아 그런 걸 안 좋아하게 되었지. 피 나는 고기를 보면 속이 느글거리고 못 견디게 언짢어서 나는 조개나 굴, 새우나 게 그런 거나 가끔 입에 대고 지내요."

여자는 내 밥상머리에서 말했다.

"오랜만에 산초 간장을 맛보게 해 주어서 고맙다. 이건 아닌 게 아니라 틀림없는 고향의 냄새다. 미국 해군용 드롭프스들 속에도 이 냄새를 살려 넣은 게 있더라. 옛날 중국의 황후들은 향제와 방한제防寒劑로 이걸 벽에다까지 집어넣어 애용하던 거다. 요 근방 산에 많이 나는가?"

내가 그네의 산초 냄새에 운韻 달아 뇌까리며 물으니,

"야! 산초 벽壁은 참말로 좋겠다. 학상, 그것 참 좋은 걸 가르쳐 주었다. 나는 무식하고 중국 황제의 황후도 못 되어서 그런 벽은 해 보지 못했지만 이 간장만은 어려서부터 부모님이 해마닥 담궈 먹여 주어 길들어 왔다. 우리 집은 예부터 무당이고, 무당은 중 비슷한 데가 있는 거니까 아조 옛날부터 이런 건 먹어 왔겠지. 이 근처 산에는 많으니 좋아한다면 학상한테도 이것쯤이야 노나 드리지. 나야 홀몸으로 살러 온 여자니까 할 수 없지만 학상은 장가들어 마누라를 가지게 되면 한번 산초 벽도 만들어 냄새 맡고 지내보는 게 좋겠다.”
했는데 그네의 말투는 이런 내용에 접어들면 또 이상하게도 꼭 친어머니나 아니면 정말 무슨 황후나 비슷하게 변했다. 그러면 또 그게 차악 어울렸다.
　“향 사루는 건 좋아하지 않는가? 좋아한다면 이걸 시방 제깍 좀 노나 줄 테니 갖다가 써 봐라. 사람이 한결 더 단정해질 거다. 상이다. 나한테 그 산초 벽이란 걸 가르쳐 준 상이여.”
하며 여자는 언제부터 지녀 온 것인지 손때로 번지르르한, 그네 방 윗목에 놓인 먹감나무 문갑에서 노랗기보다는 오히려 흰빛에 가까운 목침을 두 토막으로 낸 것만 한 나무토막 하나를 꺼내어서 아직도 이어 먹고 있는 내 밥상 옆에 놓았다.
　“이건 백단白檀이라고 한약방에 가면 약으로 파는 것인데, 이 기름 백단유는 임질약도 되는 거랍니다. 나는 만주를 굴러다닐 때 중국 스님을 한 분 만나 이게 석가모니 부처님께서 피우시던 향이란 것도 알게 되고, 공창 생활에 속이 느글거리는 아침이면 이걸 이어 피워 오곤 했는데, 이건 사람의 마음을 단정하게 하는 덴 힘이 있지. 갖다가 써 보시오.”
하며, 이 냄새는 음탕한 마음을 나지 못하게 하는 것이란 말이 맞더라, 천천히 뼛속까지 스며 들어오는 이 냄새를 맡고 있으면 고향 생각—고향 생각이라도 좋은 선조 누구의 고향에 온 것 같은 생각이 들고 해서 음심淫心은 용을 쓰지는 못하게 되더라, 좋은 꽃을 만나 눈요기에 빠져 있는 사람이 잠실망정 딴생각을 잊듯이 좋은 냄새에 빠져도 효과는 마찬가지다, 아니 코는 거의 늘 좋은 요기를 시키지 않고 많이 굶겨 두어서 그러는지 거기 따라 들어가는 것은 음심이나 그 밖에 생각을 잊는 데는 더 효험이 있더라—대강 이런 의미로 그 향의 성능을 내게 말했다.

이만큼 간단한 이야기들도 내게는 아직 배워 보지 못한 새로운 매력이어서 나는 밥을 어떻게 먹었는가, 밥상이 어느 사이 나갔는가조차 까마득히 잘 모르고 앉아 있다가 문득 밖에 새로 내리고 있는 소나기 소리에 귀가 쏠려서

"어디 조용한 절간으로 머리 깎고 중노릇이나 가 버리시지 않고…… 자, 인제 나는 그만 가 봐야겠소."

하니,

"지이랄한다. 이 쏘내기에 가기는 어디를 가? 학상, 댁은 나보다는 팔자가 좋은가 보네만서두 기왕에 왔으닝개 돈 내라고는 안 할게 아무 데서나 하룻밤 묵어가시지. 하아따…… 내가 중노릇이 깨끗이 갈 만한 팔자면 아조 썩 좋게? 나는 아직도 이 흰 털이 보이기 시작하는 머리채에 동백기름을 바르면서 살고 기대려야 할 인연이 단단케는 있어라우."

그러고는, 그 뒤는 바로 이어 그 전부가 너무나 처량하면서 또 동시

에 너무나 화창해서 똑바로 정시할 수조차 없는 한 그루의 거센 바람에 노래하는 나무 같은 것이 되어 버렸다.

　가노라 간다아
　내가 돌아를 가아네.
　저승에 드을어
　노수나아 있나아?

　그네가 부른 이 육자배기, 아마 소나기 장단을 만나서 저절로 그 마음속, 아니 그네 말마따나 그네 뼛속에서 솟아 나온 듯한 이 육자배기 가사 속의 '저승'이라는 말은 내 기억으론 물론 그 '죽음'이란 말을 그네 마음대로 고친 것이다. 우리나라의 가장 슬기론 이해력들이 마지막에 할 수 없이 도달하는 저승과 이승의 동일시 그것 속에 너도 빠지기는 잘 빠진 모양이구나 생각하면서
　"노수가 없기는 왜 없어? 나한테 준 그 3백 원으로 세 언덕의 막걸릿집마다 들러서 들으니 아 이 선돌마을에서도 제일 단단한 알부자라던데요?"
하니,
　"내 돈은 너무 매끄럽고 무겁고 어지러워서 겨우 동백기름이나 살까, 그런 먼 데 노수로까진 못 써. 학상은 유식함서두 왜 그리 무식해? 사공 노릇을 한바탕 썩 잘 해내 봐야겠구만. 나는 몇천 명의 사내를 내 사타구니로 겪고 벌면서도 마음먹고 백단향도 피우고, 또

딴 짓도 하고 히여 거기서 본심으로 색을 써 본 일은 절대로 없다. 그렇지만 이 머리털에 발라 온 동백기름하고 그 기대림—그건 아직도 어쩔 수 없이 남았다. 어디 이걸로 저승에 드나들 만한 노자가 되겠는가?"

대의大意 그런 내용의 대답을 하고, 그 자가 양조自家醸造의 매실주의 술잔을 들어 쭈욱 들이켜는 게 보였다. 깜빡 잊었지만 우리는 벌써 아까부터 이 여자가 하자는 대로 그 매실주도 나누어 들이켜면서 있었던 것이다.

"매사는 마음이 원하는 대로라는 것을 아는지 모르겠다. 10리도 못 가서 발병 나게 마음이 된 사람은 제 마음대로 그렇게 가다가 주저앉고 말고, 오갈 상[桑]나무 위에 뜨는 연은 오갈피 상나무에 걸리고 만다. 동백기름 머리하고 기대림이 팔자인 사람도 그 언저리서 돌고 말기는 매한가지다."

여자의 이런 말들이 들릴락 말락 하도록까지 나는 이 여자보단 몇 갑절 더 재빨리 그 매실주를 잔뜩잔뜩 들이켜고 있었던 것인데, 이튿날 아침의 햇볕이 방 미닫이의 창호지에 따가와서 열어젖히고 보니, 아그대 다그대 매어 달린 주황 열매 눈부신 해당화가 한 그루 뜰에 보이고, 그 옆에 그 여자의 그 깊은 용소 같은 두 눈 밑에 명주실 같이 가느다란 입술 사이 발음이 들렸다.

"오늘 아침은 젠 체라고 하지 말고, 학사양, 나하고 같이 모래찜이나 하러 갑시다. 무당네 꽃 해당화는 다 진 지 오래지만, 왜, 오늘 햇빛 속에는 그것도 다 들어 있는 것 같은데? 가슴이 답답한 데에야 모래찜이 제일이제, 제일이랑개!"

3

　나는 선돌처녀가 가자는 대로 뒤따라서 개좆머리라 불리는 바닷가의 아늑한, 사타구니 비슷한 한 모래밭에 다다랐다. 이 모래밭 서쪽으로 열려 있는 바다를 에워싼 삼면엔 백 살쯤씩은 좋이 자신 듯한 크낙한 우리 토종의 소나무들이, 그렇지, 그 속없이 좋기만 한 처용무의 활개춤들을 빈 데 없이 벌리고 있어, 이 근방의 마을들만 알고 있는 이 작은 해수욕장은 수줍은 여자들 것으로 더 알맞아 보였다.

　소나무 가지 위의 우리 국적의 산까치들 소리보단도 오히려 국적도 잘 드러나지 않는 그 자잘한 청솔방울만큼씩 한 방울새 소리 같은 꽤나 까부는 재재바른 얼굴과 손놀림과 소리가 되면서 여자는 손에 들고 왔던 갈맷빛의 모초 보재기를 사르르 풀고, 그 속에 든 샤쓰 무데기를 주섬주섬 집어 들고, 두어 개는 나를 향해 팽개쳐 내던지고, 또 두어 개는 제 목에 걸치고는

　"여기서 모래찜을 잘 하고 나면 개좆머리뿐 아니라 어지간한 병은 무어든 다 잘 낫는다. 어서 빨리 저 양반들 뒤에 가 숨어 갈아입고 나온나."

하고 나를 마치 저희 집 하인이나 자식 다루듯 하는 말씨로 닦달하면서 역시 재재바르겐 춤추는 듯한 손가락으로 우리 뒤의 소나무들을 가리키며 낄낄거리고 웃었다. 개좆머리란 이 고장에선 감기의 뜻으로 쓰이는 말이다. 감기의 알큰하고 얼얼하고 아기자기한 느낌을

막된 쌍말로 나타낸 이 말은 대개 무식한 사내들이나 철모르는 아이들이 써먹는 것이고, 여자들은 아주 파파노인이 다 된 할머니들이 아니면 좀처럼 입에 올리질 않고 그 대신 '고뿔(꽃불[花火])'이란 말을 쓰고 있는 것이니 선돌처녀의 이런 말씨는 물론 고연스런 일이긴 하지만 남장의 여협객 같기도 한 그네한테서라 그대로 그것도 또 어울리기는 했다.

내가 갈아입고 솔밭을 나오니 여자는

"아따, 인자는 진짜 태고라 천황씨나 무엇 같으신데라우."

하고 사는 것이 제대로 꽃피어 있을 때 우리말이 갖는 그 뮤지컬 악센트의 아양을 담뿍 담아 이렇게 말하며 아랫이빨의 반 넘어가 드러나도록 느긋이 미소했는데, 자세히 보니 여자가 입고 있는 것은 아주 독특한 재단을 거친 것으로 가운같이 위아래가 하나로 된 것이지만 다리께는 일본의 시조 아마테라스오미카미天照女大神의 아우 스사노오노미코토의 다리께의 옷 모양같이, 또 하늘 비행사들이 흔히 입는 옷의 다리께같이 지지러져 있는 그런 거여서 태고라 천황씨 같은 것은 내 꼴이 아니라 사실은 여자 쪽이었다. 좀 더 자세히 보니 그것은 또 아주 잘 짜낸 진짜 안동포였다.

"내가 잘 파서 묻어 드릴게 이리 와 앉어! 어디 어떻게 다시 살아나 일어서는가 보자."

여자가 하는 대로 나도 같이 두 개의 모래 구덩이 파는 것을 돕고, 또 여자가 하라는 대로 먼저 그 구덩이의 하나 속에 몸을 담고 앉으니 여자는 무슨 노래를 알아들을 만 못 알아들을 만 아주 나지막

이 부르며 다시 모래를 끼얹어 나를 묻고 있었는데, 요량해 보니 그
건—

　어화 넘자 어화 넘……
　어화 넘세 어화 넘……
　인제 가면 언제 오나?
　서산마루에 해가 지고
　월출 동령에 달 솟는다……

어쩌고 하는 저 상여 나갈 때의 상두꾼의 노래의 한 귀퉁이였다. 세
익스피어의 『햄릿』에 나오는 그 묘 파는 장면의 인부들의 익살을 기
억해 내며
　"거 꽤나 호수운데……"
나도 어쩐지 경어까지도 안 되어 이리 말하니
　"까불지 말고 어디 참말로 한번 다시 살아 나와 봐. 태고라 천황씨
푼수로라도…… 옛날 옛적에 호랑이가 담배 먹던 시절에 어떤 사람
이 하늘로 옥황상제님을 찾아가서 없는 아들 하나만 점지해 달라고
하니 '에이, 거 그놈의 하느님 시끄러워서 못 하겠다. 하느님 좋거든
너나 한번 해 봐라' 했다지 않데? 하느님도 이까짓 거면 별것도 없
지. 그 상 찡그리는 꼬락서니가 뵈는 것 같지 않냐? 그러니 천황씨로
다시 살아 태어나는 것도 할라면 왜 할 만도 하지. 눈 딱 감고 어디
한번 잘해 봐!"

여자는 유치원 보모 같은 말투로 나를 타이르고 있었다.

『삼국유사』에도 보이는 신라의 중 표훈의 이야기가 이렇게도 와전되어 내려온 것을 나는 곧 눈치챘지만, 물론 그런 것까지도 캐어 말해 볼 필요도 없어서

"어무니, 맞구만이라우."

그저 다만 경어로만 또 한 번 돌아와 있었다. 우리나라 사람들이 쓰고 있는 그 세 가지 등급의 언어─'하시오'와 '하게'와 '해라'의 세 가지를 나이와 계급, 신분의 상하만 보고 써 오는 습관은 너무나 답답하고 싱거워서 이런 자리에 이렇게 놓이게 되면 할 수 없이 그건 곤두를 서고 자연히 또 뒤죽박죽이 된다. 그건 당연하다.

여기서 기억이었지만, 나는 언젠가 대학 강사였을 때 어떤 여제자의 가족들과 함께 낙산사 밑 바닷가로 해수욕을 따라간 일이 있었다. 바닷속에 우리가 다 뛰어들어 물장구를 치고 있었는데, 내 여제자의 동생, 중2짜리 계집아이는 내 곁으로 개구리헤엄을 쳐 오더니 물속에서 아무도 몰래 내 허벅다리께를 냉큼 따끔하게 손톱들론지 꼬집으며 "어때? 따라와 볼래?" 하고 물속에 머리까지 잠그는 것이었다. 그러니 이런 말씨나 태도의 변모는 변모가 더 잘 살고 있는 것이지 불변이 그런 건 아닌 성싶다.

그러나 우리 선돌처녀의 그런 변모 그것들은 그렇게 단순히 알기 쉬운 것이 아니라 말하자면 내가 짐작만 하고 아직 못 들어 본 고대의 긴 곡조 같은 데가 있어서, 그것은 가끔가끔 음조의 변화를 가지면서도 연결되는 하모니를 지니고 있어 다음은 뭘까 하는 대단한 관

심을 늘 잡아다리고 있었다.

　우리 두 남녀가 머리에, 가주 핀 꽃 비스름한 수건을 두른 두 개의 사보텐처럼 머리만을 내놓고 완전히 모래 속의 땅에 묻혔을 때, 아니, 두 개의 비밀 주부^{呪符}의 표가 붙은 촉루, 아니라면 또 이상의 말처럼 '꽃나무는 꽃나무에게 갈 수가 없소'의 그 서로 갈 수 없는 두 개의 꽃나무 ― 그것도 그 꽃숭어리의 맨 꼭대기만 겨우 하늘을 보고 나머지는 모두 모래사태에 묻힌 두 개의 꽃나무처럼 놓여졌을 때
　"……"
뭐라고 하는 소리가 내 갈 수 없는 짝한테서 들려서
　"뭐라고?"
덥기는 하고, 끈적거리긴 하고, 답답하고, 기막혀서 아주 큼직하게 소리쳐 물으니
　"잡것, 지랄한다고 말했다. 왜? 뭐 잘못했냐?"
거기서도 역시 큰소리였다.
　나는 대답을 그만 끊어 버리기로 해서 그렇게 했다.
　그리고 시간은 말하자면 흐르는 거라니까 흘러간 것일 텐데, 아마 한 2, 3백 탄지쯤 ― 옛날 사람들이 일하다가 가끔가끔 그 무지와 식지의 손톱을 마주쳐 울리던 그 마지못한 시간 단위가 2백 번쯤이나 3, 4백 번쯤 손톱 발톱 끝에 불을 투겨 내뱉으며 지나간 무렵쯤, 두 손톱 발톱들 끝의 그 많은 불투김들이 모여서 결정해서 자욱이 깔린 듯한 그 따가운 불똥알들 모양의 모래밭 속에서 뭐가 되게는 흐느껴

울고 있는 소리가 들렸다.

들어 보니 그것은 어디 한번 다시 살아나 보자던 그 늙은 선돌처녀의 흐느끼는 소리였고, 돌아다 거기를 눈여겨보니, 사보텐꽃 같은 흰 수건을 쓴 머릿박과 얼굴도 이미 무슨 더한 힘에선지 아니면 약해진 힘에선지 폭삭 그 모래의 평면 바닥에 반나마 거꾸러져 놓여 있었다.

나는 저절로, 무가 제 스스로 그 뿌리를 뽑아 올라서듯이 쓰윽 자기를 뽑아 올라서며,

"어무니……"

하고, 내가 어렸을 때 내 고향 함평서 내 어머니를 부르던 그대로 이렇게 뱃바닥의 소리로 그네를 부르며 옆으로 달려가서, 굶주려 허기져 길 가던 놈이 염치도 없이 남의 무밭의 무를 기껏 뽑아 올리듯이 역시나 자기를 뽑던 거나 마찬가지로 그네를 뽑아 올리려 그 머릿박을 움켜쥐고 잡아다리고 있었다.

"어무니, 어무니, 어무니, 어무니! 잘못 없당개! 다 잘하셨당개! 옛날에 보살님도 그렇게 했당개! 내 눈으로도 똑똑하게 보았지만, 대학교 3학년 때 볼라고 해서 똑똑히 보았지만, 석가모니 부처님도 '지옥에 가라'고 했어. 맨 먼저 지옥에 가라고 했어. 부처님이 죽을 때는 그렇게 말했어! 괜찮어! 괜찮어! 열 번 만 번 마음 없이 붙었어도 괜찮어! 그까짓 놈의 좆똥집에 팔려 가서 만 번이건 억만 번이건 붙었어도 괜찮어! 괜찮어! 괜찮어!"

나도 어느새인지 울먹거리며 이리 퍼부어 대자

"……"

"……"

여자는 뭐라고 하는지 쏟내기 쏟아지듯 주로 음악밖에 안 되는 소리
들을 내 가슴팍에 머리를 묻고 지저귀어 쌓더니 그중에서 내가 지금
도 역력히 기억하고 있는 말은 "내 새끼야……" 그 한마디다.

나는 그네를 언제 둘쳐업었는지 모른다. 새끼가 엄마를 업었다는
느낌에서였던가, 아니었던가, 그 아닌 것도 아니었던가 기억에 아스
랗다만, 나는 그네를 번쩍 들어 등에 업고 어느새인지 둘이 다 바닷
물 속에 뛰어들어 서로 팽개쳐 내던져져 있었다.

장이소 나는 역시 나다. 바닷물에 우리 둘이 업고 업히어 내던져
지면서 나는 거기 빠져 죽을 수 없어 새로 일어서 나를 보는 그네의
얼굴과 그 좋은 안동포 사이에 불룩이 솟아오르는 그네의 두 개의
젖통―그 끝이 유난히 복사꽃빛이었던 그 젖꼭지에 내 심미감을 또
모으지 않을 수 없었던 막역한 놈이니 마음대로 해라. 여자는 처녀
때가 이쁘다 하지만 그건 반의 반도 모르는 말쩡한 엉터리다. 여자
는 처녀 때 그 젖이나 젖꼭지가 꼭 유치원 같지만 애를 배고 낳는 동
안에는 그게 보잘 나위 없이 부풀거나, 아니면 바짝 말라붙고, 그 젖
꼭지는 또 다 죽은 빛으로 까맣게 된다. 그렇지만 오십에 앞서거나
뒤설 무렵부터는 그것들은 적당히 풍성하며 또 이질지도 않아 그 완
전한 젖통의 모양과 그 꼭지의 좋은 복숭앗빛을 처녀 때보단 훨씬
낫게 다시 마련한다. 그러고 바다 위에 상반신을 드러내고 있는 선
돌처녀의 머리털들은 심심치 않게 은빛 털이 하나둘씩 햇빛에 반사

하는 바로 무슨 여신 모양의 그것인 것이다.

보고 있는 동안 내 목에서는 '어무니' 소리가 다시 목 아래로 잦아 들어 가고

"뻐꾹새라도 한 마리 당신 바짝 옆에서 울었으면 좋겠는데라우."

하는 말이 되고 말았다. 초서의 무슨 글에던가에 보인 '바다에서 새로 탄생한 비너스'의 손등 위에 날아와 앉아 울던 그 뻐꾸기가 생각 나서였다.

여자는 무엇 때문인지 어느새 바닷물 속에서 내 배꼽께를 슬그머니 어루만져 쓰담으며,

"당신을 한번 업어 볼까?"

하고 또 한 번 존댓말로 왔다.

그러나 이런 경우엔 업히지 않기로 하고 온 것이 나다.

내가 그네를 업고 모래밭까지 나와 이번엔 내 손으로 모래 구덩이를 파고 그 속에 먼저 그네를 모가지까지 묻어 놓았다. 그러고 나도 또 그 옆에 그렇게 자기를 놓았다.

그 뒤 나는 거기서 잠깐—아마 한 20분쯤 잔 것 같다. 비유하자면, 저 선덕여왕을 짝사랑하던 어떤 사내가 여왕한테 데이트를 청해 놓고도 그만 그걸 기대리기가 너무나 고단해서 딱 만나기로 한 자리에 와선 돌탑에다 기대고 한잠 잘 잠들어 있었듯이…… 잠들어 있다가 놓치고 만 듯이……

누가 흔들어 깨어 보니 여자는 언제 어디에 꾸려 왔던 것인지, 두

개의 천도복숭아를, 쫙 벌린 두 손에 받쳐 들고 내 한쪽 귀에 입을 대고 구부정히 서서

"이것 하나 자셔 보실라우?"

하는 말씨가 인제는 벌써 내 한 요조한 아내와 같았다. 나는 그네에게서 아내를 느끼자 천도복숭아 든 한쪽 손을 그 천도복숭아 아울러서 덥석 움켜쥐어 내 배꼽께의 모래 속으로 끌어들이다가 벌떡 또 자기를 뽑아 일어나서 그네를 내 있는 힘을 다해 끌어안아 가슴에 조이면서 말인즉 그냥 "왜 그래? 왜 그래? 왜 그래?" 그런 따위로 지껄이고 있었다.

그러나 그때 내 감각은 역시 잘못이다. 여자는 그 천도복숭아를 든 두 손바닥의 어느 걸로였는지 내 뺨을 마구 후려갈기고 있었다.

"잡것! 잡것! 이 잡것! 잡것! 네놈이 그래 학상인 줄만 알았더니 그예 겨우 불량 깡패냐? 이놈, 이놈, 이놈! 네놈도, 쓸 놈인 줄 알았더니 몹쓸 놈이로구나!"

그래 나는 어느 결엔지 그네를 다시 꼼짝도 못하게 끌어안고, 그 발걸음으로 너무나 뜨거워서 다시 바닷속으로 들어갔다. 그러나 바닷물 속으로 들어선 지 한 50미터쯤 될까 말까 해서 나는 그네를 안은 내 손의 힘을 풀어 놓아 주고 말아야 했다.

"너도 이놈의 새끼! 결국은 돈 몇 푼이나 좆 들고 대국 봉천 같은 데서 돌아다니다가 온 귀신 같은 놈의 새끼지?"

그 말 한마디 때문이었다.

4

일이 이렇게쯤 되면 사내는 아예 잘못했습니다고 빌든지, 아니면 여름 햇빛에 화끈 달아오른 그 힘을 그대로 끝까지 밀고 나가든지 그 양단간에 할밖에 없을 것이다. 그래 나는 이때 내 마음이 지력이나 윤리기보다는 훨씬 더 열熱한 체력이고 욕망이었기 때문에 불가불 이 두 가지를 함께 다 하지 않을 수 없었다.

"잘못했어라우. 잘못했어라우."

입으로는 그러면서도 두 팔은 또 저절로 벌려져 그네를 다시 끌어 당겨 안으려 했다.

그러나 그네는 내게 다시 욕설을 퍼붓지는 않았지만 그렇다고 내 팔에 안기지도, 또 엉거주춤하거나 머뭇거리지도 않았다.

한 마리의 미끈한 암물개같이 내 팔 사이를 잘은 미끄러져 빠져나간다고 탄복하고 있는 눈 깜짝 사이 여자는 어느새인지 그저 그냥은 못 뛰어넘을 냇물 하나만큼의 저켠에 가 냉큼 출렁거리고 서서 뭐라고 아주 익살스런 입모습으로 웅얼거리고 있어 자세히 들어 보니 그건 딴게 아니라 바로 중들이 아침저녁 예불 때 소리 내어 외는 천수경의 '정구업진언'과 '오방내외안위제신진언'이었다.

입에 안 담아야 할 말을 지껄인 것을 맑히려 할 때 중들 읊조리는 '수리수리 마하수리 수수리 사바하' 하는 것과, 또 이 하늘 밑 공기 속에 빽빽이 들어차 있는 온갖 귀신들을 편안하게 극진히 한번 위로해 주는 아량으로 외는 그 '나무 사만다 못다남 옴 도로도로 지미 사바하' 하는 것을 한 서너 번 되풀이해서 바다의 오존 기운보단도 꽤나 더 낭랑한 목청으로 외고는 그 끝은 '나무대비관세음'으로 마무리했는데, 나무대비관세음을 말했을 때의 그 '나무대비' 음의 가락 때문에 나는 이 여자를 아까의 여자와 똑같이 느낄 수는 아무래도 할 수 없이 되어 버리고 만 것이다. 모든 작고 큰 냇물과 강물이 바다로 안겨 들듯이 모든 작고 큰 슬픔들을 그 새끼들 안듯 안으셨다는 하늘 밑의 슬픔의 어머니—관세음보살의 그 큰 서러움의 느낌을 책보단도 이 여자는 무엇으로선지 아주 잘 그 소리의 가락으로 표현하고 있었기 때문이다.

그러나 여자는 나를 관음보살의 그 대비大悲의 물결의 출렁거림 속에 아찔해져 있는 것을 오래 그대로 두지도 않았다. 으레 내 쪽에서 해야 할 말

"잘못했어라우. 잘못했어라우."

를 국민학교 4학년짜리쯤의 입모습과 가락으로 뇌까리며 어느새인지 내 옆으로 사르르 헤엄쳐 바짝 다가와선 물속에서 내 허벅지께를 아플 것까진 없이 살짝 꼬집으며 또 그만 또래의 익살로 소리쳐 깔깔거리고 있었다.

"욕 퍼붓어서 잘못했당개. 학상, 참말 잘못했어. 그 대신으로 이거나 하나 잡수시오, 잉. 자, 여기 있소."

그러곤 아직껏 손에 쥐고 있었던 천도복숭아 한 개를 내 오른손에 쥐어 주고(두 개의 손 중에 오른손을 고른 건 그네의 의식적인 짓이었을까? 그렇다면 그런 셈은 놀라운 것일밖에 없다) 자기 먼저 남은 한 개를 아직도 씽씽한 이빨로 물어뜯어 지근거리며 저만큼으로 또

사르르 헤엄쳐 갔다.

"따라와 봐. 따라와 봐. 헤엄도 못 치는가? 따라와 보랑개! 일곱 살 때 버릇 여든까지 간다고 어려서 배운 헤엄이지만 영 안 잊는다 잉……"

그래 나도 또 한 아이의 국민학생이 되어 그 뒤를 열심히 헤엄쳐서 뒤따라 다니고 있었다.

그러면서 내 의식은 누가 뭐라고 하건 열심히 청혼을 하고 있었다. 도스토옙스키의 『악령』의 주인공 스타브로긴이 그 의식적인 짓궂은 패륜의 여성 관계 속에서 저와는 너무나 어울리지 않는 병신인 환상병의 여인을 골라서 정처正妻로 삼았던 걸 나는 이때의 두 헤엄 속에서 기억해 내고 있었다. 또 언젠가 신문의 세계 기문란世界奇聞欄에서 본 불란서 파리의 일흔세 살의 술장수 할머니와 서른 몇 살짜리의 건달 사내의 결혼 기사도 기억해 내고 있었다.

'나이는, 가만있거라, 내 어머니보단이야 어리지…… 괜찮해…… 괜찮해…… 결혼해도 괜찮해…… 아니 오히려 그건 더 좋아. 지는 해와 뜨는 해가 나이가 다르면 얼마나 다른가? 제에길…… 아직 저 여자는 해 질랑도 멀었다. 그 지는 해의 한 두어 뼘 동안하고 또 결혼하면 어때? 어때? 짜식아! 그 도스토옙스키의 스타브로긴 녀석의 청혼 따위하고야 격이 다르다. 암, 내 거는 훨씬 더 우수한 거다. 일흔세 살 먹은 파리의 술장수 할머니보단야 아직도 그 씽씽한 딸 정도인 것이다. 우리 애인은……'

내가 이렇게 생각하고 있자니까, 갈매기가 한 서너 마리 유달리 발톱의 분홍빛을 눈부시게 햇빛에 더해 드러내며 우리 둘레를 몇 바퀸가 몇 바퀸가 맴돌고 있는 것이 비로소 잘 보이고 또 잘 실감되었다. "왜액! 왜액! 왜액! 왜액!"—갈매기들은 그런 소리로 연거푸 울고, 나는 그 말을 "왜 그래? 왜 그래? 왜 그래? 왜 그래?"의 생략음으로 알아듣고 "염려 마라! 결혼하마! 결혼하마! 결혼하마! 결혼하마!" 속으로 정말로 대답하고 있었다.

우리는 헤엄을 치고 치고 또 치고, 또 모래밭의 모래 속에 묻히고 또 묻히고, 셀 수도 없을 만큼 뚜렷한 이유도 없이 이빨을 드러내며 많이 깔깔거리고 웃어 대고, 또 서로의 어딘가를 가끔가끔 꼬집거나 간지럼도 먹이면서 개좆머리의 모래밭과 바다 사이를 해가 거의 뉘엿뉘엿할 때까지 두 국민학교 4학년생의 숨바꼭질같이만 드나들고 있었다.

우리는 서로 다 적당히 지쳤지만, 우리가 모래찜한 보람은 있다. 우리는 그 너절더분한 온갖 자잘한 생각이나 느낌을 가질래야 가질 수도 없이 되어서, 결국 그렇지, 둘이 서로 성질은 좀 달랐지만 그 사랑을 연습하고 있었으니 말이다. 아닌 게 아니라 모래찜은 모든 병에 크게 유조有助한 걸 확인한다. 마음이 엉터리가 되어 뒤틀리기라면 밥이나 물도 제대로는 못 먹고 마시게 되는 것인데, 이 선돌처녀 있는 모래찜에선 그 마음이란 것이 막히어 비뚤어지는 어떤 일도 연기演技되어 나타나지 않았음은 물론, 갈매기들의 발의 연분홍은 점점 더 선명해져 가게만 되었고, 사람값도 어느 쪽이냐면 아무래도 줄곧 폭등하는 쪽으로 기울어져 있었으니 말이다.

햇살이 새우 등 굽듯 서쪽 바닷속으로 구부러지며 파닥거리고 있을 무렵, 우리는 서로 단정하게 옷을 갈아입고 개좆머리 모래밭의 솔수풀을 우리 국적의 몇 마리 까치들의 소리를 그렇지, 칠석 비슷이 알아들으며 아주 점잖게 걸어 나오고 있었다.

"한 열다섯 해나 그쯤 나이가 위인 여자한테 사내가 결혼을 하자고 하는 것은 안 될 일일까요?"

나는 선돌처녀한테 물었다.

"……안 된다."

그네는 좀 생각해 보는 듯하다가 단호하게 대답했다.

"그럼, 그 열댓 살 아래짜리 사내 혼자만 그렇게 생각하는 것도 안 될까요?"

"안 된다."

고 그네는 아까나 똑같이 대답했다.

"그럼 이렇게 하면 어떨까요?"

나는 그렇게 말했다기보단도 오히려 외치며 저절로 생긴 힘으로 그네를 개좆머리의 솔수풀 속 길의 어느 풀섶에다간가 붙들어 쓰러 엎지르고는 아랫도리 속옷 끈에 손을 대다 말고 두 다리를 쓰담어 내려가다가 두 발을 동동히 두 손으로 붙들어 잡고, 오른쪽이던가 왼쪽이던가는 잊었지만 그 엄지발가락의 하나를 내 입속에 깊이깊이 집어넣고 내 침으로 축이어 목구멍 속으로 빨아 넘기고 있었다. 우리는 여기서 아주 단순한 이 짓거리에만 아무 소리도 못 하고 한동안 빠져 있었다.

여자가 먼저 일어서고, 그러니까 그네가 승자가 또 되었다. '나이 탓일까 아닐까' 내가 생각하며 머뭇거리고 있는데, 여자는 또 막 퍼붓는 욕설이나 따귀로 나올 줄 알았더니 그건 아니고, 그저

"요 새끼!"

한마디에 그다음은 또 그저

"진작 오지 그랬냐?"

또 한마디뿐이었다.

무슨 힘으로도 나는 더 그네를 침범할래야 침범해 볼 재주도 없고 배포도 없었다. 그래 내 생각인즉은 그 누구던가의

| 등불 밑에 풀벌레 우는데 | 燈下草虫鳴 |
| 내리는 비에 산과일 떨어진다 | 雨中山果落 |

의 그 산과일처럼 그네를 거기 그 풀섶에 선 채로 그대로 놓아두고 갈밖엔 길이 없다고 생각했다. '이렇게 하는 것이 가장 온당한 일이다. 모다 제멋대로 해 보는 것이지' 나는 그런 생각을 하고 있었다.

이렇게 해서 나는 그날 밤 어스름발이 아주 짙기 전에 고욤다래 나루터로 다시 되돌아와야 했고, 모래찜은 이어서 한동안 가야 하게 된 것이다.

그러나 아까 말하는 걸 잊었지만, 개좆머리의 모래밭 솔수풀 속의 그 넘어가는 햇빛 속에서 내가 "내일도 여기서 만납시다" 해서 "그러장개" 했던 그네의 언약은 이튿날도 그다음 날도 이행되지는 않고

그 휑한 하늘 속의 빈말만으로만 남아 있었다.

그런데 그게 며칠만이던가, 내가 내 선돌처녀에게서 배우기 시작한 어느 날 오후의 모래찜에서 새삼스레 특별나게 한 개만 청참외를 짓씹어 봤으면 좋겠다는 생각이 들어 남 창피한 줄도 모르고 속잠뱅이 바람으로 가까운 어느 참외밭 원두막에까지 줄달음쳐 와서 그걸 몇 개 짓씹고 있노라니까, 문득 거기 어느 하늘 끝에서 마련해 나왔는지 그 선돌처녀가 그 마지막 청참외의 마지막 껍질을 내 스스로 벗기고 있을 무렵쯤 쓰윽 나타나 그 사돈도 같고 어느 선조의 마누라도 같은 넙죽한 열 개 손톱을 단 손가락들을 내 눈에 똑똑히 드러내 보이며

"워매. 저 혼자만 맛 좋은 건 다 퍼먹고 다니능구만!"
했다.

"할 수 없지 안해? 같이 먹는 건 싫다면서 뭘 그래?"
하니,

"뭣이 어째? 요놈의 새끼! 마음 갈아 먹었거든 오늘 저녁에 우리 집에 또 한 번 온나."
했을 뿐이었다.

나는 그 뒤 이 쉰 몇 살 먹은 여자의 사타구니 속에 몇천 명의 사내의 몇천 개의 ×이 들어갔다 나갔는가 하는 그런 따위의 상상과 감각은 다 잊어버리고, 그네에 대한 청혼과 그 의지 속에서만 살며 날마다의 모래찜에 열중하고 있었다. 물론 그건 그 첫날을 제외하고 나날이 혼자서였다.

그래 나는 모래찜의 효력을 몸소 실증하고 알게 되었다.

모래찜에 가거든 누구든 하나 사랑해라. 둘이 맞부딪치고 얼크러지고 싸워라. 그렇지만 끝까지 지지는 마라. 그러면 하늘은 네 편이고…… 그러면 네 마음의 운행은 정상에 놓이고, 건강을 되찾으리라―하는 확증이었다.

이 경우에 고독은 약으로 하면 물론 첫째의 약재인 것이다. 혼자서 깊이깊이 찾는 연놈이 가장 깊은 수심水尋에 있고, 그건 벌써 말이 아닌 것이다.

선돌처녀한테 청혼할까 하다가 나는 다시 국민학교 시절의 내 어린 소녀 친구를 또 생각하게 된다. 그렇지만 그 애는 남의 아내인 걸 또 어떻게 하지?

즈이 형부는 붙었지만 그건 어려서의 일이고, 나만 아직도 그리워한다면 우리 중삼이한테로나 갈까? 어쩔까?

7월 23일 쾌청

여름치고는 꽤나 맑은 날이고, 더운 날이고, 하늘의 짓이 그만큼은 우리한테 바짝 가까웁자는 날인 듯싶어 반조금 때의 꽤나 많은 나루 손님들을 그 가까운 느낌으로 별 고단한 줄도 모르고 거뜬히 거뜬히 실어 나르고 있었다.

손님 중에 어떤 사내가 담배쌈지를 꺼내고 그 쌈지 속에서 가장 싼 희연의 잎담배와 신문지 조각을 꺼내 그 신문지의 쬐끔을 떼어 거기 잎담배의 쬐끔을 말아 가지고 또 혓바닥 끝으로 살살 그 말은 신문지 열린 곳을 침칠해 붙이고 앉았는데, 이보단도 조끔 더 허술하게 차린 사내 하나가 그 옆으로 바짝 가까이 가더니

"날 보겨라우. 그 신문지 야울가지 쪼끔만 빌립시다."

하고 세상에서도 드물게는 억세 보이는 역사力士다운 한 손을 쓰윽 앞으로 내미는 것이다.

　나는 그 홍어라든가 가오리 같은 생선의 가장자리 한쪽의 뜻으로 어부들 새에서 흔히 쓰이는, 그 야울가지란 말이 이런 마당의 이런 신문지 조각에도 쓰이는 것이 재미있어 그를 유심히 훑어보노라니 그의 내려뜨린 딴 손의 끝에는 언제 어디서 줏은 건지 누가 피우다가 버린 백조인가 뭐 그런 궐련의 아주 짤막한 꽁초가 한 개 쥐어져 있었다.

"에이쑤 원, 신문지 쪼각도 없는갑네."

하면서도 그걸 가진 사내가 그 야울가지를 조심조심 애끼면서 꼭 담배 한 개 말 만큼 한 면적으로 접어 또 혀를 꺼내 거기서 솟아 나오는 침으로 잘 선 둘러 떼어서 주니, 사내는 아무 말 없이 그걸 받아 거기 딴 손의 그 꽁초를 까서 말아 그 말은 신문지의 열린 곳에 역시 쑤욱 뺀 혓바닥 끝을 대어 여유 있게스리 오락가락 침을 아주 담뿍 썩 잘 발라 붙여서 둘째와 셋째 손가락 사이에다 싸악 끼워 가졌는데, 아무리 기다려 봐도 성큼 그것에 불을 붙이질 않고 하늘 쪽을 힐끔 눈깔질해 보고는 그 두 눈깔을 내려뜨려 두리번두리번 사방의 눈치만 살피고 있는 걸로 보아 성냥까지도 무슨 이유로선지는 모르지

만 가진 것 같지가 않았다.

내가 대학 강사 때 언젠가 대구에 갔더니 거기 사는 내 가난한 시인 친구 하나가 나를 오랜만에 만난 인사로

"불이나 가졌나? 불이나 있다면 누구한테 담배라도 한 개 빌려 피워나 볼 텐데…… 이거 대학 시간강사님이 어디 그쯤이나 됐을까 싶지도 않다."

하던 농담이 현실로 이렇게 나타나는 것을 보고 있자니, 역시 재미가 있다. 그 성냥불인즉 내게도 사실 있긴 있었어도 그걸 성큼 거기 붙여 주지 않은 것은 그를 애태우고 싶어서가 아니라 세상인심이 이어서 어떤가를 살펴보려 함이었지만, 이런 일을 몸소 두 눈으로 이 땅 위에서 보는 것은 그게 딱하고 서럽고 어쩌고저쩌고한 그 이유를 생각기 전에 먼저 그게 재미있어서 좋다.

담배가 아니라 딴 일들로도 이따위로 사는 사람들의 수효는 아직도 이 땅 위엔 얼마나 많은가? 그러나 이게 이렇게 밝은 날에 쓰윽쓰윽 그 정체를 실감 있게 드러내는 곳은 드물다. 그 점에서도 이 고욤다래 나루터는 아주 밝은 상명당인 것이다.

7월 24일

오늘 오후 2시쯤, 쬐그만 한 말들이쯤의 빈 쌀자루를 포갬포갬 접어서 손에 들고 나루를 건너온 열한두 살쯤 되는 계집아이―우리 선돌처녀가 사는 선돌마을 쪽으로 간다던 아이는 우리 나루터 뒤의

언덕을 넘어간 지 단 5분도 못 되어 다시 되짚어 내 앞에 나타나서,

"사공 아저씨, 오던 데로 그냥 나를 나루에 되루 건네다 주시겨라우."

하고 그 조갑지 손에 마지막 움켜쥐고 있었던 꼬작꼬작 구긴 10원짜리 종이돈 한 장을 내게로 내밀었다.

"어디를 무엇 하러 갈려고 했었는데 안 가고 그냥 되돌아가는 거냐?"

하니,

"엄마가 외갓집에 가 무슨 곡식을 좀 꾸어 오라지만, 가도 헷탕인 건 십중팔군데 가서는 뭘해? 벌써 몇 번을 헷탕을 쳤다고?······"

하는 것이다.

"너 학교에 다니냐?"

하니, 5학년인데 방학 중이라는 것이다.

나는 내가 가진 돈에서 쌀 한 말 값을 덜어 이 계집아이의 그 십중팔구의 자루를 채워 보낼까도 했다. 그러나 이런 선심은 흔히 또 다른 십중팔구의 길을 만드는 것이라 이 아이와 그 가족들의 무력無力을 조상助上할까 무서워서 그만두고 그 아이가 원하는 대로 그 아이를 다시 되돌려 보내기 위해 나루에 올리고 노를 잡았다.

그런데 그 아이는 마악 배가 이쪽 언덕을 떠나려 하자, 무엇에 몰린 메뚜기가 이 벼폭에서 저 벼폭으로 때로 뛰엄도 뛰듯이 배에서 폴짝 뛰어 다시 언덕으로 내려서고 말았다. 그러고

"그래도 가 보랬으니 가 보기는 가 보아야제. 어쩌면 줄란지도 모

르닝개……"

이것이 이때의 이 아이 말이다.

'십중팔구 안 되는 연습 꽤나 일찍은 하고 있구나' 하는 생각이 들자 나는 바로 그 아이 뒤를 또 한 마리 메뚜기처럼 뛰어내려 아이의 한쪽 손을 이끌고 나루터의 주인집 부엌으로 들어섰다.

"보시오. 무슨 곡식이건 있거든 나한테 한 말만 파시구려."

안방에서 부엌으로 열리는 더러운 죽창이 열리며 나온 이 집 주인 늙은 사공은 "뭘 할라고 그리여?" 하면서도 물론 보리쌀 항아리 앞으로 나를 인도했다.

나는 우선 그 아이의 자루에 보리쌀을 하나 그뜩 채우게 했다. 그러나 이렇게 하는 건 아무래도 바른 수학이 아닌 것 같아 그것을 다시 반으로 줄여 퍼내게 했다. 그런데 다시 생각해 보니 역시 그것도 정확하진 못한 것이다. 나는 그뜩 채웠던 보리를 덜고 또 덜어 내게 하다가 십분지 일쯤 남은 데서 멈추게 하고 그걸 뭉뚱그려 내 한 손에 조여 쥐고 아이들의 풋볼만큼 한 그것을 아이에게 번쩍 들어 보이며,

"요게 요 녀석아, 네 십중팔구에서 남은 거다."

하고 그 애 손에 쥐여 주었다. 한 됫박쯤 되는 것이다.

그래 나는 그 계집아이의 시무룩한 얼굴 밑의 손에 그 십중팔구의 남은 것을 쥐여 보냈는데, 결과는 어찌 되었는지 모르겠다. 그 애가 지금 그걸 셈하지 못한대도 더 나이 들면 언젠가는 셈해 내겠지.

8월 15일

나는 지금 서울에 와서 이 글을 쓰고 있다.

사타구니의 바람일까, 역시 그것이기도 하고, 가슴이나 쓸개 특히 그 심장이란 것 ― 그런 것의 바람일까, 또 역시 그렇기도 한 바람 같고 병 같고 지나친 건강도 같은 것으로 나는 다시 그 지긋지긋해 물러났던 서울에 또 한 번 올라온 것이다.

내가 여길 다시 온 목적은 우리 중삼이를 만나서 내가 그전 대학 강사 시절에 덜 생각했던 걸 말하고 어째 보자는 것이었다. 이미 선돌처녀의 그 몇천 번도 남자를 더 겪고도 아무렇지도 않은 그 여자의 매력에 구푸리기도 하고, 거절도 당해 본 나는 우리 중삼이가 어려서 형부 붙은 전력이나 그 몹쓸 친일 감각의 형부 놈이 가르쳐 놓은 그 누추한 성행위 때의 습관쯤 문제 삼지 않고 다시 사귀어 볼까 하는 각오를 해 온 것이다. 다만 우리 중삼이 얼굴에 그 첫 번째의 그 네 형부보단 나를 더 그리워하는 눈치만 보이기만 한다면……

그러나 단 두 사람만의 일도 일이란 한쪽에서 바라는 대로만은 꼭 언제나 되는 건 아니다. 이쪽에는 이쪽의 정신 경영의 가시적 불가시적 오랜 습관이라는 게 있고 저쪽도 또 역시 그건 그런 거니까……

어떻게 겨우겨우 찾아서 내가 불러낸 그전의 그 학사주점의 판사―중삼이의 오빠 녀석은 나를 만나고 내 소원을 대강 다 알아듣자,

"으ㅎㅎㅎㅎ홋……"

급템포로 풋살구 속의 버러지나 하나 잘못 씹어 먹은 아이처럼 못

견디는 것인지 견디는 것인지 알 수 없는 웃음을 묘하게는 웃고는

"좀 올려면 일찌감치 오지 그랬나? 일에는 무어든 적시 출근이라는 게 있는 건데? 그 애는 어떤 홀애비 목사하고 결혼해 잘 살고 있네."

하는 것이었다.

역시 그는 틀림없이 판사는 판사다. 그는 이어서

"하여간 고마우이. 자네가 자네를 가지고 놓은 다리만 없었어도 그 애는 항시 이 거센 강물 속에서 제 형부의 그 안 될 다리 위에 우두커니 안 서 있을 수는 없었을 테니까. 그게 제아무리 못 되었건 어쨌건 말이야. 그걸 인젠 자네가 놓은 또 한 다리를 건너서 그 애가 재생할 것 같아 나는 좋아하고 있네. 자네도 그럴 테지?"

했다.

나도 물론

"암 그럼."

안 할 순 없었다. 그것은 내가 원래 의도했던 건데 그것이 바로 그대로 차악 들어맞았으니 말이다.

중삼이 그네는 인제는 제 형부가 아니라 나 장이소를 그 마음속 비밀리에서 더 생각하며 그네 남편을 맞이하게 되었으니 좀 더 편안키는 편안할 것이다―이런 계산은 별 재미랄 것까지는 없지만 그래도 우리가 알아 둘 걸로야 꽤나 잘 알아 둘 만한 값어치야 있다. 우리 중삼아. 중삼아. 부디 잘 살기만 바란다.

"여보게, 판사. 자네는 나를 의심치는 않을 거니까 말이지만, 자네

누이를 한번 자네하고 같이 만나 축복이라도 한마디 해 주고 싶네. 오늘이 더구나 해방 기념일이니까 말이야."

우리 중삼이에게 꽃이라도 한 다발 사다 안겨 주고 싶어 이렇게 내가 부탁한 것을 셈이 빠른 그 오래비 판사가 물론 반대할 리는 없다.

"참 그게 그 애한텐 더 좋겠네."

판사는 즉시 승낙하고, 그의 권고로 우리 둘이는 이발소에 가서 말끔하게 얼굴과 머리털을 이쁘게 다스리고, 곧 이어서 이번엔 내 소원으로 꽃 가게에 들렀다.

"역시 카네이션 홍백을 섞어 한 아름 갖다 주는 게 어떨는지?⋯⋯"

내가 그러니

"아니야, 이 사람아. 그건 쓴맛이 없어서 모자라. 역시 한국 여자한텐 국화가 좋네. 그 씁쓸하게 씨거운 걸 강조해 주는 게 좋아. 국화가 지금 제철이 아니니, 그 애한텐 그 제철 아닌 걸 은유해 주는 것도 더 좋을 것이고⋯⋯"

해서 나는 그걸 옳게 여겨 자줏빛과 흰 것을 섞어 큼직한 한 다발을 묶게 했다.

그래 우리는 이걸 금상에 첨화로 할 양으로 중삼이의 신거新居를 찾아갔으나 그네의 얼굴을 보자 '이런 짓을 할 필요도 없는데 그랬구나' 하는 걸 무슨 숙제 신통찮게 해 갔던 아이 그 선생 앞에서 느끼듯 느끼게만 마련이었다.

우리 중삼이는 웬일인지 하이연 옛 한복 치마저고리를 입고, 그 치마의 허리께를 제 남편이 쓰던 것인 듯한 핑크계의 넥타이로 졸라

매고 있는 꼴로 우리 앞에 나타났는데, 우리를 천천히 힐끗 쳐다보며 빚어내 보여 준 그 느긋한 무성無聲의 웃음은 벌써 그따위 철 밖의 쓴 국화 은유의 경지쯤은 백 개도 천 개도 더 잘 졸업하고 난 것이었으니 말이다.

느긋하다는 것은 확실히 우리 시대의 우리나라 사람들의 큰 실력이다. 나는 단시일에 이렇게 는 우리 중삼이의 이 느긋한 실력 앞에 더 보탤 말도 없어 침묵밖엔 지킬 것이 없었지만, 별 더 다른 표현을 여기 할 것 없이 그 실력을 그저 기꺼이 믿을 뿐이다. 잘한다. 잘한다. 아무렴, 이래야만 우리들은 그 조윤제 박사 등이 말한 그 '끈기와 은근'으로 살게는 되는 것이다.

오늘이 바로 8·15 해방 기념일. 암, 해방 기념일 만세, 만세, 만세, 만세, 만만세인 것이다.

8월 20일 가야산 사호암에서

선돌처녀한테 청혼하다가 차인 기운으로 중삼이를 찾았다가 중삼이가 내 애초의 기원대로 우선 자리 잡아 앉은 걸 보는 것은 좋았지만, 나는 뭐라고 할까, 아무래도 그대로 곧장은 내려앉지 못하는 새처럼 한 바퀴 훨훨 치닫고만 싶어 내친 발걸음이 이곳 가야산의 사호암飼虎庵에까지 왔다. 큼직한 바위들에 끼이는 푸른 이끼라도 보면 마음이 좀 차분해질 것 같아, 그 푸른 이끼의 기억을 더듬다가 보니 언젠가 한번 가 본 일이 있는 사호암 언저리의 바위의 청태가 이 하늘 밑에 내가 나서 본 것 중에서는 가장 마음이 댕겼기 때문이다. 게다가 이 절엔 대학의 철학과를 나와서 거지 노릇을 한동안 열심히 하다가 중이 되어 들어와 묵고 있는 내 친구 녀석이 생각나 곧장 여기로 온 것이다. 녀석은 이 절 뒤에 있는 무슨 대사라던가의 부도 옆에 밤이면 범이 나온다는 말을 한 일도 있고 또 그것하고 친화해 보기를 시도하고 있다고 내게 그 범의 발자취라는 걸 사진 찍어다가 보인 일도 있어 그 이야기도 또 무던한 양념으로 느껴졌던 것이다.

대학원 때도 공부를 꽤나 야무지게 했었는데 녀석은 나마냥으로 대학 강사 한 번도 해 보는 일도 없이 한강 인도교 밑에 파리 떼처럼 꼬이는 쓰레기주이 거지 떼 속이 제일로 마음 평안하다고 거기 가끼어 한 끼니 10원짜리 죽으로 요기하고 지내며 "야 이소야, 그 죽에선 이따금씩 구두끈 쪼각도 나온다. 참 멋이지" 어쩌고 이죽거려 대더니 절에 가선 또 승전勝戰엔 축지법이라야 한다고 그 방법도 언젠가 떠들어 대곤 한 일도 있어 내 중삼이한테서의 공백 속의 비상飛翔은 저절로 사호암을 향한 것이다.

녀석은 언제 봐도 개구쟁이 골목대장 그대로여서 만나면 어이튼 우선 마음이 편안해져 좋다.

사호암에 들러 찾으니 솔방울같이 녀석은 떼그르르 굴르듯 해 나오더니,

"일루 어서 옵시요 한다."

고 해서 손짓하는 곳으로 눈을 따라 보내 보니까 몇백 년쯤은 넉넉히 살아온 듯한 낙락장송의 길게 뻗은 가지를 가리키며 낄낄거리고

있었다. 아닌 게 아니라 그 운율이 충분한 소나무의 긴 가지는 절 있는 쪽으로 휘어져 뻗고 있어 흔히 호텔 같은 데서 안내를 맡은 웨이터들이 팔짓으로 하고 있는 것과 비슷했다. 무척 반가웁다. 나는 역시 친구를 잘 찾아온 것이다. 선돌처녀도, 중삼이도 반가웁지만 이런 철학농판이 친구도 그에 못지 않게 반갑다. 구석구석 묻히어 자취도 잘 안 보이는 이런 친구들마저 없어진다면 너무도 팍팍하고 허전한 날에 내 발걸음은 어디로 갈 것인고?

"벌[峰]이, 자네 축지법 많이 늘었나?"

그의 자호가 기억되어 그렇게 불러 물으니, 녀석은 즉시 알발에 신었던 한쪽 고무신을 벗고 그 다섯 개의 발톱을 바짝 내 눈앞에 치켜들어 보자니까 그것들은 전날의 그의 약속처럼 아주 많이 험악하고 날카롭게 자라 굳어 있었다. "범 같은 맹수가 날랜 것은 발바닥으로 걷는 것이 아니라 발끝의 발톱의 힘으로 재빨리 땅을 디디고 가기 때문이다. 나도 그걸 한번 잘 연습해 봐야지" 하더니, 지금 이 발톱들이다.

산까마귀 한 마리가 니체의 시의 구절 '까마귀는 까옥까옥 마을로 날아드네/아직도 고향 가진 자 행복도 하이……' 하는 갈 곳도 없는 향수 비슷한 걸 내게 불러일으키며 울어 젖혔다. 벗은 재빠르게 내 낯의 어둠을 알아채고 그것을 씻어 내려 했다.

"여보게, 이소. 까마귀도 여기 것은 인제 벌써 아이고 아이고 그렇게만 운다니까…… 사람들을 괜시리 을씨냥스럽게 해서 미안했다고 뉘우치는 소리지, 물론……"

좋은 벗의 격려는 헛것은 되지 않는 것이다. 나는 곧 이어서, 그에게 묻고 부탁하여 지금도 밤이면 가끔 나와 그 무슨 대사의 부도를 지킨다는 범의 발자취를 보러 갈 수가 있었다.

"보게, 이것이 범 아니면 무엇의 발자취겠나?"

하고 그가 허리 굽히며 손가락질하고 깁더올라 가는 언덕에는 아닌 게 아니라 쭈욱 연달아서 큼직한 짐승의 발톱으로 찍힌 흔적이 역력히 나열되어 있고, 그 언저리의 바위들의 청태도 내 마음 탓인지 내가 보고자 소원했던 바로 그것인 양했다.

나도 우리나라 사람들 누구나가 문득 마음이 허약해졌을 때 가지기 쉬운 그 어두운 향수 위에 그것을 힘껏 밟아 디딜 수 있는 발톱의 힘을 생각게 되어 물론 다행이었다.

"자네 마침 잘 왔네. 요즘 이 절에 참한 늙은 스님 한 분이 들러 쉬고 계신데, 한번 안 만나 볼려나?"

그가 말해서 나도

"그거 참 잘되었네."

하고 그의 뒤를 따랐다.

잘된 중은 참 묘한 데가 있다. 내가 만난 그 늙은 중은 벌한테 들으면 나이는 예순아홉이라는데 어찌 보면 그 나이 비슷한 얼굴이기도 하지만 또 어찌 보면 한 열예닐곱짜리 소년과 소녀가 합쳐진 것만 같은 것이다. 뿐만 아니라 이런 중에게는 분명히 그 후광이라는 것까지가 있다. 이 노스님이 띠우는 후광은 웬일인지 한여름철의 목백일홍꽃 같은 분홍빛이어서 조심해 보니 같은 빛깔의 그 목과 가슴께서 하이연 벽에 발산하고 있는 것이었다. 그러고 말하고 있는 그는 어느 때는 그 새하얀 두 줄의 이빨하며 아주 싸늘한 해골로 보이지만 또 어느 때는 이쁘디이쁜 소년 소녀의 상을 했다.

"여자가 제게는 아직도 걱정거립니다. 스님께서는 어찌셨는지요?"

내가 물으니,

"그야 나라고 달르겠소? 사람인데…… 중은 중 공부에 열심해서 그 걱정을 안 내고, 바구니 저는 사람은 또 그 바구니 저는 일에 열심해서 그 걱정을 안 내니까 망정이지……"

그러고 그는 내 눈을 빤히 들여다보면서

"댁이 꼭 한 가지 했으면 썩 좋을 일이 있긴 있는데……"

했다.

그게 무엇이냐고 정성을 다해 간절히 다가앉으니,

"절을 위선 어디다가건 대고 3천 번 하면 어떨까?"

한다.

지금 바로냐고 하니 그건 맘대로 하라고 해서, 부처님한테냐고 하니 꼭 부처님한테 아니라도 괜찮다고 했다.

이것은 내게 큰 가르침이 되었다. 아닌 게 아니라 뒷구석으로 뒷구석으로 물러서서 헤매면서도 내 속 깊은 곳의 자존심은 여전히 아무 데도 머리 숙일 줄을 모르고 있었고, 이것이 사람들과 나 사이의 깊은 사귐을 적지 아니 막고 있었던 게 사실이었는데, 그는 그걸 어떻게 알았는지 참 용하게는 집어내 바짝 추켜들어 보인 것이다.

학생 때 읽은 괴테의 『빌헬름 마이스터의 편력시대』 속의 어떤 체조의 기억이 새롭게 솟아올랐다. 하늘과 땅을 맡는 책임자의 존엄으로 하늘을 꼿꼿이 이고 땅을 든든히 딛고 서는 직립부동의 자세를 이 체조의 동작은 지어 보이기도 하지만, 바로 이어선 부드러이 몸을 굽혀 땅을 배례하여 거기 헌신하는 동작을 짓는다. 이 두 가지는 다 있어야 할 것을, 나는 굽히는 데 마음을 쓰지 못했던 걸 이 스님의 권고 앞에서 뉘우치는 마음이 생겼다.

나는 그 절을 누구한테 먼저 할까를 곰곰이 마음속으로 찾고 있다가 선돌처녀를 생각하고, 빳빳이 하늘과 땅 사이 펴기만 해져 있던 내 마음의 자세를 거길 향해서 활등 굽히듯 굽혀 볼 것을 작정했다.

8월 25일

내 벗 벌은 그와 같이 사호암에 한동안 머물기를 내게 권했지만 나는 뒤에 언제 다시 들르기로 하고 거기를 떠나 오늘 내 고욤다래 나루터로 다시 돌아왔다.

나는 고욤다래로 향하기 전에 먼저 선돌처녀의 집을 들렀는데, 내가 그네의 방에 들러 꿇어 엎드려서 큰절을 하니 그네는 픽 소리를 내며 가벼이 웃는 듯하더니만 얼굴을 모로 틀고 사실은 소리 없이 울고 있었다. 그것은 누구에게나 모욕만 당해 온 자가 아무도 안 보고 혼자 우는 그 억울한 울음인 듯만 싶어

"잘못했습니다. 생각이 모자라서 그리되었으니 용서해 주십시오."

하니,

"흥…… 나 같은 걸 사람으로 봤으면 그랬을라구…… 그렇지만, 아따 괜찮소. 당신 같은 사람들도 세상엔 더러 있으니깨……"
했다. 역시 그네는 내가 염려했던 대로 그 나이와 경력과 낡은 사고 방식으로 모래찜 때의 그네에 대한 내 행동을 서러운 모욕으로 느끼고 있었던 것이다.

나는 내가 바르다고 생각해서 한 행동이 또 한 번 빗나간 것을 보는 바보가 되어 얼떨떨해 몽그작거리고 앉았다가 문득 그네의 앉아 있는 치마 밑 한쪽으로 드러나 있는 벗은 알발의 뒤꿈치의 주름살에 눈이 닿자 쩌르르르 등줄기로 달리는 몸서리를 느끼며 쏠려나는 울음을 주체할 길이 없어 그네 뒤를 따라 같이 울고 있었다.

내가 대학 강사로 있던 어느 해 가을 저녁때 비가 부슬부슬 내리고 있을 땐데 나는 교외 빈민촌의 어느 질척질척한 오르막길을 깁더 올라 가다가 한 오십쯤 돼 보이는 주름살 많은 사내 하나가 낡아 빠진 리어카를 끌고 내 앞에서 가며 "뻔디기! 뻔디기요! 뻐억 뻐억 뻔디기!" 외장치고 있는 걸 만난 일이 있었다. 나는 검정 고무신 신은 그 사내의 때에 절은 알발에 빗물이 흘러들고 있는 것을 보고 운(韻)으로 짚어

"아저씨, 그 니야까 일루 주시오. 내가 한번 끌어올려 드릴 테니……"
했더니 뜻밖에도 그는 되게는 그게 마음에 거슬리는 듯

"뭐? 뭐요? 아니 댁이 시방 누구를 한번 얄잡아 보는 거요? 얄잡아 보는 거야?"

하고 되게는 힘을 주어 리어카의 끌대를 붙들어 잡곤 빳빳하게 서는 것이었다.

그런데 그걸 그때는 번데기 장수의 그 너무나 꼬장꼬장한 반자세反姿勢에 가로막혀 이것이 내 울음의 공명선의 탄주 계기인 것을 영 못 느끼고 있었던 건데, 인제 이 선돌처녀 앞에 수그리고 앉아서 그 알발 뒤꿈치의 금 간 주름살들을 보고 있다가 번데기 장수 것까지 합쳐 그 탄주 계기가 꽤는 강렬하게 내 울음통을 건드린 것이다. '뻔디기 장수의 발의 때보단도 그 좃돗집의 수천 번의 매음살이를 겪은 이 선돌처녀의 것은 속가죽이 다 닳아질 정도로 얼마나 더 아픈 탄주 계기인가⋯⋯' 그걸 느끼자 내 울음은 걷잡을 길이 없었다.

"잘못했소! 잘못했소! 다시는 그러지 않을 테니 용서하시오! 절대로 그러지 않을 테니 용서하시오!"

나는 이렇게 되풀이 되풀이하며 내 자신이 가을날 시궁창에 내리는 빗물 다 되어 흐느적흐느적 여기를 물러날밖에 길이 없었다.

"학상, 인제 겨우 모래찜이 바로 됐는가 부구만⋯⋯"

내가 선돌처녀 옆을 떠날 때 그네는 그래도 얼굴을 내게로 다시 돌리고 일어서서 나를 전송하며 이렇게 말했다.

나는 그네의 그런 얼굴에서 사호암에 묵을 때 다시 살펴보고 온 관음보살의 모습을 느꼈다.

사호암 들러 오길 나는 역시 잘했다.

9월 5일

가야산 사호암의 노스님이 권한 대로 나루터에 별 볼 일이 없는 때를 골라 하루에 백여덟 번씩 절을 하기로 작정하고 그것을 벌써 며칠째 행해 오고 있다.

고욤다래 나루터에서 동쪽으로 한 5백 미터쯤 개여울을 타고 올라가면 바위 낭떠러지와 싸리꽃 덤불이 꽤 좋은 아래 맷방석만 한 풀밭이 깔려 있어, 화투에서도 오동 무끗 석 장과 아울러 흑싸리와 홍싸리 무끗을 제일 좋아하는 나는 이 싸리꽃 덤불과 바위 낭떠러지 사이에 선돌처녀의 그 발뒤꿈치의 주름살을 그려 보며 여기 엎드려 절하기로 한 것이다.

아마 하늘 밑에서는 가장 천하게 학대받고 짓밟혀 온 사람 중의 하나일 것인 이 선돌처녀의 거의 다 늙어 가는 발뒤꿈치의 주름살을 그려 보며 절하는 일은 그러나 하루 이틀 이어 하는 동안에 또 딴것이 거기 한 가지 첨가되었다. 그것은 지정학적으로 첫째 불행한 이 나라 민족의 역사 속에 무어건 한 가지 생겨난 보람이려다가 그 한 가지마저 고스란히 접어 두고 인적도 없는 산골의 낙엽처럼 차곡차곡 떨어져 쌓여 간 우리 겨레의 몇천 년 동안의 망령들이다. 그것들이 선돌처녀의 발뒤꿈치의 주름살 속에 어쩐 일인지 어른거리기 시작해서 그것들도 거기 아울러 채택한 것이다.

깊은 산의 뻐꾸기는 그냥 우는 것인지도 모르긴 모르지만 그것이 만일 무에 답답하고 억울하고 서글픈 일들에 공명해서 그렇게 우는 것이라면 나는 그저 그걸 하지 않고는 못 견뎌서 마지못해 이러고 있을 따름인 것이다. 먼지 한 점 없는 새로 핀 해바라기 속같이 휘영청히 햇볕이 밝은 이 자리에 내 뻐꾸기 울음 같은 가슴속의 공명선이 나긋이 수그러지며 저음을 좀 더 깊이 이루어 가는 걸 느끼는 것은 하여간 무엇보단도 사는 것 같아 나는 좋다.

9월 7일

중국 송宋 때의 시인 소동파가 「적벽부」에서 찬양한 그 입이 크고 비늘이 가는 '송강 노어松江鱸魚' 바로 그것과 같은 것일는지는 모르지만 아마 그것하고 꽤나 비슷하기는 비슷한, '갈때기'라고 이곳에서 부르는 고기가 이 3천 번의 절 자리 가까운 개여울 물속에서 낚이어진다는 것을 오늘 새로 알게 된 것도 내게는 기쁜 일이다. 인생에서 기쁜 일이라는 것은 잘 대조해서 생각해 보자면 별것도 없는 것이니 아이들에게 항용 그런 것처럼 이런 갈때기의 발견쯤이 고작인 것 아닐까. 이 갈때기는 하늘빛보단도 좀 더 짙은 푸른빛의 점들을 구성에 정교하게 길든 화공이 찍은 듯 드문드문 그 몸에 북두칠성처럼 지니고 있어 이것도 내 3천 번 절의 어느 점과 통하는 데도 있는 것 같고, 그 지느래미 그것도 제주해협 같은 데서 우리가 하늘 한쪽에 보는 비어飛魚가 가진 것보다는 약간 덜 눈부신 대로 꼿꼿하게 빛나는 것도 맑아서 좋다.

이 갈때기를 여기서 낚고 있던 할아버지는 나이는 환갑에 한 두어 살 더 얹었을까, 내가 오늘 치 백여덟 번의 절을 다 마치고 뻐꾸기 소

리 가슴이 되어 석양에 돌아가려 하자 처음에는 모양은 영 감춘 목쉰 듯한 소리만으로

"거, 거기, 웬 양반이신 게라우?"

연거푸 몇 번을 외장을 치다가 마치 한 개의 무밭의 큼직한 무를 자연 그 자신이 뽑아 올린 듯이 쓰윽 어느 바위 뒤에서 솟아올랐다. 다풀다풀 빗질도 영 않는 듯한 건강한 반백의 거친 머리털도 너울거리는 무 잎사귀 비슷하고 그 까칫까칫 질서 없는 턱주가리의 수염도 큼직한 무 아래 달린 잔뿌리들 같았다.

거기에서 영원을 쬐끔치라도 감각하는 눈에는 거의 돋아나 보이기 마련인 한 개의 팔이 돋아나 내 쪽으로 좋은 소나무의 운치 있는 가지처럼 뻗어 나며 이리루 오라고 나불나불 그 끝을 까불어 뵈였다.

"이리 오거라우! 이리 오거라우! 우리, 해도 뉘엿뉘엿한디 쐬주나 한잔씩 나눕시다!"

그 소리는 공기 탓인지 한 1백 미터쯤의 거리보다는 훨씬 더 가까웁고 선명하게 울려와서 내 귀보다는 백여덟 번의 또 하루의 절로 새로 울기 비롯하던 내 뻐꾸기 울음의 가슴에 울렸다.

나는 쏜살같이, 또 무엇에 되게 홀린 듯이 그리로 달려가 보니 이 예순너댓 살쯤의 할아버지는 거기서 장수강의 개여울에 낚싯대를 드리우고 낚시질을 하고 있었는데, 그 낚은 것들은 그의 설명을 들으면 소동파의 송강 노어 바로 그것일는진 모르지만 그것과 어이튼 거의 비슷한 그 갈때기란 고기들이었던 것이다.

"먼발치로 보기엔 나보단도 어른인 줄 알았더니 가깝게 보닝가이

아직 새파란 젊은 사람이구만."

그는 내게 그가 낚은 고기가 무엇인가를 알리고 나서 이렇게 말하고 이어

"자네를 인젠 자네라고 하네. 그런데 거, 무얼 할라고 거기서 그 극성스런 지성인가, 지성이? 자네가 지성 드리던 그 자리는 바로 우리 집 아버님이 여기서 낚시질하시다간 누워 쉬시던 곳이어서 그것만 생각하다가 자네를 빗봤네. 우리 아버님이 돌아가시고 나서 한동안 지내다가 나도 우리 아버님 앉으시던 이 자리에 또 앉게 되었지……"

했다.

그러고는 그의 대바구니 속에서 미리 준비해 가지고 다니는 듯한 한 개씩의 고추장 그릇과 소주병과 잔을 꺼내 놓고 술을 따라 내게 먼저 권할 줄 알았더니 자기가 먼저 서너 잔 들이켜고는

"자아, 나머지는 자네 다 하게."

하고 잔과 술병을 내게로 몽땅 미루었다.

'아마 유생儒生의 쓸개구나' 생각하면서 그의 고추장에 그가 권해 주는 갈때기 한 마리를 찍어 맛보니 그 고추장이 아무래도 내가 이 땅 위에 나서는 처음 맛보는 별미여서

"이게 무슨 고추장이기에 이렇소?"

물으니

"그건 고추장이 아니네. 붉은 풋고추하고 산 새우를 확에다 같이 넣고 들들들 갈아 쟁여 익힌 건데, 이것도 우리 집 아버님이 좋아

하시던 거여. 좋은가? 좋다면 내일 우리 집에 오소. 실컷 멕여 줄 테니. 그런데 자네는 무얼 하는 사람인가?"

했다.

나는 고욤다래 나루 보조 사공 나를 아직 모르십니까 하려다가, 대학 강사요 하려다가, 뜨내기요 하려다가 결국은 고욤다래 나루터의 보조 사공으로 자기를 알리느라고 한참을 더듬거렸다. 그에겐 그만한 위력과 매력이 있었던 것이다.

"뭐 그렇게 우물쭈물할 것은 없네. 우리 아버님허고는 달러서 나는 일자무식꾼이닝개. 그런데 자네, 사공치고는 묘한 사공이구만. 멋 헐라구 그렇게 지성은 드리는지 그거나 언제 우리 집에 와서 말해 주소. 나는 저 고욤다래 마을에 와서 아랫뜸 박상무朴上舞라고 하면 어린애들도 다 잘 알아. 왜 머리에다 꽂고 내둘르는 열두 발 종이 상무 있지 않는가? 그것이여 바로. 홀애비 열두 발 상무라고 해도 마을에선 누구나 다 잘 아네. 여기 아니면 늘 집에 있어."

이게 그의 자기소개다. 그런데 문제인 것은 그의 그 자기소개 뒤의 마지막 말 끝에 강력한 외침처럼 번쩍 스며 솟아나던 그의 소리 없던 눈물이다. 무엇 때문에 그렇게 어쩔 수 없이 울어야 했을까?

내일이건 모레건 틈 있는 대로 이 할아버지 집을 꼭 한번 찾아가 볼 생각뿐이다. 내가 묘한 게 아니라, 참 묘한 사람들이 이 나라의 구석구석엔 많이 숨어 살고 있는 것이다.

9월 9일

어제저녁 때 그 3천 번 절 자리에서 또 박상무 영감과 만나 소주와 그 새우 고추장과 갈때기를 같이 마시고 먹으면서 약속해서 때를 정해 오늘 그의 집을 고욤다래 마을로 찾은 것은 아마 오후 4시쯤이었을 것이다.

그의 집은 아닌 게 아니라 아이들도 두루 잘 알고 있었다. 내가 일부러 골라서 물어본 것은 한 일곱 살쯤의 알발 벗은 개구쟁이 아이였는데 그 애는 나를 그 집 근처까지 데불고 와서 "저기 저기 저 지붕에 버섯 난 집 보이지라우? 왜?" 했다.

아닌 게 아니라 그것은 여러 해 이엉도 못 한 지붕에 버섯이 난 집이었는데, 그러나 그 뼈대는 옛날엔 선달이라도 좋이 한 등 지낸 듯한 몰골을 지니고 있었다. 그렇지만 내가 당도한 걸 알자 거기서 울려오는 박상무 영감의 음성은 그것도 저것도 다 씻어 없애 버렸다.

"자네 뉘 집 자손이관데 거기 와서 그 절허고 그 지성은 무엇인가? 거기는 원래 내 아버님 자린데 멋 헐라구 거기 와서, 귀때기 새파란 사람이 그러고 있어?"

그의 말이어서 나는 할 수 없이 사실 비슷이라도 안 댈 수도 없어 "암만 잊을라고 해도 안 잊히는 사람들이 있어서 저도 그럽니다. 발도 다 닳아지고, 무엇무엇도 사람들이 짓이겨서 다 닳아졌지만 마음만은 아직도 멀쩡하게 살아 있는 사람이 더러 있어서 그럽니다. 어떻게 건져 낼 수도 없어서 그럽니다. 너무 늦어 뻐려서 그럽니다." 센티멘털이 다 되어 지껄여 댔다.

"누구 때문에 그래?"

그는 그의 말의 마지막 두 소리를 한 1분쯤은 됨 직한 묘한 작곡으로 "그……래……" 하고 오래 이어 가더니, 자기가 홀애비가 된 건 꼭 37년이라는 것과 아들 하나 마지막 남아 있던 게 죽은 지 5년째라고 하며, 내게 자네는 자네 어머니나 누가 어찌 된 것 아니냐고 물었다.

그러자 이때, 이 집의 역시 다 허물어져 들어가는 돌담 사이의 대사립문으로 한 삼십 남짓한 한 여인이 머리 위에 물동이를 받쳐 이고 들어섰는데, 박상무 영감은 아무 말도 더는 못 하고 고개를 떨어뜨렸지만, 내 저절로 올라가는 고개는 그네를 뜯어보고 또 뜯어보고 있었다.

아마 두 대쯤은 이어 온 것임 직한 낡은 왕골 또아리의 닳은 변두리에도, 그 아래 가르마 밑의 하이옇게 훤출한 이마에도, 그 밑의 칠석 눈썹에도, 머리에 인 그 큰 동이의 그득한 물은 단 한 방울도 넘치거나 흔들려 내린 일 전연 없이 말간 기운뿐, 아마 그 걸음이 백두산까지 몇천 리를 계속해 간대도 늘 그럴 것만 같았다. 그러고 그 두 눈에는 아무 주저하는 빛도 없었다.

"야, 참, 굉장하시군요!"

나는 내가 어렸을 적에 고향에서 늘 보긴 봤으면서도, 나이가 너무 어려서 실감하지 못했던 것을 비로소 새로 실감하게 된 반가움에 복받쳐서 무심결에 이렇게 외쳤다.

"저렇게 물 한 방울도 안 들리시고 몇만 리라두 넉넉히 걸어갈 것 같으니……"

"저게 홀로 된 내 자부 아일세. 그 애 친정은 부안인디 마을 우물에서 동이에 물 길어 날르는 모습이 이 마을에 제일로 단정하고 곱다고 마을 사람들 새이엔 '부안댁 물동이 여 날르듯……'이란 말도 다 생겨 있긴 있지만……"

이렇게 말하는 영감의 두 눈엔 또 글썽이는 눈물이 한 번 더 번쩍거렸다.

"우리 아버님은 한문도 잘하시고 첨지도 하나 되셨던 분이었지만, 글 배우면 마음이 괴로워서 못쓴다고 내게는 공부를 못 하게 하셨어. 그래서 나는 나팔을 불고 꽹과리를 두들기고 장고 소고를 치고, 또 열두 발 상무를 내둘르는 걸 배워 마음이 못 견딜 때는 그것들로 속을 풀어 왔네."

"저는 글도 좀 배웠습니다만 그까짓 것 다 별 소용도 없습니다. 나루 사공 노릇하면서 사람들을 업어 건넬 때가 글보단 나아요. 영감님의 그 열두 발 상무나 저도 언제 좀 배웠으면 좋겠구만요. 그건 하늘을 아마 제일 잘 사귀는 방법이 되겠어요. 어떤 일에도 막히는 일이 없이 아주 멋들어지게요."

내가 말하니, 그는 잠시 허하게 픽 웃으며

"그거야 그렇기는 해. 글 많이 배운 사람들도 오래 두고 보면 막히는 데가 있지만 상무야 암, 막히는 데는 없지. 그렇지만 이거라고 어떻게 늘 내두르고 있을 수도 없는 것이고…… 그래서 나는 또 낚시질을 하네. 다 잊어버리고 하늘하고 땅에 따악 합해져 있을 때가 그래도 그중 살 만하니 그렇지……"

했다.

"영감님은 시방 무얼 믿고 약으로 하시지요?"

좀 야박한 질문인 줄 알면서도 그게 꼭 알고 싶어 이어 물으니

"글쎄……"

잠시 머뭇거리다가,

"약? 약이라?…… 역시 내 며늘애기가 물동이 여 날르는 걸 보는 것이여…… '부안댁 물동이 여 날르듯'이라고 칭찬을 받으면서 물 한 방울도 안 엎질르고 단정하게 단정하게 여 날르고 있는 것이여…… 그게 이뻐서 나는 살고 있는가 보네."

했다.

나는 이 영감의 이 대답에 적지 아니 감동했다. 이것이 인생의 온갖 맛을 다 보고 살아온 이들의 바른 답이고 그것은 우리가 흔히 피상적으로 생각하는 것과는 아주 다르다. 각 개인이 가지고 있는, 아무도 예상하지 못했던 이런 인생관. 그것만이 각 개인의 삶을 움직이고 있는 것을 보고 듣는 것은 내게도 큰 감동거리가 된다.

나는 이 고룜다래 마을의 주민들의 인생을 우리나라의 구석들의 한 본보기로 자세히 알아보고 싶은 마음이 있던 터라 그것은 이 영감님의 표현에서 들어 배우는 게 좋겠다고 작정이 돼 이날 이후 틈나는 대로 그를 찾게 되었다. 그래 한동안 그와 사귀는 사이에 내가 그에게서 들은 이 마을 사람들의 인생관의 소묘는 대략 아래와 같은 것들이다. 될 수 있는 대로 내 표현을 끼우지 않고 박상무 영감님의

말씀 그대로 옮기려 한다.

오목녀네 집

"조심조심 징검다리는 드디고 건네는 것이여. 보게, 이 징검다리에서 바른쪽 첫 번째로 보이는 삼대울타리에 석류나무가 하나 솟아나 있는 집. 이게 오목녀네 집인디, 그 집 딸애는 시방 열여덟 살인가 아홉 살로, 그 아이 이름이 오목녀여서 오목녀네 집이라고 한다네. 낯바닥이 오목오목하고 항상 잘 눈웃음을 치고 귀엽게 생겼대서 오목녀라고 한 모양인디, 그 집 사람들은 모두 어양스러워……"

"어양이라니요? 무슨 말씀이신지요?"

"아따, 이 사람, 전라도 사람 아니로구나, 어양도 모르는 것 보니…… 언뜻 보기엔 좀 간사한 것 같지만 요망스런 게 아니라 밉지 않게 귀엽기도 하게 적당히만 간사한 것 있지 않은가? 항시 누구를 대하거나 차악 안기듯 웃고 나서는 바람에는 아무도 당해 내는 장사가 없지."

"에…… 옳지, 아양을 잘 떨 줄 안다는 말씀이시군요."

"아양? 글쎄…… 하여간 이 집 것은 이 집 것이 따로 있으닝개 들어 보소, 들어 봐. 이 집 어양인즉 금시 된 게 아니고 끌텅이 있는 것인디, 그건 그 권주가에서 비롯된 거라고 해 오고들 있어. '야 백판돌白判돌이 권주가, 요문堯文이 싣고 가는 배, 강상에 두웅두웅 떴는 배는……' 어쩌고저쩌고하는 그 집 집안의 노래가 꽤 오래 전해 내려

오고 있는디, 그 속의 백판돌이는 바로 저 집 오목녀네 아버지 이름이고, 요문이는 을축년이던가 칠산바다로 고기잡이 나갔다가 바람에 빠져 죽은 그 집 큰아버지 이름이네. 백요문이가 술을 좋아해서 배 떠날 때는 그 아우 백판돌이가 술상을 차려 권주를 지성으로 불렀던 것이지. 그게 바로 그 어양의 끌텅이라는데 잘 알 순 없지. 언제 그 죽은 요문이의 배와 권주가에서 백판돌이가 그 어양을 장만해 가지게 됐는지…… 하여간에 이 오목녀네 집 어양 기운을 당할 장사도 땅에는 아마 없을 것이네. 착 안기듯 밉지 않게 끝까지 웃고만 오는 데야 누가 역정을 끝까지 낼 수나 있었는가. 이 오목녀네 집 석류는 우리 마을에서는 제일 단 감류甘榴고, 오오, 또 그렇지 그렇지, 이 집엔 참기름이 언제나 있어 마을 사람들이 이걸 이 집으로 가끔 꾸러 다니지. 그러고 비 오는 날 콩을 언제나 빼지 않고 늘 볶는 집으로 이 집 오목녀네가 으뜸이지. 암 으뜸이고말고…… 추석이나 설 명절 같은 때, 개울가에서 되야지를 잡거나 누구네 집 무슨 잔치에서건 먼저 한 점, 먼저 한 잔을 받는 것도 암, 이 오목녀네 아버지 백판돌이네. 암, 힘이지. 그것도, 암, 힘이고말고…… 자네 피밥이라는 걸 먹어 본 일이 있을까 몰라?"

박상무 영감이 이렇게 말해서 나는 그게 우리의 이 답답한 몸뚱이의 피인가 싶어 깜짝 놀래며

"피밥이라니요? 이조 때 왕이 미운 사람들을 여섯 토막을 내서 찢어 죽이기 전에 적선으로 마지막 먹여 주던 그 폿(팥)밥―그 육시 폿밥 같은 건가요?"

하니, 그게 아니라 벼논의 벼 포기 속에 더러 섞이는 잡초의 그 자잘한 검은 열매 그것이라고 한다.

"오목녀네 집이 그 피밥을 제일 잘 짓기로도 이 마을에선 으뜸이었지. 오목녀네 아버지 백판돌이는 밭 세 마지긴가밖에는 논도 밭도 없는 사람이지만 쟁기질 솜씨는 볼만허서 젊어서는 그걸로도 꽤나 입에 풀칠은 하고 지냈던 것인디, 언제부터던가 웬지 그것도 따악 집어치워 버리곤 구럭을 메고 남의 논배미마닥 돌아다니며 피를 뽑아 모으기 시작힜지. 딸 오목녀와 봉황쇠라는 아들 하나에 두 양주는 그래 그 피밥으로 꽤나 입에 풀칠을 해 가게 됐는데, 그 집 사람들의 낯바닥의 그 이쁜 어양은 피밥을 많이 먹기 시작하면서 더 늘어났다는 이얘기여. '오목녀네 집 어양 내력을 알랴면 그 집에 가서 그 피밥에 꽂게 속딱지를 숟갈에 얹어서 먹어 봐야만 안다'는 말이 마을에 오래 두고 있어 왔지만, 하여간에 백판돌이가 가을 내내 남의 논에 피를 뽑고 돌아다니는 모양이나 그 여편네가 그걸 또 날마닥 나무절구에 넣고 자근거리고 있는 꼴을 볼 때마닥 마을 사람들은 '야, 백판돌이 권주가가 또 나왔다'고 늘 소근거려 왔다네. 오목녀네 집 또 한 가지 일은 산에 가서 나무를 해 날르는 거지만 이것도 남의 집과는 달라서 아주 향내도 좋은 걸로만 골라서 해 날렀지. 이건 오목녀 아버지 백판돌이 일이 아니고 오목녀네 오래비 봉황쇠의 일인디 명감 넌출이라든지 그런 것들에다가 노가주 향나무 같은 것도 드문드문 섞어서 해 날르기 때문에 그걸 널어놓은 그 집 마당에 들어서면 냄새가 싸아하니 그것도 그럴 만힜지. 오오 참, 마당이 거울같이 사람들의 얼굴을 들이비칠 만큼 매끈매끈하기로도 이 집 마당이 제일이었는디 그 사람들 어양은 아마 거기에도 한 뿌리 박혀 있다고들 했지. 마당은 꽤 넓네마는 거기에다 담을 게 별로 없으니 이웃집들까지 모두 거기서 콩도 치고 보리도 치고 하는 바람에 마당 매끄럽기사 춘향이 낯바닥도 아마 그만은 못할 것이여. 이 집 마누라는 살짝 얽은 곰보는 곰보였네마는 그 어양 때문에는 그 곰보 구멍들이 얼른 눈엔 잘 띄질 안 힜어. 질삼을 잘하기론 마을에서도 둘째가라면 서러워할 여인네였지만 웬수 놈의 가난 때문에 모시밭떼기 한 마지기나 있어야지. 그리서 여름에 모시 벨 철이 되면 그분도 남의 모시밭으로 돌아댕기서 베는 걸 돕고, 그 찌끄러기들을 은어 날렀지. 그 은은 것으로 모시 베를 짠들 얼마나 짰겠능가마는 그래도 해마닥 빼지 않고 추석에는 다듬이질까지 해서 아들의 저고리와 딸의 치마만은 번질번질한 다듬이질 모시옷으로 싸악 입혀 내놓고…… 재주지, 재주라도 이만저만이 아닌 하늘이 다 익히 아는 상재주였어. 자네 〈베틀노래〉를 아는가?…… 하늘에다 잉아 걸고…… 어쩌고 하는 그것 말이여. 이 마을에서 그걸 제일 좋게 노래할 줄 아는 사람은 이 백판돌이네 마누라뿐이라고 힜는디, 허긴 언제 그걸 누가 들어 봤는지 나도 내 귀로는 듣지는 못했지만……"

영감의 '오목녀네 집' 내력 소묘는 여기서 잠시 주춤거렸다. 나는 『삼국유사』에 나오는 연오랑의 그 늘 하늘에 걸어서 빛을 받던 베틀의 잉아를 기억하며 그게 그 언제 적 일이냐 하고 있는데 박상무의 이야기가 다시 계속되었다.

"마누라님은 남의 모시밭에 모시를 베어 주고 은어 온 것 중에서 또 쪼끔을 덜어서는 남편한테 주어 피모시 신발까지 삼아 신게 힜었는디, 여보소, 그건 참 멋이었네. 이 마을에서 모시밭을 여남은 마지기씩 가꾸는 집도 더러 있지만, 이 오목녀네 아버지 백판돌이 두 발을 빼놓고는 피모시 신발을 신은 한량이라곤 이 마을엔 눈 씻고 볼래야 단 한 사람도 없었으닝개. 살기는 아주 좋은 걸로만 골라서 허고 살았지. 그야 가난키사 똥구녁살이 땡기게 가난힜지만 기왕이면 골라서 하긴 썩 좋은 걸로만 골사서 힜어. 나는 글은 안 배워서 잘 모르지만 왜 공자님의 『논어』라던가에도 있담서? 군자는 금방 물에 빠져 죽는 사람이 부르고 있어도 빨리 숨차게 쫓아가는 게 아니라고 말이여. 오목녀네 식구들도 글 든 건 없었지만 그 걸음걸이는 일테면 그거였네. 거기다가 그 집 울타릿가의 석류꽃 열매, 금방 벌어진 것 같은 어양까지 늘 남실남실 넘치게설랑 그 낯이며 걸음걸이에 잠뿍 담거 가지고…… 어떤가, 오목녀네 집에 한번 가 보고 싶지 않은가. 허지만 백판돌 씨 내외가 살아 계시다면 가만있자, 지금은 아흔도 더 되셨을 테네만 벌써 두 분 다 돌아가신 지 오랠세. 시방은 그 아들 봉황쇠가 그 집을 이어 지키고 있다네. 벌써 봉황쇠도 예순이 훨씬 넘었지. 자네 어양 좋아하건 한번 한가한 때 찾아가 뵙게. 아마 아직도 그 집 사람들 얼굴에는 꽤 많이 남아 있을 것이여…… 그런데, 여보소. 그 어양이라는 것도 그 본뿌리는 아마 무척 센 것인 것 같어. 들어 보게. 오목녀네 어머니께서 그 집의 어양은 갖고 온 것이라고 마을 사람들은 두루 말인데, 오목녀네 어머니로 말하자면 이

고욤다래 마을의 상장사 눈들영감의 따님이었으니 말이네."

눈들영감 댁

"오목녀네 어머니네 친정아버지 눈들영감은 내가 어렸을 적에 돌아가셨지만, '눈들영감 굽나막신'허고 '눈들영감 마른 명태 잡수듯'으로 이 마을 사람치고 모르는 사람이 없었네. 항시 고롱고롱 영감의 목구먹에서는 굶주린 늙은 수고양이 고롱거리듯 하는 가래 끓는 소리가 나는 것을 고약한 장난꾸레기들은 '또 눈들영감 목당그래질 한다'고 좋지 않게 말있는디 원래가 몸이 크기도 큰 데다가 또 장수여서 늘 자시는 게 양이 차지 않는다고 하시는 것을 핀잔하느라고 그랬지. 그중에서도 이 눈들영감의 목당그래질 소리를 웃음거리로 더 많이 삼는 사람들은 힘보단도 어양으로 사는 단골무당네라든지, 개피떡 장사네라든지, 그런 반드라운 축들이었지. 우리 집같이 낚시질이나 낙으로 삼는 사람들만 해도 그래도 그분을 그렇게까지 못마땅하게 여기지는 안했었으닝개. 그렇지만 나는 지금도 생각해 보고 있네. 목당그래질이나 하고 살다 간 이 눈들영감이 제일 센 힘인지, 이걸 비웃던 어양꾸레기들이 더 센 힘인지, 그것도 저것도 아닌 우리 같은 낚시꾼들쯤이 힘인 것인지, 가끔 생각해 보지만 아무래도 확실히는 아직도 모르겠어.

눈들영감은 어찌나 힘이 셌던지 젊어서는 겨울에 굽 높은 나막신을 신고도 벼 서른 말씩을 가볍게 재 너머 10리 밖 지주 댁으로 새벽 걸음에 날렸다고도 해. 원래는 이 고장 사람이 아니고 사십이 넘어서야 이사해 왔는데 죽을 때까지 탕건을 그 상투허고 망건 위에 받쳐 쓰고 지냈었지. 찰방이라던가 그런 무슨 형편없는 벼슬도 하나 했었다고 그걸 쓰고 있었는데, 이조 말에 의병 시절에 장성인가 어디서 거길 따라다니다가 참수될 게 무엇이 이쁘게 보였는지 특별히 벌 한 등을 면제받아서 두 어깨에 등뼈를 도려 빼내는 걸로 용서됐다고 허대. 내가 본 걸로는 그런 용서받을 데라고는 영 생각나는 게 없는데 묘하지. 이 영감이 오목녀네 집에 그 이쁜 어양을 옮길 무슨 씨라도 쪼끔치는 어디엔가 지니고 있었던지, 묘해. 웃음 한번 내게는 보인 일 없었던 그 얼굴의 어디에 용서받을 힘까지 다 숨겨 지니고 있었던가…… 난폭한 엉터리 것들이 권력을 잡아 우리가 다 죽게만 되어 갈 때는 그 난폭한 것들의 눈에 슬쩍 용서받을 만한 것을 가지는 것도 그거 큰 힘 아니겠는가? 그런데 묘한 일이여, 그 무뚝뚝한 영감이 어디에 그런 걸 다 간직했었는지 말이여.

눈들영감은 아들 하나와 딸 하나를 데불고 이 마을에 와선 디딜방앗간을 차리기도 했었는데, 그것도 원체 가난한 마을이라 잘 안 되고 해서 그 아들을 시켜 재 너머 장으로 소금 지게 장사를 시켰는데, 이때는 삼팔선이 없던 때여서 북에서 많이 나는 그 마른 명태가 쌀 때라 그 아들이 효자 할 양으로 5전을 주고 한 마리씩을 날마닥 사서 지겟발에 달고 와서 눈들영감께 바치면 그걸 갖다가 영감이 어찌는 빨리 게 눈 감추듯 우물거려 넘겨 버리는지 거기서 '눈들영감 마른 명태 잡수듯'이란 말이 나왔지. 사람이 마른 명태를 먹는 데는 제

아무리 굶주려서 껍데기까지 다 먹는다 하더래도 그 뼉다귀만은 그래도 발라내 버리는 것 아닌가. 더구나 노인이라면 그 거센 뼉다귀나 거친 야울가지까지야 어떻게 다 먹을 수나 있겠능가. 그렇지만 눈들영감만은 이빨도 벌써 그때 칠순이 넘으셨으닝개 위아래 다 고스란히 빠져 버리고 그 잇몸만 남아 있는데도 어떻게 잘 우물거려 넘기시는지. 뼉다귀의 어디 거센 한 매디도, 억센 죽지의 한 끄트머리도 남기는 일은 전연 없이 아주 싸악 고스란히 모조리 눈 깜짝 사이에 우물거려 넘겨 버리셨었네. 그걸 노인이 속에 고로초롬 따담고도 잘 삭혀 내신 걸 보면 속도 굉장히는 날카로운 무슨 톱날 같았던 모양이여. 도낏자루는 경상도 안동 것이 제일로 튼튼하다고 하는데 아무래도 속내장만은 그 눈들영감 것이 우리나라에서는 그중 단단했던 것 같다닝개, 같어.

눈들영감은 일흔 몇 살엔가 돌아가셨는디, 숨넘어갈 때는 아무도 그 옆엔 없었고, 그 딸 오목녀네 어머니가 그 자리에 당도한 것도 그분 숨이 막 넘어간 뒤였다고 해. 영감의 병은 아무도 병다웁게 보아 주지도 안 했고, 자기 스스로도 또 그렇게만 여겨서 시늠시늠 혼자서만 딴 방의 이불 속에 앓고 누워 있었던 건데, 숨넘어가기까지도 그건 그분 소원대로 그렇게만 이어져 가서 아무도 이 임종엔 나와 앉을 짬도 얻지는 못허게 되었다는 거네.

이 마을 남쪽 산 뒤로 가면 장군바윗골이란 데가 있는디 이 눈들영감은 시방 거기 묻혀 있네. 장군바윗골이라는 걸 자네는 알지 몰라. 아주 크고 넓적한 바위 밑 빈 굴인데, 거기는 몇백 몇천 년 전부터 눈들영감 같은 사람들만 들어가 묻히는 데라고 히여. 가 보게, 그 장군바위 묘 위의 바위를 발로 굴르면 그저 미련스레 쿠우웅 쿠우웅 울리기는 울리지. 멀찌감치 울려. 그 속에 있네, 우리 눈들영감도. 사람들이 모두 그래야 한다고 허고 그게 장비葬費도 안 들고 해서 그렇게 허게 되었지. 그런데 내가 말하고 싶은 것은 그 이얘기보단도 오목녀네 어머니 이얘기네. 어떻게 그런 눈들영감 같은 꾀까다로운 장사가 어떻게 그 어양스런 살살이를 낳은 것인가, 또 그 어양스런 살살이가 힘이 더 센 것인가 아닌가 하는 것이여.

내 마음만으로는 아무리 생각하고 또 생각해 봐도 잘 모르겠더라마는 하여간 꽤나 분한 이치가 이 속에 있기는 있어.

그런디 그것이, 그 오목녀의 어양이 강노적姜露積이라는 총각한테로 시집가서는 그만 또 꼭 바위틈에서 어찌다가만 새 나오는 산골 샘물 줄기 모양으로 속으로 많이 잦아들고 말았어. 강노적이네 집 내력을 또 좀 들어 보소."

제2장

주인 사공

강노적豪蘆積이네 집

나는 여기에서 박상무 영감의 여직까지의 이야기 속에 나타난 시제의 착오를 지시하지 않을 수 없었다. 처음 오목녀네 집 이야기를 할 때는 그 오목녀가 지금 바로 열일곱이나 여덟인 듯이 흥분해 말하고 또 부모도 아직 살아 계신 듯이 말하더니, 뒤에 오면서는 50년이나 가까이 옛날 일인 걸 또 표현해 들려주었기 때문이다.

"어이, 그렇군그래. 그렇지만 쇠털같이 자욱이 돋아난 날들을 가까이 뵈는 대로 이야기해야지, 그게 앞뒤가 좀 바뀐다고 대순가?" 하며 그의 이야기를 계속했다. 그러므로 이런 시제의 착오가 앞으로 또 있더라도 이해하시기 바란다. 쇠털이 빽빽이 동시 병존하듯이 과거도 현재도 사람의 흥취에 따라서는 역시 동시 병존할 수도 있는 것이니까……

"찔큼찔큼 나오기는 나오던 오줌이 임질 난 놈한텐 잘 안 나오듯이 사람이 어려운 살림 속에서 기껏 빚어내던 어양도 너무나 된고비에 바위 속같이 꽉 막히면 영 잘 솟아 나오지도 못히여. 강노적이라는 총각이 있었는디, 어려서 생긴 게 두부모 같다고 농사 잘 지어 노적깨나 지니고 살 거라고 이름은 그렇게 붙였지만, 사실은 크면서는 꿩 올개미를 잘 놓아 꿩을 아주 잘 잡는 사내가 되었는디, 어양 좋은 오목녀는 눈이 맞아서 그 강노적이한테로 시집을 갔었지. 노적이 녀석은 나보단도 두어 살 나이 아래였네만 이 마을에선 씨름도 상씨름이었고, 팔씨름도 또 그중 나았지. 그런데 이런 사내일수록 사는 건 제 재미대로밖에는 할 줄 모르는 거라, 녀석이 꼭 한다는 짓이 겨울에 산 변주리에 눈이 많이 내리면 거길 좀 쓸고 꿩 올개미를 놓아 꿩을 사로잡는 일이나, 여름이면 가까운 바다에 나가 내리미질을 해서 새우나 숭어 새끼나 밀어다 먹는 일이나 꼭 그런 재미놀음만 허고 지냈지. 그러고는 즈이 마누라 오목네허고 좋아라고 그 어양에나 장단 치고 말이여. 말 꼬리털로 올개미를 만들어서 대쪽에다 매어 달고, 그걸 많이 산 변주리에 꽂아 두었다가 그 어느 것에 꿩의 발이 걸리면 노적이와 그 예편네 좋아하던 낯굿이란 하마 하늘 밑에선 그중 죄 없이 이쁜 것이었을 것이네. 그것들이 좋아라고 하는 걸 보곤 왼 마을이 다 반가와 웃었지. 그런데 그게 일본 놈들이 전쟁을 벌여서 한참 우리나라 젊은 놈들을 징용으로 뽑아 갈 때 뽑혀 나가서는 시방까지도 감감무소식이 되었고, 그 둘 속에선 생겨났다는 게 별나게도 앉은뱅이 자식 하나만 생겨났는데, 그러자니 오목네 어양이 제대롤 수가 있었겠나. 고생 지지리는 하다가 그 오목네가 죽은 지도 한 5, 6년 되는구만. 오목네네 아들 앉은뱅이 녀석은 재곤在坤이라고 하는데, 제 에미 죽은 뒤로는 마을을 앉아서 두 손바닥과 응뎅이로 쓸고 다님서 구걸을 하고 지내네. 끼니때 마을 집들을 찾아와서는 인젠 말도 차마 못 하고 '예!' 한 마디 허고는 그냥 입만 쩌억 벌려 보이지. 이 재곤이가 이 마을의 문젯거리여. 아직까지는 저도 이 마을 인정을 믿고 산 너머 나갈 생각은 않고 있고, 마을에서도 아직까진 이걸 굶겨 죽여서는 안 된다고 생각해서 아직 여기 제 고향에서 목숨은 간신히 이어 가고 있지만, 이제 만일 제 타고난 명수대로 살지를 못허고, 우리가 가난하고 한눈파는 사이에 눈 내리는 겨울날쯤에 언덕죽음이라도 해 버리면 어떻게 허지? 이 마을은 그렇게 모두 가난히서 제 식구 양식을 제대로 대는 사람도 몇 되지 않으니 그게 걱정일세. 만일 재곤이가 눈 언덕에 거꾸러져 언덕죽음이라도 하는 날은 이 마을엔 천벌이 내려서 누구도 제정신으로는 살지도 못하게 될 텐데…… 그리고 그보단도 못허지 않은 걱정은 그 재곤이가 가진 열 살인가 열한 살 어린것 일이네. 재곤이 어머니 오목녀가 살았을 때 어떻게 그래도 손자는 보고 싶어서 어찌어찌해 한동안 재곤이한테 계집 하나를 매여 준 것이 거기서 또 새끼를 친 거지. 아직까지는 그 재곤이가 구걸해다가 두 부자가 명줄을 잇곤 있지만 아무래도 그게 걱정이여. 제일 걱정이여."

박상무 영감의 제일 큰 걱정이 이것이고, 마을 사람들의 제일 큰 걱정도 이것이라고 해서 나는 그 뒤 어느 날 그 재곤이의 집을 찾아 타일러 아들 '큰놈'을 인수했다.

그렇잖아도 나는 무슨 아이를 하나 도제로 가지고 싶었던 판이라, 이런 인연은 내게는 비교적 잘 들어맞는 것으로 이해되었기 때문이다. 여자와의 탈선의 염려나, 또 나를 부지런하게 하는 일로나, 또 그냥 흥미로나 그렇게 해 보는 것은 않는 것보다는 좋을 것만 같았기 때문이다.

그리고 참, 좀 늦게 여기 적게 되었지만, 그동안에 나는 내가 보조사공으로 있던 고욤다래 나루터의 주인 사공이 되었다. 내게 사공 노릇을 가르쳐 온 사공 영감이 명수가 다해 그동안에 세상을 떠나면서 이걸 맡아 달라고 사정해서, 우선 별 따로 볼일도 없고 하여 그렇게 하기로 한 것이다.

그래 고욤다래 마을의 단 하나뿐인 앉은뱅이 거지 강재곤이의 외아들 큰놈은 내 도제가 됨과 동시에 바로 또 고욤다래 나루터의 보조 사공도 되어 내 전직을 잇게 된 것이다.

9월 20일

그러나 남의 자식 하나를 나 같은 형편에 있는 사람이 맡아 기른다는 것도 여간 어려운 일이 아닌 걸 날이 갈수록 알게 되었다.

첫째는 이 고욤다래 나루터의 옛 주인네 유가족들의 눈치, 그중에서도 특히 홀로 되어 돌아와 친정살이를 하고 있는 그전 주인의 젊은 딸이다. 이 여자는 나를 무슨 제 남편가음이나 되는 양 기회 있을 때마다 꽤나 괴롭혀 오더니, 요즘 내가 새로 주인이 되어 도제로 강 큰놈을 데려다 한방에서 같이 지내며 나룻배 사공 노릇을 가르치고 있는 것을 보자, 내 도제 아이가 자기와 나 사이의 결합을 막는 암이라고나 잘못 느낀 것인지 바짝바짝 내 도제 아이를 미워하기 시작하고 있다.

내가 보는 데서는 그저 좋지 않은 낯으로 눈이나 흘기다가 나한테 들키어 되게 내 눈총을 맞는 정도지만, 내가 잠시 볼일이 있어 마을에라도 들어간 사이에는 "이 거지새끼!" 소리를 함부로 퍼부으며 "어디 가서 빌어먹을 데가 없어서 총각 나루 사공 놈 뒤까지 졸래졸래 따라다니느냐? 네가 나가는가 내가 나가는가 어디 두고 보자" 어쩌고 머리통까지 꼬집으며 욱박질르더라고 그걸 당한 아이가 밤에 조용히 내게 호소한다. 미련한 여자다. 이렇게 해서 나를 어떻게 저의 남편감으로 다루겠다는 것인가? 이렇게 하면 점점 더 저를 내가 멀리할밖에 없다는 것 정도도 이해가 안 가는가?

둘째는 내 도제 큰놈 그 애가 아버지가 그리워 불쑥불쑥 저의 마을로 달아나는 일인데, 집에 돌아갈 때마다 저의 아버지가 호되게 나무래서 되돌려 보내 주니까 망정은 망정이지만, 이런 아이의 정은 나무랄 데조차 없는 것이 나를 아득하게만 만든다.

그래 나는 위의 두 애로를 뚫어 보기 위해 두 개의 방법을 세웠다. 둘째 애로에 대해서는 애초부터 작정하고 있던 대로 큰놈의 앉은뱅이 거지 아버지에게 한 주에 쌀 소두씨 한 말씩을 들려 보내는 방법이고, 첫째 애로에 대해서는 그 표독한 아주머니의 눈이 보일 때마다 큰놈보고 쓰으쓰으 소리 없이 사람 좋게 잘 웃어 보이라는 것이고, 또 주에 한 번씩 그 애가 마을에 갈 때마다 그 애에게 몰래 50원쯤씩 주어 누깔사탕이나 고구마 같은 거라도 사다가 역시 웃는 낯으로 그 여자에게 슬그머니 손에 쥐여 주어 보라는 것인데, 이 두 방법은 확실히 그 효력을 드러낼 것 같은 전망이다. 나도 물론 쓰으 소리 없이 웃는 낯으로만 한동안 그 엉터리 감정의 여자를 보기로 하고 있다.

사람들의 감정은 대부분 참 하잘 나위 없는 것이다. 누깔사탕 몇 개나 고구마 몇 개, 한 달에 몇천 원쯤으로 좋게 될 수 있는 사람들은 이 세상에 얼마나 많은가?

9월 23일

허허! 이러다 보니 나도 결국 별수 없이 내 도제 큰놈의 할머니 오목녀네 친정이 그랬었던 것처럼 그 어양으로 한몫 보고 살 것을 다시 내 도제에게 가르치고 있는 셈인가? 힘에는 쓰윽쓰윽 얼굴에 발라 웃는 아양의 눈웃음으로? 할 수 없지, 쓸 만한 전통이란 늘 되풀이되고 되고 하는 것이니까 할 수가 없어.

그렇긴 하지만 내 속셈이 그 여자한테 발각되지 않을까 그게 상당히 걱정은 걱정이다. 나야 대성大聖 석가모니의 '상대하는 사람 따라 언행의 방법을 달리하는 것은 편리하다'는 방법론에 편승해 보는 것도 재미있다는 생각쯤으로 그러고 있긴 있지만, 저쪽의 집요하게 찾는 눈의 탐조등이 내 속셈을 알아차리면 어찌할까? 그렇지만 그런데도 그게 무슨 대수냐? 그 여자가 아주 사람 못되려는 것이 아니라면 다 그걸 알더래도 나와 내 도제를 해칠 길이야 있을 수 없는 것 아닌가.

사실인즉 오늘은 날도 옛날의 가을다이 너무나 맑고 고운 데다가 고향 생각도 나고, 마침 배도 뜰 수 없는 한조금 때이기도 하고, 건네는 손님들을 업어 건네지 않고 저희들 몸소 빼고 건네게 해도 유쾌한 때이기도 해서, 나는 내 도제 큰놈과 큰놈의 적수인 그 젊은 여인을 데불고 참 오랜만에 장터 마을로 공동 목욕탕에 목욕을 갔다가 온 참이다. 큰놈의 몸에 때가 너무나 많아서 그걸 벗겨 주고, 장터에서 싸구려 양복이라도 한 벌 갈아입히는 게 주목적이었지만, 그 질투쟁이 여편네가 어찌 생각할까 싶어서 같이 가지 않겠느냐고 권해 봤더니 선선히 따라나선 것이다.

그래 목욕이 다 끝나고 나와서는 나는 먼저 그 여자에게 코빼기에 꽃무늬를 놓은 옥색 고무신 한 켤레와 아모레 크림 한 곽을 사 주었더니, 야! 그 말없이 기뻐하는 꼴이란 하늘에 누가 보는 이가 있다면 꼭 한 번 보여 주고 싶었다. 사람은 본래 악인은 없는 것이라고 한 석가모니나 공자의 생각은 역시 맞는 줄 안다. 요만큼한 일에도 이렇게 선량하게 기쁜 사람들이 엔간치만 산대도 무슨 악일 수나 있겠는가?

버스에서 내려 내 나루터로 걸어서 돌아오는 길, 나는 이 두 적수가 어느 틈엔지 손을 마주 잡고 걷고 있는 것을 보고 그 둘의 눈을 번갈아 보았다. 그것들은 아무 염려 안 해도 잘 결합될 수 있는 정 있는 것으로 보였다. 그렇기는 하지만 또 어떨는지 몰라, 욱하면 이건 또 깡그리 잊어버리고 흘기고 쥐어박고 또 안 그럴는지 어쩔는지?

9월 30일

죽은 주인 사공이 아무 데도 더 촉망할 데가 없어 나 같은 사람에게다 그 식구를 의탁하고 눈을 감은 그 측은함에 이끌리어, 또 내가 뒤에 이곳을 뜰 경우의 이곳 식구들의 생계도 생각하여, 또 사실은 내 도제 큰놈의 아버지인 그 앉은뱅이 재곤이를 이 고욤다래 나루터로 데려오자고 제언하기 위해 먼저 환심을 사 두기 위해서 — 이런 좀 다각적인 목적으로 나는 그동안 이곳 안방 툇마루에 쬐그만 잡화점을 차려 이 집 과부 딸에게 맡겼다. 마른 명태에 오징어에 며루치에, 성냥에, 세숫비누 빨랫비누에, 세수수건에, 양말에, 고무신에, 오리온이니 해태 드롭프스에, 누깔사탕에, 깨엿에, 소주에, 콜라에……아 참, 특히 이 주인 딸의 심경에 맞게스리 싸구려 화장품 같은 것도 조금 끼워서 한 3만 원어치 우선 장 보아다가 가게를 차려 주며
  "잘 팔아 돈 모아서 우리도 어디 한번 부자 되어 봐야지."
하고 피식 웃으니 과부 딸은 그 말같이 생긴 잇몸을 어금니 쪽까지 불그레히 드러내고 손뼉을 치며 좋아라 했고, 그 어머니는 그 눈곱들 바닥의 어디에 아직도 남아 있던 것이었는지 귀한 눈물을 다 찔끔거렸다. 그러고는 둘이 다 내 눈을 빤히 한참 들여다보다가 안심하며 내 사타구니께로 시선을 모았다간 냉큼 바다 건너 산봉우리 쪽으로 그걸 옮겼다. 물론 하나는 남편가음으로, 하나는 사윗가음으로 그렇게 문득 내 거기에 눈을 박다 돌리는 것인 줄도 나는 잘 알고 있었지만
  "막걸리도 좀 갖다가 김치나 콩나물하고 같이 차려 놓으면 나루터니 팔리긴 팔리겠지만……"
슬쩍 주의력을 돌리게 하니
  "그래! 우리는 그렇게 따러 주는 술장사까지는 못 해!"
젊은 여자는 말하고, 늙은 여자는

"암, 그럼! 야 아버지사 가난해서 사공 노릇은 해 먹었지만 고조할 아버진가는 그래도 양반이었대라우. 참방 벼슬을 하셨다등가?"

한다. 그 참방이라고 한 것은 아마 이조의 역장이었던 그 찰방이란 뜻인가 보다.

옛날에 역이 달리는 말로 운영되던 때 일을 상상하며 이 집 딸의 꼭 말의 것 같은 잇몸이 거기 인연 있는 것만 같아

"암, 좋은 벼슬이지. 꼭 복숭아꽃빛으로 힝힝거리고 말들이 뛰어다녔었지!"

한바탕 낄낄거렸더니 멋도 모르고 그들도 덩달아 낄낄거린다.

나는 나룻가에 가 우두커니 웅크리고 앉아 있는 큰놈을 향해,

"큰놈아! 큰놈아!"

불러서 앞에 세우고, 소학교 때 가끔 짓부리고 싶을 때 하던 버릇으로 벌떡 거꾸로 두 발을 하늘로 치켜들고 한번 호숩게 물구나무를 섰다 바로 했다 또 물구나무를 섰다 바로 하고 일어서서 〈새타령〉 한 구절을 불러 댔다.

새가 날아든다.

온갖 잡새가 날아든다.

새 중에는 봉황새, 말 잘하는 학두루미,

……

월명 추수 찬 모래

한 발 고여 해오리.

어쩌고, 한바탕 아무렇게나 가사와 가락을 뽑았더니 큰놈의 얼굴에도 비로소 화기가 돌며 빙그레 제 웃음을 웃으면서

"틀렸어라우. 아재! '말 잘하는 학두루미가 아니라 앵무새'라우."
했다.

이것이 서투른 글이라 또 앞뒤가 뒤바뀌었지만, 물론 내가 물구나무를 설 때부터는 우리 새 가겟방에 벌여 놓았던 것들 중에 진로 소주 작은 병 한 병을 몽땅 비우고서 말이다.

"너 요 녀석아! 큰놈아! 너 월명 추수月明秋水가 뭔지 아냐? 해오리가 왜 한 발을 고이고 있는지 까닭이나 아냐? 알거든 어서 말해 보아. 요 녀석아!"
하니,

"체! 그까진 걸 모를 줄 알고? 우리 아부지도 〈새타령〉 잘 불러라우. 나하고 밤에 단둘이만 있을 때는 가끔 잘 불러라우. 월명 추수는 달 밝은 가을밤 강물이라고라우."
년석은 대답한다.

"그렇지만 왜 해오리가 한 발은 고이고 한 발로만 서서 있는 것인지야 모를 테지, 아마. 네까진 놈이 거기까지야 설마 알까?"
하니, 그것도 잘 안단다. 가을밤엔 강물이 차니까 그 강물가 모래밭의 해오리도 발이 시려서 그러는 것이란다. 두 발 다 한목 딛고 있다가 두 발 다 한꺼번에 시리면 곤란하니까, 하나만 딛고 하나는 치켜 들어 고이고 있다가, 모래밭을 디딘 발이 너무 시리면 고였던 발로 바꾸어 딛기 위해서란다.

"어떻게 너는 그런 것을 그렇게 잘 아느냐?"

하니, 그건 즈이 아버지한테 들어서 배운 것이지만, 그만한 일이라면 아버지가 가르쳐 주지 안했드래도 그 몸소 겪은 일들로도 벌써 잘 알고 있는 것이란다. 그도 어려서부터 겨울 방 안이 추우면 오른쪽과 왼쪽을 번갈아서 방바닥에 대며 오구리고 새우잠도 자 보았고, 또 추운 날 밖에서 무엇을 손에 쥐고 날르면서 안 쥔 손은 꼴마리에 찔렀다가, 쥔 손이 못 견디게 시리면 꼴마리에 넣었던 손을 꺼내 바꾸어 들기도 했기 때문에 그 '월명추수 찬 모래 한 발 고여 해오리'의 뜻쯤은 잘 알 수가 있다는 것이다.

"야! 너 이 녀석 별걸 다 아는구나! 그건 멋이 있지? 그 '한 발 고여 해오리'는 보기에도 아조 썩 멋이 있지?"

나는 감동하여 두 손으로 내 어린 도제의 허리춤을 잡아 번쩍 하늘 높이 추켜들어 한참 호숨을 태워 주고 다시 땅에 내려놓으며 물었다.

그러나 그의 대답인즉 모으로 머리를 내두르는 것이었다.

"해오리는 털이나 있응개 추울란지는 모르지만 물이 추우면 디딘 발은 암만해도 추울 것이라우."

그리고 거기엔 죽은 주인 사공의 유가족 모녀도 동감이었다.

"멋은 발 시린데 무슨 놈의 멋? 멋도 뱃바닥도 뜨뜻하고 발바닥도 안 시려야 챙길 줄도 아는 것이지 무슨 놈의 멋?"

어머니는 이렇게 말하며 외면했고

"응, 오매. 화투 스무 끗짜리에 그린 해오리사 멋이야 멋이제. 공산

명월空山明月이고, 엥이? 흐크크크크크크크크크…… 그렇지만 그것도 광이기 때문이제. 스무 꿋짜리 광이기 때문이여!"

딸도 또 이 정도의 핀잔뿐이었다.

이것은 나를 서글프게 하는 것이다.

어떻게 그들에게 심미 감각을 눈뜨게 해 심을까? 이것만 눈떠도 행결 가난살이가 견딜 만한 것이 될 텐데 어떻게 이것을 두루 심을까? ─ 이 염려와 함께 나를 무척은 서글프게 하는 것이다.

10월 2일

오늘 저녁밥 바로 뒤에 나는 내 도제 큰놈을 앞세우고, 그의 집으로 그의 아버지를 찾았다. 앞으로 내 도제를 다루고 이끌어 가기 위해서 그 아버지를 좀 더 자세히 알 필요가 있었고 또 그의 근황과 심경이 어떤지도 궁금해서였다. 마을이 경제력이 모자라 그를 아무도 맡아 살리지를 못하면서도 '어디 가서 언덕죽음이나 하면 어쩔까? 그렇게 되면 마을은 벌써 하늘 볼 낯이 없어지고 만다'고 느끼고 있던 앉은뱅이 재곤이는, 이 나라를 꽤나 돌아다니며 갖은 풍상 다 겪어 본 내게는 이 나라의 약한 모양의 상징적인 상으로 되게 느껴지는 것도 있어, 되도록이면 그 아들과 함께 내가 내 나루터에 맡아 보고 싶은 마음도 있어서였다.

꼭 하나만의 방 한가운데를 그나마 무너질까 봐 기둥으로 받친, 흡사 버섯 모양의 그의 집에 우리가 당도한 것은 어둠발이 짙을 만큼 벌써 짙은 때였는데, 뒤꼍 당산의 느티나무들 위에서 울기 비롯한 듯한 부엉이 소리가 우리들의 처음 화제가 되었다.

"제엔창! 너놈의 부엉이 소리허고 나허곤 무슨 놈의 전생연분이 되게는 있는 모양이여…… 밤이면 가리고 가려서 나만 따라다니며 우니…… 이놈아, 너도 손톱 발톱 깎거든 바닷물에 멀찌감치 갖다 버려서 부엉이가 못 집어 먹게 해라. 저 부엉이가 그걸 가서 집어 먹고 나루터 뒷산에까지 엉겨 붙으면 장 서방인들 밤잠이나 제대로 자겠냐?"

이것이 앉은뱅이 재곤이가 우리한테 처음 지껄여 댄 인사말이고, 하소연이고 또 넋두리였다. 물론 여기서 '이놈아' 한 이놈은 그의 아들 큰놈을 부른 것이고, 장 서방이란 벌써 우리는 서로 통성명도 하며 그의 아들을 내 보조 사공 견습으로 넘긴 터라 물론 나를 지칭함이었다.

내 생각에도 이런 마당엔 아무 인사말도 따로 필요는 없는 것 같아 그건 빼고

"여기 부엉이가 우리 나루터 뒷산까지 날아올 수도 있긴 있겠지만, 큰놈의 손톱 발톱을 혹 마당에서 집어 먹는다 하드래도, 무슨 재주로 그게 꼭 우리 큰놈 것인지 아닌지까지야 알 수가 있을라구, 원."
하고, 그가 나보다 나이가 별로 위가 아닌 것을 요량하여 그처럼 반말로 대꾸를 하니, 허어, 모르거든 가만히나 있거라, 그놈의 코는 고양이 몇만 곱절도 더 비호 같아서 누구 손톱이고 누구 발톱인지 다 맡는다, 다 잘 알아 맡는다는 것이다.

"원. 아무려면 설마 거까질까? 그렇다구 하드래도 내가 있으니 염려 놓소. 아주 타악 염려를 놓아 버려. 설만들 사람이 그까진 놈의 밤 부흥이 몇 마리쯤 못 당해 내겠나?"

내가 말하니

"몰르거든 가만하나 있으랑개! 저 큰놈의 에미 그년이 도망간 것도 꼭 그년이 함부로 깎어서는 아무 데나 내버린 그 손톱 발톱 때문이었네! 괜스리 아무것도 모르고서 딱딱거리지 마! 저 부흥이란 놈이 그년의 손톱 냄새를 맡고 내가 잠든 사이 그년보고 딴 수작의 말투로 살살 꼬여서 도망갈 마음을 내게 한 거여. 부흥이란 놈은 예사 한소리로 우는 것 같아도 자세히 들어 보면 그 소리에 수작이 백 가지도 더 되네……"

그는 인제 눈여겨보니 볏짚으로 절은 명석 위에 앉아서 그 명석의 쪼록쪼록한 금들을 손등으로 드윽드윽 문질러 대며 벌써 묘하게는 무의식 중 작품 해 가면서 말하고 있었다.

나는 이거 잘못된 천명天命의 공자병孔子病이로구나 짐작은 하면서도 그 말은 하지 않고

"하따, 그 명석 거 솜씨 있겠 절었네. 혹 자네가 절은 것 아닌가?"

한번 시험 삼아 건네 보았더니, 뜻밖에도 그건 그가 절은 것이라는 답변이었다.

"배웠지, 배웠어! 아버지는 일본에 징용 가서 해방되고 오래되어도 오시지 않고, 어머니가 앉은뱅이 내 전정前程을 염려해서 고구마 말이나 얌전히 학자學資로 주고 내게 이걸 배우게 했어. 이런 거라도

절고 먹을 수만 있다면 오죽이나 좋겠는가만, 안 되네, 이런 것 가지고는 벌써 안 되네. 열 사람쯤 앉는 걸 절을라치면 보름은 꼬빡 걸려야 하는데, 그래도 그 값은 천 원쯤이니, 짚값 빼고 남는 걸로 어디 살 수가 있겠는가? 내가 겨울에 눈구덩이 속에 언덕죽음이나 될까 봐서 마을에선 걱정이지만, 할 수 없었지. 마을을 앉아서 누비고 다니면서 끄니를 이어 올밖에는…… 내가 굶어 죽어서 송장을 놓고 가면 태고라 천황씨 적부터 이 마을에 없던 일이니 그게 천벌이 될 거라고 마을 사람들은 걱정하고 있고 또 나도 내 자식을 여기 남겨 놓고 그럴 수도 없어서 여태껏 살아는 왔네만, 그야 이 귀찮은 목숨 버리고 갈라면야 송장도 아무 눈에도 안 띄게 갈 길인들 없겠는가? 있지, 있어, 그거야 있어! 참 고맙네, 장 서방! 내 자식을 맡아 보니 어디 제 밥값은 그래도 하겠등가? 나한테까지 양식은 무엇 허러 보내? 미안탕개, 미안탕개, 참말로 미안해! 그만두어겨라우! 장 선생! 인제는 그만 보내시랑개라우!"

그의 멍석의 이야기가 여기까지 발전해 오는 동안, 독자들도 요량했겠지만, 나는 그의 노자연老子然한 은형隱形의 자살을 염려하게 됨을 어쩔 수가 없었다. 그래 그걸 그리 못 하게 못 박아 둘 양으로

"여보소, 형님. 우리 이러지 말고, 나루터에서 같이 꾸려 나가 보세. 막걸리를, 거기서 나루에 타고 내리는 손님들한테 팔면 혼자쯤은 어찌어찌 풀칠해 갈 것 같은데, 어떤가? 내, 마고자나 하나 사 입혀 줄 터이니 가만히 마루에 발 개고 앉아 한번 안 해 볼래? 사내가 이러는 건 오동색주라고 옛날부터 그리 일러 오긴 하지만, 대순

가? 그래도 나하고 자식 옆에서니 말이여. 빵떡도 나는 좀 굽고 찔
줄도 아니, 그것도 나한테 배워서 같이 하고 말이여. 굼벵이 같은 딴
궁리 그만하고 우리 한번 같이 해 보지 않을래? 염려 말어, 염려 말
라니까. 내가 인제는 거기 주인 사공이니 그만큼은 내 맘대로 다 되
네."

해보았으나,

"글쎄. 글쎄."

하고 그는 성큼 승낙은 하지 않고,

"저놈의 부흥이…… 저놈의 부흥이……"

하고 연방 부엉이 소리만을 탓하고 내 말을 피하고 앉았었다.

　이자를 어떻게 하지? 그 송장도 안 보이게 사라지는 노자식老子式
자살이나 하면 어떻게 하지? '그런 식 자살이라면 땅에서 죽지는 못
할 것이고 불가불 멀찌감치의 바닷속일밖에 없다' 이 추리에서 나는
그 뒤 그가 마지막 감 직한 바닷가를 눈여겨 지키고 지내야 했다.

10월 8일

　내 도제 큰놈의 아버지 재곤이를 오동색주가를 시키기 위한 준비
가 그동안에 겨우 다 되어서, 점심 뒤 나룻물이 간조가 된 틈을 타서
나 혼자 재곤이를 그의 집으로 데불러 갔다. 처음엔 그의 아들 큰놈
하고 같이 갈까 했으나, 그 애가 사이에 끼어 있는 게 눈에 보이면 재
곤이가 더 폐로움을 느껴 성큼 따라나서지 않을 것을 염려해서였다.

그러고 또 내가 안심하고 그가 집에 있을 것을 믿고 찾아가게 된 데에는 고욤다래 마을의 박상무의 도움이 크게 필요했다. 재곤이에게 같이 살 것을 권했다가 승낙을 못 얻고 물러서던 날, 나는 박상무 영감 댁에 잠시 들러서 재곤이가 혹시 저지르는지도 모를 그 은형의 잠적을 염려해 말하고, 그것이 여기서 가능한 오직 한 가지의 경우인, 깊은 바닷물 쪽으로 가는 길목을 감시해 줄 것을 당부해 그 승낙을 얻어 두었었으니 말이다.

나는 재곤이 그가 잠적하기 위해 할는지도 모를―그 모가지에 굵은 돌을 단단히 얽어 매달 것까지를 박상무 영감에게 주의시키고, 그가 새끼줄 같은 걸 끄리고 가는가도 살펴보라고까지 당부했었지만, 이것은 괜한 내 기우였다. 재곤이네 집으로 들르기 전에 박상무 영감 댁엘 먼저 들러 그동안의 재곤이의 동정을 알아보니, 그는 요 며칠 사이 저녁 한 끼니 마을을 돌며 밥을 빌어 모으는 것도 격일로만 하고 방에 들어박혀 있어, 박상무 댁에서 먹던 식기의 밥을 덜어 그가 안 나오는 저녁마다 갖다 먹였다 하며, 무얼 골똘히 더 깊이 생각하고 있는 모양이라고만 했으니 말이다.

"그렇게쯤 되면 두꺼비나 거북이가 자살을 않는 것처럼 자살도 잘 않기는 않는 것이네."

박상무 영감의 의견이었다.

나는 얼마 안 되는 동안이지만 내가 그에게 먹을 양식을 보내 주었던 걸 기억하고, '빌어먹던 습관도 바로 고쳐지기는 어려운 것이구나' 생각이 들었으나, 그걸 박상무 영감에게 말하는 것은 생략하고 집으로 발걸음을 옮겨 그의 방의 그의 귀 옆에 바짝 가까이 내 입을 갖다 대고 소곤거렸다.

"용하게 그래도 살아 있었구만! 나는 자네가 괜히 딴생각을 내서 연자 맷돌이라도 큼직한 걸 하나 모가지에 매어 달고 자라개(구포龜浦—고욤다래 마을 언저리에서는 늘 가장 깊은 바닷물이 고이는 곳)에 슬그머니 밤에 나가 빠져서 없어지지나 안할까 쬐끔은 염려도 했더니……"

솔직한 게 아무래도 나을 것 같아 이렇게 그의 가슴속을 건드려 보니

"에이끼 사람! 그게 무슨 말씀이거?"

그래도 그는 제법 대인의 말투여서 적이 나를 흡족하게 했다.

"그렇다면 되었네. 나는 혹 쪼무래기나 아닌가 했더니 제법이여, 제법이랑께. 자네 어린 자식이 꾸무럭하게 어두워져서 자랄 염려가 없어져 좋네, 좋당께. 그러니 인제는 더 아예 딴생각일랑 내지 말고 나를 따라가세. 오동색주가 어떤가? 그거나 고욤다래 나루터에 가서 한번 히 보아. 서울 근방에서는 사내가 할 수 없이 되어 술 파는 걸 피 오동 무끗의 말로末路에다 비교해서 오동색주라고 하는디, 어떤가. 자네 면도질이라는 것 혹 들어서라도 알지? 우아래 더부룩한 수염을 갖다가 잘 드는 면도칼로 쓰윽 잘 다듬어서 보기 좋게 하는 것 말이여. 내가 언젠가 서울에 잠깐 굴러들어 갔을 때 장가가고 싶어 안전면도라는 걸 하나 사 두었던 것 여기 아주 가지고 왔으니 이걸로 자네도 수염을 직시 좀 가다듬고, 또 자네가 입을 오동색주

가의 바지저고리도 마고자도 질기기만 한 걸로 한 벌 마련해 두었으니 가서 입고, 어떤가? 가만히 마루에 발 개고 앉아 나루를 드나드는 손님들한테 막걸리를 파는 일 한번 안 해 볼랑가? 나한테 미안해할 건 없어. 가서 한번 해 보게마는 자네 먹을 것쯤은 넉넉히 벌 것이고 또 어쩌면 더 남을 것도 같으네."

나는 때로구나 싶어 막 연달아서 이렇게 늘어놓으며, 물 있는 데를 물어, 그걸 아무 그릇이나 손에 잡히는 대로 집어 담아 들고 와서는 그의 무릎 앞에 놓고 즉시 호주머니 속에 꾸려 왔던 내 싼 안전면도를 꺼내 들고 그의 낯바닥의 아래춤에 바짝 갖다 들이대었다.

"허허어이! 이게 무슨 즛이여? 무슨 즛이여?"

그는 두 눈을 마치 영화의 마지막 판의 아돌프 히틀러가 그의 애인의 어떤 말에 뚱그스럽하게 큼직이 떠 보이던 것처럼 떠 보이긴 하면서도, 내가 그 안전면도와 같이 꾸려 넣어 가지고 왔던 비누에 면도솔을 이겨 그의 수염과 얼굴에 바르고 싸악싸악 얼굴을 부드러이 다듬어 가기 시작하자, 그래도 무슨 웃음 비슷한 것까지를 거기 풍기며 두 눈은 지그시 내리감고 있었다.

면도로 때와 수염을 어느 만큼 밀어내 놓고 보니, 얼굴이사 상장군이라도 아쉰 대로 할 만큼한 꽤나 좋은 것이었다.

"옥골이 진토에 그만 묻혀 있었네그려. 아따, 이만하면 양귀비 열 명이라도 거느릴 당명황이라도 실컨 되겠네. 알아듣는가? 자네, 자네 아들한테 〈새타령〉을 다 잘 가르친 사설을 들어 보니 당명황도 양귀비도 수천 번은 더 넘어섰등만 그리여? 그러니 여러 말 딴생각

말고 어서 가세. 자네 자식하고 내 옆으로 가!"

하니, 그는 한참을 심 봉사가 용왕 잔치에서 그의 딸 심청이의 부르는 소리에 당황하듯 두 손까지 내저으며 마치 소경이나 더듬거리듯 하며 어름어름하더니

"여보시오, 장 선생님! 이게 정말이오?"

하면서, 그의 한쪽 손은 웬일인지 내 양말 신은 한쪽 발부리를 발가락 전부 덥쑥 거머쥐고는 오래 놓지를 못해 했다.

나는 언제나 다급하면 할 수 없이 성현의 편이어서 이 자리에선 웬일인지 또 저절로 석가모니의 수시 방편隨時方便이란 것을 생각하고 있으면서

"에따, 개좆같이는 별 지랄 다 한다! 어서 가! 어서 가! 어서 가서 자식 옆에서 제 밥벌이라도 해 보라는데 왜 이 지랄 하고 있어?"

해 보았다. 나는 물론 석가모니의 이런 방편에 뇌일 때의 통례로 좀 그 소리도 저절로 울먹이어 있었던 것 같다. 그랬더니 그는

"그렇지만 그게 잘될랑가?……"

아마 이렇게 혼잣말로 뇌까리며, 할 수 없는 듯 두고 보자는 듯한 표정으로 나를 따라나선 것이다.

나는 그를 데불고 나루터에 오자, 아직도 간조의 나룻물이라 그에게 월천을 해 줄 테니 내 등에 업히라고 하고, 그가 마지못해 업히자 물속에 들어서며

"사실은 건네가고 마잘 것도 없기는 없구만그래? 자네 혼자 가고 싶거든 여기서 그만두고 혼자 되돌아가도 좋네."

하며, 마침 때는 저 황진이가 물에서도 피리 소리가 난다는 그런 때의 내 두 발꿈치의 신명도 겹치고 해서 또 그전 언제마냥으로 물속을 뱅뱅뱅뱅 맴돌아 남실거리는 그 소금장수 물버러지의 춤을 한바탕 남실거리고 나서 뚜욱 물속에 멈추어 섰더니

"어이! 어이…… 자네를 따라가 보는 것이 그래도 나을 쌍싶네마는 미안해서, 증말 미안해서 이것 어떻게 하지?"

하며 그는 내 등 위에서 아주 쬐그맣게 쬐그맣게, 오그라져 들고 있었다.

10월 15일

오늘은 고향의 외사촌네 집 뒤란 툇마루의 연년 묵은 손때의 흔적들의 어떤 것들까지가 역력히 잘 되살아나 기억되는 맑은 날이다. 마을에서 베어 먹어도 안 비리겠다고 소문이 났던 미소년이었다가 뒤에 문둥병에 걸려 출가해서 객사한 내 외사촌 형 태고太古가 그 미소년 때 이맘때의 어느 날이던가 내 손에 쥐여 주던 몇 알맹이의 풋대추, 그것을 나는 이해 추석 무렵부터 웬일인지 꿈속에서도 보고 지내던 판인데, 오늘 만조 때는 웬 바구니 과일 장수가 그걸 한 바구니 그뜩히 담아 가지고 나루를 건네며 너무 맑은 햇빛에 내가 나룻값을 에누리한 탓인지 한 움큼 내 저고리 앞자락에 퍼부어 주었다.

대추는 참 묘한 과실이다. 이것같이 고향 생각 꼭 그대로인 것도 또 있을까? 중국 당나라 때의 시인 왕유는 「구월 구일 산동의 형제

를 생각하며」라는 제목의 시에서 산수유 열매를 그리며, 오늘 고향의 형제들은 모두 머리에 그 산수유 붉은 열매 가지를 꽂을 텐데 그 자리에 자기만 못 끼고 나그네 되어 있는 꼴을 한탄하고 있었거니와 내 고향의 풋대추 그리움은 이만 못하지 않았었는데, 오늘은 참 묘한 날이다.

나는 이것을 받아 무심결에 먼저 한 개를 이빨 사이에 끼워 그 반쯤을 물어뜯어 속에 넣다가, 갑자기 생각나서 그 남은 반쪽을 왼손의 무지와 식지로 받들어 집어 든 채, 내 앉은뱅이 재곤이의 오동색 주가 자리 옆으로 걸어 가까이 다가갔다.

"보소, 재곤이. 이건 내가 다 먹을라고 하다가 자네가 생각나서 남겨 온 반쪽인데, 미스껍게 생각 말고 자셔 보시지 않을랑가? 내한테는 그전에 베어 먹어도 비리지 않게 생긴 이쁘디이쁜 외사촌 형 태고란 소년이 있었는데, 그만 하늘이 잘못 봐서 문둥병으로 죽었지."

이렇게 넋두리하며 그 반 남은 대추를 그의 입에 갖다 대니, 그도 내 기의 탓인지 이번만은 그 눈빛이 여기 잘 맞아지는 듯했다.

내가 맞춰서 입혀 준 오동빛 나일론의 싸디싼 세루나단 바지저고리에, 역시 나일론제의 옥색 마고자를 철보다는 일찌감치 받쳐 입고, 요 며칠 사이 그래도 매일 막걸리 곱빼기 스무 잔쯤에 4백 원쯤은 거두고 있던 재곤이는 그 한 개의 반의 대추 쪽을 달갑게 받아 잘 씹어 먹으며 내게 말하는 것이었다.

"우리 어머님이 살아 계실 때에는 이 대추나무도 있는 집에서 우리는 살기도 힜지. 우리 어머님을 자네는 모를 테지만 이 대추가 좋은 것도 아마 세상에서는 제일 잘 아시는 분이었네. 그 양반의 대추나무 밑에는 자줏빛의 소엽을 쫘악 심어서 그 밭이 되어 있었는데, 거기 쏘내기 내리는 날 떨어진 대추라야 향기가 제일 좋네. 자네도 그 소엽 냄새는 아마 아실 테지?"

"암, 알고말고. 알고말고. 암만 미스꺼운 일들도 그 냄새만 맡으면 감기에 패독산 먹은 것처럼 말끔히 가시는 그 냄새 말이지?"

내가 대꾸하니, 그는 내가 그를 안 뒤 처음으로 온 입과 얼굴을 벌려 소리 없이 웃어 보였는데, 그 이빨의 쪼록쪼록 단단함이라니! 신라의 왕명 이사금의 뜻을 김대문이 푼 것이라고 전해 오는 그 치리齒理—즉 이빨의 생김새로 볼 것이라면, 그는 왕이라도 대왕도 됨 직한, 너무나 쪼록쪼록하고 단단한 치리의 이빨들을 그 어려운 거지 앉은뱅이 노릇 속에서도 고스란히 그대로 지니고 있었으니 말이다.

"아따 이 사람아! 자네 이빨 보니 대추가 무척은 좋아라고 하겠네! 어디 우리 한번 실컨 먹어 보세. 소엽은 없지만, 대순가? 자네 막걸리 장사해서 그동안 벌어 논 것으로 우리 둘이 오늘은 한 두어 잔 마시고 그까진 소엽 냄새 대신을 한바탕 히 보세나 그리여!"

하며, 막걸리를 같이 마시기 시작한 것이 두어 잔이 아니라 아마 너댓 잔은 되었던 듯하다.

어리 얼씨꿍 저리 절씨꿍
○알을 짝 쩰 년!

어쩌고 하는 그 상스런 〈밀양아리랑〉이라던가 하는 것을 나는 열 번도 더 불러 재곤이도 삐쭉삐쭉 그 시늉을 조끔씩 내기까지 했는데, 효과가 있을는지 어떨는지? 매사는 효과 아니면 하나 마나 하나 마나 한 것인데…… 그렇지 제기럴, 하나 마나 하나 마나 한 것인데……

10월 17일

점심때가 좀 지나서부터 이슬비가 다정히 내리고, 나루 손님도 뜸하고 하여, 재곤이하고 같이 마주 앉아 막걸리를 한 사발씩 나누고 있는데, 흰 치마저고리 위에 삿갓으로 얼굴을 감춘 한 여인네의 모양이 이슬비의 화신처럼 슬그머니 내 눈 가까이 피어나 그 흰 버선의 흰 한쪽 고무신발을 성큼 마루 밑 섬돌 위에 올려놓으며,

"이슬애기가 오면서 여기 가 잠시 있어 보라고만 하도 성화여서 넌즛하게 이렇게 한번 찾아뵈러 왔네."

해서,

"거 누구신데 고로초롬이나 말씀이 고우신 게라우?"

하고, 삿갓을 벗으며 벙긋 웃는 얼굴을 보니, 뜻밖에도 그네는 선돌 처녀였다.

비도 그저 물질일 뿐이라고 사람들은 흔히 생각하지만, 그건 물질 능력일 뿐인 것은 아니다. 그렇지 않고서야 이 고운 이를 시켜 나 같은 자를 이렇게 찾게 할 힘이 어떻게 있을 수 있는가.

"이 우이 서운사瑞雲寺 미륵암에서 미륵 부처님께 절을 한 천 번쯤 드리고 돌아가는 길에 학상이 여기 있는 게 생각나서 잠시 왔구만 이라우. 이슬비가 촉촉히 촉촉히 자꾸 발걸음을 이리로 옮기게 히서 말이여."

'미륵 부처님은 아직 생겨나지도 않으신 먼 미래의 부처님인데 왜 하필 가리고 가려서 그 생기지도 않은 분한테 웬 예배요, 예배가?' 말하려 했으나 그렇게 하기도 쑥인 것 같아 가만히 삐식히 또 좀 부끄러이 웃는 듯 마는 듯만 하고 있으려니, 선돌처녀 그네는 내 마음 속을 환히 들여다보시는 양 아래와 같이 말이기보단 오히려 가사歌辭로 말하고 있었다.

"명년 봄에도 꽃은 또 필 것이고, 내명년 봄에도 또 필 것이고, 그 다음 해에도 또 필 것이고, 이슬애기도 또 내릴 것이고, 또 내릴 것이고, 한 2백 년 뒤에도 또 그럴 것이고, 한 3천 년 뒤에도 그럴 것이고…… 그런데 학사상! 미륵 부처님은 언제 나오신다더라? 언제 이슬애기 오시는 날에 나오신다더라? 학상은 머리가 총명하니 잘 외우고 있을 것이여. 그게 꼭 몇 해 뒤라지?"

"56억 7천만 년이라던가 8천만 년이라던가 그쯤 뒤라고 히라우."

내가 대학 시절에 사전에서 찾아 기억했던 것을 더듬어 얼추 맞춰 주었더니

"야하! 그건 참 꽤나 오래 기다려야겠구나! 그동안에 이슬애기도 꽤나 여러 번 촉촉하게 내리실 거고, 꽃도 꽤나 여러 번 피고 지고 야단이겠구나!"

하며 내 눈에 잘 익은 반달이 선명한 손톱들을 지닌 한쪽 손으로 내 옆구리를 가벼이 꾹 찌르면서

"그런데, 저 양반은 누군가?"

하고 우리 재곤이를 자세히 자세히 뜯어보고 있었다.

"거 학상네 형님이신가? 아우님이신가?"

그러면서 또 몇 번을 연거푸 내 옆구리를 아프지만 않게 꾹꾹 찔렀다.

"우리 형님이오. 그렇게 안 생겼는 게라우? 종삼품 통정대부 그 누구던가의 5대던가 6대손―우리 제종사촌 형님이신디, 참, 두 양반 인사하시는 게 좋으실 것이라우. 비도 이슬비로다가 이만큼 오시는데, 남녀유별이 따로 있겠는 게라우?"

하니,

"응, 학상네 집은 꽤나 높은 양반 집안인가 부구나. 나는 미천해서 어쩔까? 아이고 딱하지. 이걸 어찌해? 학사앙, 그런디 나루 사공 노릇하더니 말수가 꽤나 잘 늘어났구만. 내가 잘못 생각했다. 학상보단 나룻배 사공이 한 걸음 좋기사 좋기도 헐라면 허겠다. 아닌 게 아니라 그렇기도 허겄다. 잉이?"

하면서 그네는 무엇이 그리 좋은지 무척은 좋아라고 이슬애기 빗발들이 가야금 줄들 노릇을 잘하지 않을 수 없을 정도로 작곡하여 말하며 낄낄낄낄낄낄낄낄낄…… 포수 염려 전혀 없는 어느 산골에 접어들어 쉬고 있는 까투리가 하는 것 같은 소리로 자기의 무슨 신바람엔지 파묻혀 잦아들고 있었다.

우리 재곤이의 이빨들과 두 눈에서도 어쩔 수 없는 듯 무슨 웃음 같은 것이 저절로 솟아나다가 끊기다가 하고 있었다. 얼굴빛도 좀 불그스레히 되고, 내가 익살로 남겨 준 그 카이젤 것 같은 웃수염 끝도 파르르르 떨리기도 하면서……

이런 말씀과 거동들 사이, 사실은 막걸리를 에라 모르겠다고 연거푸 두어 사발 더 마신 신바람에 젖어 나는 무심코

"연 걸렸네. 연 걸렸네. 오갈피 향나무에 연 걸렸네."

그따위 가사歌辭 소리로 노래 비슷 소리 내 보다가, 어쩌면서 얼쩡거리고 있어 보려니

"아이고 건달 잡것! 저것이 은제 사람이 될꼬, 사람이?"

하며 그네는 왠지 파흥이 되었는지 그만 가려고 걸터앉았던 마루에서 일어나고 있었다. 그런데 그네가 그대로 갈 수 없이 된 것은 이상하게도 우리 재곤이의 몇 마디 말과 한 개의 거동이다.

"자네가 누군지 나는 다 잘 알어! 자네 선돌갈보 아닌가? 낮바닥은 아직도 희번둑꺼레허다마는 니가 무엇이냐? 니까진 것이 무엇이여? 만주 봉천 뽕나무 정이까지 갈보 갈보 상갈보로 소문내고 온 년이 누구 앞에서 큰소리가 그렇게 큰소리냐? 다수굿이 있지 못허고!"

이러면서 쓰윽 두 팔로 꼿꼿이 마루를 짚으면서 두 눈을 부릅떠 보였으니 말이다.

선돌처녀는 일어서서 가려다가 말고 재곤이의 얼굴을 뚫어져라 쏘아보고 있더니, 그 입술의 네 가장자리가 부르르르 떨리면서, 그냥 그 마루 밑 섬돌 위에 가 픽주거니 그 응뎅이로 주저앉고 말았다.

"잘못힜어라우! 잘못힜어라우! 잘못힜어라우! 잘못힜당개라우!"

이렇게 뇌까리는 그네의 입가에는 묘하게도 버큼 같은 것이 다 일고, 두 눈에 눈물은 이슬애기 정도가 아니라 벌써 쏘내기 다 되어 줄줄줄줄줄히 흘러내려 섬돌과 그걸 에워싸 묻은 흙에 배고 있었다.

"네 이년! 네 이년! 네까진 년이 뭇이여? 네 이년!"

재곤이는 무슨 심보인지 이렇게 연거푸 지랄처럼 으스대고만 있어서, 할 수 없이 나는 이 지랄을 정리할 양으로 오른 손바닥을 넌지시 펴 그걸로 재곤이의 한쪽 뺨을 갖다가 과히 아프지 않을 걸 고려하며 후려갈겼다.

"형님은 형님이지만, 너 너무헌다! 한 대 맞아 봐라! 너 이놈!"

그러나 재곤의 다음 말은 선돌처녀한테보단도 더 거세게 내게 퍼부어져 마음의 아픈 데를 되게는 건드렸다.

"지랄한다, 잡것! 요것도 인자 보니 잡것이구만! 인 내라! 내 자식 이리 내놓아! 네까진 것 믿다가 자식 꼴 잘은 되겠다! 죽어도 네까진 것허고 같이 밥 안 먹겠다!"

그의 두 휜 눈창에서는 참기 어려운 빛이 내뻗치고, 그것은 내 뼉다귀 속까지 적지 아니 건드리고, 나는 불가불 참기 어려운 상태 속에 놓였다.

"형님! 왜 이리여? 왜 이러냥깨? 주책없이 이 무슨 푸념이여, 푸념이냥깨?"

해 보아도 소용이 없고

"이분은 성인聖人이시랑깨, 성인이어라우! 형님. 원래 나쁜 사람이 어디 있능개라우? 잘못한 걸 알고 깨달으면 성인도 안 되는 것인개라우? 이분은 성인 다 된 분이라우. 내 말 좀 믿으시오. 예, 형님!"
해도 다 소용이 없고, 그는 앉은뱅이의 그 서러운 아랫도리로 아무 기탄도 없이 앉은뱅이걸음으로 우리 마루를 떠나려 옮겨 내려 나오려 하고 있었다. 한 마리 거미가 그 친 그물집을 떠나서 또 딴 데로 옮기렬 때 모양 같았다.

그러나 재곤이는 우리의 마루 아래로 내려올 수가 없었다. 선돌처녀가 주저앉아 있던 섬돌 위에서 번개같이 ─아니 이건 맞지 않다, 역발산기개세의 항우같이 돌변해 일어서더니 냉큼 재빨리 그 엉덩이로 재곤이의 앞을 가로막아 앉고는 그 두 손으로 재곤이의 두 손을 단단히 움켜잡은 것이다.

"아아따, 이 양반, 깨끗한 양반 자세는 되게는 하시네! 그렇게까지 이런 년 괄시 안 하신다고 그 깨끗한 양반이 어디로 도망가는가? 당신네 아우님을 내가 어쩔까 봐서 괜히 두 눈에 쌍심지를 돋구어 가지고 그래 쌓지만, 나도 벌써 쉰 살이나 넘은 년이 어떻게 그렇게나 할 수나 있었능가비? 여보시오, 나으리. 그러실 것 없어라우. 그렇게 염려스럽다면 내가 시방 당장 여기를 떠나가 버리고 다시 오지 않으면 될 것 아니오? 이 학상이 아니, 말이 빗나갔다, 이 사공님이 못된 수캐는 아닌 줄 아는데, 이 늙은 갈보 퇴물 뒤나 쫓아다닐 양반도 아니고…… 또 나으리께서도 땅에 기는 구렁이도 독사도 다 보고 지내긴 지내셨을 텐데, 이까진 갈보 퇴물쯤 잠시 옆에 두고 봤으면 본 것이지, 무에 그리 별나게는 역해서 그러시는 게라우? 가난하고 미천하다가 못된 남편을 만나서 갈보로 팔렸던 것도 서러워 못 견딜 노릇이었는데, 나으리, 이건 너무하시오. 너무나 히라우. 그래서야 어디 땅에 풀이나 나겠능가비?"

선돌처녀는 이리 말하며 그네의 말을 멈춘 뒤도 바로 떠나지는 않고, 재곤이의 두 손을 쥔 그네의 두 손의 힘을 점점 더 모으고만 있었다.

재곤이의 이마에서는 비지땀이 흥건히 솟아나고 있었다. 이게 선돌처녀의 완력 때문인가, 재곤이의 격앙 때문인가, 내가 그게 얼른 잘 요량이 안 되어 두 사람의 얼굴을 번갈아 보고 있으려는데

"아이쿠…… 어, 고것 손때 한번 되게 맵기는 맵다……"

재곤이가 머리를 옆으로 꼬아 돌리면서 혼잣말로 나직이 뇌까려 댄 걸로 보면 역시 재곤이의 비지땀은 재곤이의 흥분 때문만도 아니긴 아니었던 모양이다.

"어허허허허허허허헛! 어허허허허허허허헛! 괜한 고집을 부리시기에 나는 힘깨나 쓰시는 줄 알았더니, 원, 그만큼 해 누그러질라면서 뭘 그러시오? 나으리! 나도 갈보는 갈보였지만 어떻게 어떻게 빠져나와서 시방은 그것이 아니어라우. 나쁜 년이 될라고도 않고라우. 자, 그럼 나으리, 저는 아주 물러갑네다."

선돌처녀는 비로소 웃음으로 이렇게 얼버무리며 우리의 툇마루에서 엉덩이를 떼 일어섰다.

"오해 푸셔라우. 오해 푸셔라우. 오해 푸셔라우. 오해 푸셔라우."

그네는 미소로 연거푸 이 말을 되풀이하며, 삿갓은 손에 쥔 채 우리를 뒤돌아보며 뒤돌아보며 우리 곁을 떠나 가랑비 속으로 사라져 갔다.

10월 18일

　재곤이를 이틀 동안 가까스로 겨우 달래어 놓고, 선돌처녀를 위로하러 찾아갈까 하고 있는 판인데, 오후 3시쯤 그네가 보낸 짐꾼이 지게에 무슨 보자기 꾸러미들을 꽤나 많이 포개어 짊어지고 나를 찾아왔다.

　보내 준 편지 쪽지를 펴 보니 그건 내게 주는 것이 아니라 재곤이를 향해 쓴 것으로, 재곤이의 이름을 모르는 그네는 그 편지에서 그를 여전히 '나으리'라고 부르고 있었다.

　나으리 밤사이 일향 만강하옵신지요? 저는 어젯밤 밤잠도 제대로 자지 못하고 많이 속으로 울었나이다. 눈물도 요즘 잘 나지 않던 걸 다시 후련하게 울게 해 주셔서. 그러고 나니 한결 마음이 가뜬하여져 나으리께 고마운 마음이 듭니다. 여기 보내는 이것들은 그 고마워하는 저의 마음이오니 불쌍히 여겨 물리치지 마시고 받아 주시옵소서. 그러고 거듭거듭 부탁이오니 오해는 푸시옵소서. 푸시옵소서. 저는 나으리보단도 훨씬 더 딱하고 불쌍한 년이지만, 잘 참고 견디며 살고 있사오니, 나으리께서도 너무 화내지 마시고 잘 견디시어 자제의 장래를 깊이 생각하시기만 바랍니다. 거듭 말씀드리거니와 거기 사공 양반은 못 쓰게 될 분이 아니올시다. 내내 안녕히 계십시오.

　그 편지 사연은 대개 이런 뜻으로 된 것이었고, 짐꾼이 지고 온 꾸러미들을 하나씩 하나씩 끌러 보니, 거기에는 쌀이 대여섯 말쯤, 팥

이 한 말쯤, 녹두가 댓 됫박쯤, 깨소금도 만들어 먹어 보라는 건지 흰 참깨가 두어 됫박쯤, 또 그러고 거기에는 전라도 향나물 가운데서도 제일 으뜸으로 냄새가 고운 양하의 자줏빛 선명한 순들이 오손도손 오손도손 쬐그만 한 보자기 꾸러미를 차지하고 있기도 했다.

나는 그 편지를 재곤이에게 읽어 주고 있었더니, 그 중간쯤에서

"나도 그만한 것쯤은 읽을 줄 안단 말이여……"

하고 그는 내 손에서 그걸 나꾸어─아니 '나꾸어'라기보단 흡수해 갔다. 그는 그것을 몇 번이고 몇 번이고 거듭거듭 만지작거리며 이어 읽고 있었더니, 무에 어느 만큼은 이해가 됐는지, 단 한 마디 단어로도 말은 없었지만, 두 눈깔이 다 저것 있지 않어? 첫새벽 기운 속의 황소 눈깔이 되어 가지고, 꽤나 오래 그걸 하늘 어느 쪽엔가 잠그고 앉아 있었다.

또 내가 그 보자기 꾸러미들을 재곤이 앞에서 이어 끌러 가다가 깨 보자기가 입을 열어 그 하얀 자잘한 알몸들을 드러내 뵈고 있었을 땐, 재곤이 그도

"……내가 못나서 잘못 생각했네! 사람은 열백 번 다시 될 수도 있는 것을, 내가 너무 못나서 잘못했네. 잘못했네!"

감탄을 했고, 그러다가 그 선연한 자줏빛 양하 순이 햇빛에 고운 얼굴을 나타내는 것을 보게 되었을 때에는 거기로 코를 돌리며 멍멍히 흐느끼고 있었다.

"이 흉악한 이놈이 죽일 놈이네! 울 어머님 세상에 계실 때 추석에 이 양하 굿을 보고는 또 보기는 오늘 시방이 처음이네! 이것 처음이

네!"

하며 그 목구멍 속의 울먹임을 참지 못해라 했다.

"그분을 나하고 자네 부자하고 시방 당장 같이 한번 만나 보러 갈 꺼이?"

내가 운자韻字를 내니,

"그렇지만, 내 앉은뱅이걸음으로야 오늘 해 전에 어떻게 닿어?"

하는 것을,

"업혀라. 업혀! 형님. 자네 하나쯤이야 장정 내가 못 업고 가겠능가? 나야 오랜 월천 사공 노릇에 업고 가는 것쯤이사 이골이 다 나지 않았능가? 자, 가세. 자네만 싫지 않다면 냉큼 업히소! 어서 업히랑개!"

해서, 나는 그를 엉머슥히 내 등에 받쳐 업고 그의 자식은 앞세우고, 이 그럴 만한 인연의 줄을 고마워하며 무거운 줄도 까마득히 잊고 우리 선돌처녀의 집을 다시 찾아가게 되었다.

선돌처녀의 집으로 가는 그 세 개의 언덕 사이, 첫째 언덕에서 재곤이를 부려 놓고 잠시 쉬며 주막의 막걸리 한 사발씩을 재곤이와 같이 나누노라니, 재곤이는

"이것 거짓말은 아니겠제?"

다짐하더니만, 둘째 언덕 밑에 와서 또 한 잔씩을 나눌 때에는

"세상엔 틀에 박은 아주 몹쓸 사람은 없는 것인가 부네."

하고, 또 그 셋째 언덕 밑에서 한 사발씩을 나누고 있었을 때는 연거푸 마신 석 잔의 막걸리에 거나했는지, 그 마지막 주막을 떠나 선돌 처녀 집으로 곧장 가는 길가의 어느 노송들만의 솔무더기터의 그 운

치 늘어진 가지들 옆에 다다르자

　월명 추수 찬 모래
　한 발 고여 해오리

하는 그 이조 최말기의 참봉 광대 이동백이 즐겨 불렀던 〈새타령〉
속의 한 구절을 입 밖에 내어 나직이 노래 부르기까지 했다.
　나는 그 가사의 뜻하는 것이 나대로 아직도 기가 막히어
　"꼭 우리 같구만! 암! 세상이 두루두루 발 시려 못 디딜 마련이라
면 한 발씩 바꾸어 가면서 디디고 고이고 할 슬기라도 있어야 하고
말고! 있어야 하고말고!"
어쩌고 마구 또 한바탕 학생기學生氣가 나서 지껄여 댔다.
　그랬더니, 재곤이 그는
　"너는 아직 애기구나."
한마디를 하고는, 한참 내 등에 업힌 그의 가슴패기 근처를 몽그작
몽그작하다가
　"그런데 자네는 글공부를 많이 한 사람이제? 우리 할아버지도 글
공부를 많이 하신 분이었네. 나도 그 양반 만년에 『논어』를 배웠는
디, '지지자 불여호지자知之者不如好之者(안다는 것은 좋아하는 것만 못
하고) 호지자 불여락지자好之者不如樂之者(좋아한다는 것도 그걸 누림
만은 같지 못하니라)' 한 그 대문이 인제 새삼스레 생각나네. 지독스
레 고생하고 살아오면서도 겪어 누려 온 것을 잘 골라 온 사람이면

아무리 별 풍상 다 겪었드래도 아주 버리게 될 딴 일은 못하능가 부네그리여. 세상에 나서 별 여자도 처음 보겠네!"

어쩌고저쩌고했다.

『논어』의 이해야 어이컨 그것은 물론 선돌처녀에 대한 그의 감동을 말하고 있었음은 물론이다.

우리가 선돌처녀의 집에 들렀을 때, 그네는 해 어스름 볕 속에 그네의 울타리 밑의 노오란 국화밭 앞에 서 있다가 마당에 들어서는 우리 일행의 기척에 눈을 돌려 우리 셋을 쭈욱 한 번씩 번갈아 보고 나서 마지막엔 내 등에 업힌 재곤이에게로 오래 시선을 모았는데 그것은 국화와 가을 기운의 탓인지 꼭 어디 머언 파촉이나 그런 산이 험한 곳에서 금시 내려온 구십쯤은 되는 할머니 같았다.

그러나 그네의 첫인사는

"무엇 하러 나 같은 사람을 다 찾아오셨능게라우. 어서 들어가십시다."

그것뿐이었다. 그러고는 묘하게도 그네의 눈 표정은 국화꽃빛으로 진해져 들어가는 낙조 속에서 금시에 또 한 소녀의 것으로 재빨리 둔갑했다.『서유기』라는 중국 소설에 보면 둔갑의 은유가 많이 나오지만, 이걸 현실로 이렇게 보는 것은 재미가 있어 내가 뭐라고 한마디 할까 말까 하고 있는 판인데, 그네는 내게 이 말을 할 기회를 주지 않고, 두리번거리고 서 있는 내 도제—재곤이의 아들을 냉큼 보듬어 안고는

"오, 너 참 잘 왔다. 그렇잖아도 네가 오면 줄라고 우리 집 대추를

다 따 두었는데⋯⋯"

하고

"어서어서 들어갑시다."

우리를 거듭 재촉하며 앞장을 섰다.

　우리는 그네에게 이끌리어 그네의 방에 들어가 보고, 그네가 우리가 이맘때쯤 찾아올 걸 두루 다 미리 알고 있었던 것을 곧 이해할 수 있었다. 풋대추에 감에 밤을 그뜩히 섞어 담아 놓은 큼직한 목기하며, 봉황새의 모양을 꽤나 잘 새겨 놓은 문어발의 안주 담은 그릇하며, 진로 소주병하며─상에 차려 깨끗한 보로 덮어 둔 이런 것들은 그네 자신을 위한 소용같이는 아무래도 생각되지 않았으니 말이다.

　재곤이에게도 이런 그네의 마음은 잘 전해진 모양이었다. 내가,

　"야, 그 문엇발 봉황새 참 본 지 오래다. 아홉 살 땐가 선산에 시제 드리러 가서 보고는 아마 처음인 것 같은데⋯⋯"

어쩌고 그 문어발 조각에 감동하는 몇 마디를 막 퍼부으려 하는 판에 재곤이는 내 말문을 제멋대로 냉큼 틀어막아 버리면서,

　"잘못힜네! 잘못힜어! 자네가 도인이 다 되신 줄은 모르고 그렇게 행패 히대서 증말로 미안했네!"

이러처럼은 아직도 양반인 양한 말투로 사과를 하며 그 앉은뱅이의 두 발을 다 근신하려는 듯 오물오물하고 있었으니 말이다.

　이조 때의 그 양반 말투라는 것은 지금은 완연히 끝났다고 하기는 하지만 두메의 촌에 가면 아직도 이렇게 건재하기도 하다. 아무리 지독한 가난과 불운에 헤매면서도 무당 출신이나 백정 출신에게

는 우리 재곤이처럼 아직도 역시 그 쌍놈 쌍년에게 주던 말투를 쓰고 있다.

나는 그것이 치사스럽게는 못마땅해서

"아따, 이 사람, 거 자네 참봉이나 한 등 살다 온 것 같네 그리여! 무슨 놈의 말투가 시방도 그런가? 자네가 무슨 도인이나 알기나 아는 사람인 셈인가?"

하니, 그제서야 그도 그것이 안 된 일인 줄을 느꼈는지,

"당신은 성인이시오. 잘못했소……"

선돌처녀를 향해 제깍 말투를 고쳐 이렇게 나직이 되뇌이기도 했다.

그러나 이 '성인'이라는 말에 뱃살을 걸머쥐고 웃어 댄 것은 선돌처녀다.

"윽크크큿, 크크큭흣! 성인이라니라우? 윽크크큿, 큭크크크크크크큿! 성인이라니라우? 그 말씀이 어떤 재인 년보고 하시는 말씀이신 게라우? 어떤 홰양년보고나 그냥 하시는 말씀이대라우? 윽크크크크크크크크큿!"

그런 그네의 앞에서는 나도 재곤이도 쉬이 딴 대꾸가 나오지는 않았다. 한동안 머뭇거리다가 내가 재곤이를 보고

"아, 재곤이, 이 사람아. 자네가 어려서 『논어』를 읽었다니까 말이지만, 『논어』에선 공자도 성인 소리 듣기를 싫어하셨네. 항시 웃어른들한테 배우는 사람이라고 했지 성인이라고 자처한 일은 없어."

하니까, 거기에는 재곤이는 아무 말도 없고, 선돌처녀가 그걸 뒤대어 받고 있었다.

"시방 재곤이라고 하였지라우? 저 양반을? 재곤이 양반은 나를 아직도 잘 모르시는가 보아라우."

그러고는 재곤이 옆으로 슬쩍 가까이 가서 앉더니, 재곤이 그의 무릎 아래 장딴지께를 그 오른손의 무지와 식지로 꽤 되게는 비틀어 대고 있었다.

"이 양반아! 나는 태어나기는 쌍년이지만, 나이로는 일찍 났으면 니 어무니 푼수도 되기는 되야!"

그러고는 비로소 그네의 준비했던 술상 위에 놓인 술잔의 하나에 진로 소주를 그뜩히 그뜩히 부었다.

"잡수시오. 잡수시오. 이 술 한 잔을 드시오면 만수무강은 하오리다……"

어쩌고 하는 〈권주가〉의 일절이 거기 첨가되었다. 그러면서, 재곤이가 그 술잔을 냉큼 집어 들지 않자 그네는 손수 그것을 잡아 들어 그의 입에 가져다 마시어 주며

"사실은 나는 아이가 없어 당신네 아이만 눈여겨보고 있었어라우. 이 아이를 나를 줍시오. 두 다리가 불편해서 키우기 어려우시다면 내가 덩그렇게 잘 길러내 드릴 테니라우……"
했다.

그러고는, 그네의 입에서는 어떤 딴 이야기도 나오지는 않고, 또 나와 재곤이와 그 아들의 입에서도 그게 잘 나올 리 없고―그리하여 그저 우리들은 그 상 위의 대추, 감, 밤, 문어의 봉황, 진로 소주, 그런 것만 짓궂게 작살내다가, 이어 차려 들인 저녁 밥상을 받았다.

저녁 밥상의 반찬들은 그네가 불교도여서 그런지 모두가 초식으로 도라지, 더덕, 양하, 미나리, 고사리, 취, 파래, 미역귀, 그런 것들로 된 산해의 향그럽고 좋은 풀만 모조리 모으려 애쓴 듯한 것이었다.

그런데 그네는 우리가 서로 밥숟갈을 막 들려 하자 언제 어디에서 꺼내 가지고 온 것인지 모를 한 개의 징채를 그네의 치마의 어디쯤에서 번쩍 꺼내어 들어 우리 누구 눈에도 똑똑히 인상적으로 보이게 하며

"이게 무엇인 줄 알어?"

했다.

징채라는 것은 물론, 우리 한국의 재래 농악기 중의 그 징이라는 악기를 두들기는 것으로 우리 농부가 여러 천년을 두고두고 논농사를 지은 뒤의 그 짚으로 두두룩이 두두룩이는 비벼 꼬아 뭉치고 또 뭉친 그 징채 그것인 것이다.

"이것은이라우. 이것은 호랭이가 담배 먹던 신라 고신지년高辛之年의 것인디라우. 참, 여러 대 재인들의 손바닥의 땀때가 묻은 것이어라우. 우리 할아버님허고 할머님이 이것을 처음으로 만드셨다는데, 여기에는 내가 어렸을 적에 손바닥의 땀때도 쬐그마치는 아마 묻어 있을 것이어라우. 여기에는 내 손때보단 내가 좋아하던 머슴애 — 의 지가지 할 데가 없어 재인 우리 집에까지 와서 누렁지나 얻어먹고 겨우 자라던 그 머슴애의 손때는 많이 묻어 있고라우. 우리 어무니한테 항상 꾸지람 먹으며 어머니 뒤를 따라 그 머슴애는 늘 징하고 장구를 날러 마을돌이를 하면서 그 애 손때를 여기다가 담뿍담뿍 묻

히었을 것이지라우."

그네가 이렇게 말하며 우리 앞에 공중에 드러내 내미는 그 한 개의 징채를 나는 받아 꼼꼼히 살펴보았다. 보니, 그네의 전 경력을 꽤나 잘 알게 된 내게는 뚜렷이 짐작될 만한 일이나, 아닌 게 아니라 그네의 소녀 시절의 애인이었던 그 누렁지에 취직했던 머슴애의 손때와 모습도 많이 들어 있는 듯하기는 했다. 그래 내가 그걸 만지작거리며 감개무량하려고 하니, 또 그네는 이것도 그대로는 두지 않고, 말하기를

"선생님."

하고 뜻밖에 내게 선생님을 붙이며

"선생님, 이것은 누구 임자를 찾아 줘야 할 텐데, 이 애면 안 될께라우?"

하고 재곤이의 아들 쪽을 손가락질해 보이고 있는 것 아닌가?

재곤이의 아들은 제가 손가락질해지는 까닭도 모르고 그저 음식에만 열중해 있고, 재곤이도 그러고 있고 하여, 나는 이 정적 속의 인연의 갈피를 한참 동안 눈여겨보다가 드디어

"그 애보단도 차례라면 그건 나한테 주시지라우."

해 봤다.

그랬더니, 그네는 내 두 눈을 한참 동안이나 뚫어져라 하고 들여다보다가

"그게 그런 게 아니어라우. 이런 데는 어린것이어야 제대로 믿고 이어 가져라우."

하는 것이었다.

"젠장맞을 놈의 것! 무에 그럴 것이 따로 있소? 이 맹글맹글 몇 대 묵은 이것이라면 내가 가집시다그려!"

나는 우겨 말했지만, 그네는 그건 안 된다는 걸 강조했다. 그러고 그 말투는 또 지금까지와는 판이한 것이 되었다.

"자네 같은 사람이—자네같이 팔난봉일 수도 있는 사람이 이것을 맡아서는 안 되네. 맡기야 맡겠지마는 맡으나 마나 히여. 나는 누구한테나 이걸 맡겨 두었다가 내가 눈감고 죽을 때는 다시 꼭 한 번만 이걸 또 보고 갈려고 하닝개 말이여."

하는 것이 아닌가?

"그러시겠습니다."

나도 누그러지지 않을 수가 없었다.

그래저래, 재곤이와 그 아들과 나는 재곤이의 아들에게 이 징채를 주고자 하는 그네의 뜻을 받아 선돌처녀의 집 3대의 징채를 재곤이의 아들—큰놈에게 물려주는 걸 반대할 수는 없었다.

"어무니라고 인제부터는 저분보고 항시 불러 모시어라."

내가 이렇게 큰놈에게 당부하는 것을 큰놈이나 재곤이 그 둘의 누구도 반대할 수는 없었다.

이렇게 해서 우리는 이날 밤 재곤이의 아들 큰놈을 선돌처녀의 정신상의 양자로 하는 의식 속에 안 파묻혀 있을 수가 없었던 것이다.

의식이라야 별 복잡한 것은 없었지만, 젊은 때를 고스란히 매음을 강요당하며 돈푼이나 모은 선량한 초로의 여인네가 양자를 맞이하려는 절차엔 또 묘한 것이 있어 여기 그 모양을 간단히 적어 옮긴다.

　우리가 저녁밥을 마치자 이내
　"모두가 다 인연이어라우."
하여, 아까 이미 내놓았던 그 3대의 손때가 묻었다는 징채 옆에 다시 가져다 내놓아 나열한 것의 품목들은 아래와 같은 것이다—요새 우리가 쓰는 한글어학회 제정의 한글 이전에 쓰던 'ㄱㄴㄷㄹㅁㅂㅅㅇ'의 여덟 글자 다음에 '가갸거겨고교구규그기ㄱ'로부터 '하햐허혀호효후휴흐히ㅎ'까지를 서투른 대로 또박또박 먹글씨로 정직하게 써 담은, 손때가 아주 잘 묻은 오랜 창호지 쪼각을 차곡차곡 얌전하게 접어 두었던 것이 한 장, 남자용의 양말은 양말이지만 한 일곱 살짜리쯤이 신을 만한 어린애용의 양말이 붉고 푸르고 누르고 또 그밖에 여러 빛깔로 자그만치 대여섯 켤레, 그러고는 또 엉뚱하게도 일정 때 선멋쟁이 사내들이 더러 그 약손가락에 가느다랗게 끼고 다니던 십팔금 반지가 하나, 그다음에 아구를 맞춰 또 놓인 것은 이것은 아마 선돌처녀 그네가 끼려고 만든 것이었던 듯한 적어도 대여섯 돈쭝은 실히 됨 직한 금가락지가 한 쌍, 그러고 마지막으로 그네가 장롱 속에서 한 아름 안아다가 또 그 옆에 놓은 것은 아마 이것도 일정 때 한인韓人의 제품인 그 희다가 겨워 푸르른 것이라는 이조 백자 빛을 그대로 아직 이은 빛의 옥양목 반 필쯤이었다.
　이것들을 선돌처녀는 재곤이와 그 아들 큰놈 사이에다 내놓고 나더니, 큰놈의 얼굴을 향해 그 얼굴을 돌려 그 애의 눈동자 속을 더듬

거리면서 또 무척은 어름어름하며

"아가. 너만 싫지 않다면, 아가, 너한테 줄 게 별 딴게 없어서 그러니 가져가거라, 아가."

했다.

그러고 그네 두 눈동자엔 내가 그네에게서 처음이자 또 마지막으로 본 보일까 말까 한 아스라한 눈물 흔적이 아주 잠시 비쳤다.

그러나 그것은 아주 잠깐뿐,

"아가. 이 양말은 이리 뵈여도 진짜 상해 양말이다. 만주 봉천에 내가 있을 때 무슨 속인지 추석 때면 줄 아이도 없이 더러 이것을 한 켤레씩 사 두었지. 좀 적드라도 잡어다려 신으면 신기는 신을 것이다."

했을 때에도 다시 보이지는 않았고,

"이 금반지 금가락지에도 아무도 손가락을 끼커 보진 못한 거닝개 염려 말고 가졌다가 뒤에 쓰렴."

했을 때에도, 또

"이 옥양목으론 내가 네 옷을 한 벌 만들어 가지고 찾아가마. 며칠만 가서 기다리거라."

했을 때에도 여전하여 다시 그걸 쬐끔치도 배여 내지는 않았다.

내가 재곤이와 재곤이 아들을 대신하여 그 양말들과 금반지 금가락지를 집어서 우선 내 호주머니에 넣으며 또 그 징채를 집어 들면서, 언제 고욤다래 나루터에 오시겠느냐고 하니, 그네는 그저 곧 가겠다고만 한마디 대답하고, 내가 우리 일행더러 어서 가자고 일어서

라 하여 마루에서 재곤이를 등에 둘쳐업으려 하자 비로소 그네의 본 질인 듯 겨우 다시 소녀 소리로

"아하학하학 하칵하! 학사앙! 업고 가실라면 무거울 텡개 내가 좋은 차를 한 대 빌려 드리지라우. 악하칵하칵하칵카카……"
이 비슷하게 너털거려 웃었다. 그러고 재빠르게는 그네의 집 모퉁이에서 한 대의 과히 낡지 않은 리어카를 끌어내다가 우리 앞에 놓았다.

그네의 그런 꽤나 재빠른 슬기의 움직임 앞에 나는 무언지 이어 말하고 싶으면서도 그 기회를 영 만들지 못한 채 이미 초저녁 별들만이 비치는 어둠발 속의 길을 리어카를 탄 재곤이를 큰놈과 둘이서 밀며 밀며 내 나루터로 돌아올밖에 없었다. '야, 백구야 날지 마라……' 어쩌고, 나는 몇 잔 진로 소주 여흥으로 이런 노래도 좀 부르며 돌아왔던 것이다.

10월 23일

아주 드물게 맑은 날. 최고운이 신라를 떠나 당나라에 유학하고 있을 때, 황해 너머 머언 고향 신라가 어쩌면 보일 것 같다고 그의 시에서 말했던 날도 이만은 못했을 듯한 아주 맑디맑은 날이다.

마침 한조금 때여서 나룻배가 뜰 만한 물이 안 되어, 발 빼기 싫다는 순경 하나를 업어 건네주고, 대구럭 생선 장수 아주머니 하나가 발 빼고 건너겠다는 것을 그냥 대구럭 아울러 업어 건네, 돌아와 마악 마른땅을 디디려는데, 보자기 하나만을 겨드랑에 낀 선돌처녀가

거기 와 서서 나를 맞이했다. 어디서 벌써 찾아 만났는지 우리 큰놈의 한쪽 손을 그네의 한쪽 손이 부드러이는 받아 이끌고 있었다.

우리 셋이 재곤이가 있는 그 녹두지지미와 막걸리 옆의 툇마루에 닿자, 그네는 먼저 가벼이 거기 비인 자리에 올라서서 옛날부터의 그 큰 여자 절로 재곤이를 뵈었다. 재곤이가 그 앉은뱅이 두 다리를 들먹거리며 또 어쩔 줄을 몰라 하는 것을

"나으리. 쇠인네, 인제사 와 뵙게 되어서 죄송하구만이라우."

하니 재곤이는 한층 더 당황키만 하여

"웬이라우…… 웬이라우……"

만 연발하고 있었다.

그네는 더 이상 재곤이에게 머뭇거릴 시간도 주지는 않고, 그네가 가지고 온 보자기를 끌러 그 속에서 한 벌의 옛날 서당 도련님의 한복을 꺼내 놓았다. 그러고는 그것을 우리 큰놈에게 차근차근 입히고, 먼저 준 그 양말을 가져오라 하여선 신기고, 거기 접어 온 대님을 두 발목에 쩜매고, 그래서 우리 큰놈은 눈 깜짝 사이에 남빛 갑사조끼까지 갖추어 입은—쾌자에 복건만 빠진 옛날 양반집 어린애 그대로의 꼴이 되었다.

그래 놓고 그네는 그 애 뺨에 자기 뺨을 가져다 대려다 말고

"나으리. 이래도 될지 모르겠구만이라우?"

하며 어설프게 미소해 보였다.

"아니라우…… 아니라우……"

재곤이의 대답이었다.

"아가. 어서 그 할머님한테 엎드려 인사를 드려라."

그래 큰놈은 그 새 옷차림으로 그네에게 엎드려 절을 했는데, 참 그 광경은 내게도 무척 곱게 보였다. 그래 나는,

"선생님. 막걸리나 한 잔 따라 드릴께라우?"

하고, 그 선돌처녀가 내 소학교 적에 가정방문을 오신 예쁘고 엄하셨던 우리 여선생님만 같아, 우선 우리가 가진 것 중에서는 최고의 것을 내세워 씩 웃으며 이리 말하니, 오늘 이때는 선돌처녀 그네도 딴전은 안 벌이고

"그것 좋겠는디라우."

만 했다.

그래 젠장맞을 것, 이런 때까지 너무 아껴 인색해서는 무엇 하겠는가. 나와 재곤이는 막걸리 장삿속도 잠시 몽땅 다 잊어버리고, 재곤이는 연방 그 녹두지지미를 지글지글 부쳐 대고, 나는 또 연방

"한 잔 더 드시겨라우."

막걸리를 이어 따르며 참 오랜만의 신바람에 흐렁흐렁 젖어 있게 되었다.

그네도 무척은 반가운 모양이었다. 연거푸 마다고 않고 그 막걸릿잔을 받더니만, 맨 처음 만났을 때 내 등에 업혀 나룻목을 건네와서 하던 것 모양으로 그네의 몸에선 말없는 음률이 자잘히 돋아 너울거리는 듯하더니, 이어

"세상사 쓸 곳 없다. 군불 견 동원 도리 편시 춘君不見東園桃李……"

어쩌고 하는 저 옛 노래의 한 대목을 언제 배워 두었던 것인지 조금

도 서투른 데 없이 읊조려 대기까지 했다.

오후 3시쯤이었을 것이다. 조금이 끝나 가고, 사리 때에 접어드는 바닷물이 막 밀려오기 시작하는데, 어떤 대구럭 생선 장수 여편네 하나가 저편 언덕에서 나루를 보내라고 지랄 지랄하는 것을 내버려 두었더니, 할 수 없이 냉큼성큼 아랫도리를 적시며 건네와서는,

"아따, 사공 비싸졌네 비싸졌어! 젠장맞을 년의 것! 은제부터 그렇게도 도도하게 비싸졌능가? 암만 생각히 봐도 모르겄다 이잉이?"
내 옆에 와 대들다가 대꾸 없자 가 버린 무렵은 그게 그맘때임엔 틀림이 없다.

선돌처녀는 아주 아무 말도 없이 조용하게 다시 점잖아지더니 그게 가야금 풍류로 치면 상영산上靈山의 사분지 일쯤 가만한 뒤에, 그네 치마 안의 단속곳이겠지, 거기 단 호주머니인 듯한 것을 더듬거려, 꼭 무슨 옛날 유서같이 접힌 한지쪽 하나를 꺼내 놓았다.

"폐일언하고 말이여."

그네는 약간 막걸리의 취기가 있는 듯했다.

"에따! 너 가져라, 아가! 너는 모를 테지만, 네가 저번날 나를 찾아올 것도 나는 벌써 여러 날 전부터 기다리고 있었다. 그 무렵 어떤 밤에 꿈을 꾸었지. 꾸었었는디, 어무니! 어무니! 오그라진 손으로 내가 안 닿아 애타며 오는 것을 보니 그건 너드랑개, 너여! 틀림없이 너여! 내가 전생에 어디다간가 낳아 놓고 잊어버린 너드랑개그리여! 그러니 이건 니가 가져야지 아무도 없다. 에따! 논 열두 마지기 문서다. 받어라. 무시해 보지 마라 이잉이. 그래도 우리 선돌 앞뜰에서는

일등으로 뚜욱뚜욱 영글이 잘 드는 좋은 논배미들이여. 내가 일생 동안 뼉다귀를 깎으면서 모은 스물다섯 마지기 논에서 이건 거진 그 절반이다. 가질래? 안 가질래? 싫거든 안 가질란다고 히여. 빨리 말하랑개. 그렇지만 애기야, 네가 나를 어미로 섬길라거든 내 옆에 와 있건 안 있건 간에 죽어도 나를 버려서는 안 된다. 내가 살면 얼마나 오래 사는가? 내가 죽으면 내 가진 건 다 네 것이니 부디 나를 버리지만 마라. 나는 참 오래 기다렸지만 내가 기다리던 사람은 틀림없이 죽은 게다. 그래 내 꿈에 내 전생의 자식 네가 그 대신 온 것이여! 학교당에 가고 싶으면 학교당에도 보내 주마. 염려 마라!"

이 딱한 여인의 말은 여기서 우선 일단락되었는데, 그네가 여기까지 말하고 있는 사이에, 재곤이 부자와 나는 일테면 어느 사인지 그네의 교도 비슷이 마음은 물론 몸마저 기우뚱 기울어져 있을밖에 없었다. 왜냐면 내 경우는 그네 정신의 숨은 위력만이 아니라 오히려 그 임박해 오는 그 무언지 형용할 수 없는 육체도 또한 두드러져만 보이는 압력 때문이었다.

"아따, 학교는 해서 뭣 한다능게라우. 그만둡시다. 그만두시자닝개. 학교에서 배웠다는 놈들 봤지만 별 신통할 것 아무것도 없습디다. 제엔장! 대학교 나왔다는 놈들도 도둑질하다가 고랑도 차등구만 그리여!"

이것은 우리 큰놈을 학교에 다니게 해 주마는 선돌처녀의 말에 재곤이가 매우 완강히 반대한 말이다.

그러나 나는 물론 재곤이와는 생각이 달라, 우리 큰놈의 학교 입학에 찬성을 하고, 거듭 '고맙다'는 충정衷情을 그네에게 말하고, 이 애 학업의 구체적인 계획을 언제 가까운 날에 다시 만나서 세워 보자고 했다.

"학사앙! 나는 너를 믿는다 이잉이!"

그네는 우리 고욤다래 나루터를 떠날 때 이렇게 말했으나, 나는 지금 이 일기를 쓰고 앉아서 다시 내 자신에게 묻는다―'정말 나는 누가 두루 믿을 만한 존재가 되는가? 아닌 게 아니라 선돌처녀라도 믿어 좋을 만한 존재는 어떻게라도 되긴 되어야지. 안 그러면 한 사공인 내 주위에서까지도 누구 사람 하나 살 수나 있겠는가?' 하고……

아무래도 우리는 두 사람 사이에서건 세 사람 사이에서건 먼저 무엇으로건 서로 믿을 만한 사람이 되긴 되어야겠다.

10월 30일

그러나 모든 일을 해 나갈 때 쬐끔치라도 방정맞으면 반드시 천벌이 있다. 사람 세상의 법에서는 잘 통과되어도 하늘은 반드시 이 방정맞은 것을 벌하고, 그건 눈 깜짝 사이에 사형을 집행해 버리기까지도 하는 것이다.

우리가 도시의 복잡한 차도를 횡단해 건너다가 차에 치어 죽는 까닭은 무엇인가? 좀 더 전후좌우를 조심해 눈여겨서 건너야 할 것을, 방정맞게 살필 것을 생략하고 제 기분껏 가 보려는 데에서 비롯하는 것 아닌가? 서양의 어떤 나라들이 아이들의 국민학교 교과서에 '주의Attention'라는 과목을 두기 시작했을 때 이 천벌이라는 것을 느꼈는지 안 느꼈는지 그건 모르지만 그 과목을 두어 아이들 때부터 이 항목에 잘 길들게 하려 한 것엔 크게 공감이 간다.

나도 결국은 아직도 많이 방정맞은 놈이다. 즉흥은 되지만서도 이 즉흥을 즉흥 그 속에서 잘 성찰해 낼 만한 끈질긴 성찰력이 부족한 것이다.

과거의 천재 시인이란 것들이 많이 그랬던 것처럼, 나—대학의 한 문학 강사 출신의 나루 사공 장이소도 아직은 형편없는 방정맞은 놈이다. 거북이의 옆에서는 끝까지 거북이다워야 하는 것을 그만 아직도 토끼이고 만 것이다.

10월 23일에 내 도제 큰놈이 선돌처녀에게 양자로 드는 것을 본 재미에만 들떠서 나는 나대로 그 기분의 즉흥에 빠져서 국민학교 3학년짜리쯤의 어린아이가 무슨 뜻밖의 상을 받았을 때 운동장을 한 바퀴 휘익 단숨에 달리어 돌아오듯 서울까지 또 한 바퀴 돌아온 것이 화근이라면 화근이었다.

마침 가을 가랑비도 내리어 내 끌 수 없는 신바람을 부채질하고 있었지. 참을 것을 못 참는 시인처럼 나는 그저 모두가 좋은 기분에 서운사 동구 앞까지를 지화자자 걸음으로 날듯이 걸어 거기서 해 질 녘에 버스를 잡아타고, 연달아 서울까지 별 까닭도 없이 올라온 데까진 좋긴 좋았으나, 그렇다면 우리 중삼이나 한번 먼발치로 만나 보고 가면 그만인 것을, 괜스리 더 우자를 부려 중삼이의 오빠까지를 더부살이로 또 만나고, 그 사람하고 대한극장엘 들어가서 〈벤허〉라는 그 피 많이 나는 영화 재상영하는 걸 다 보고, 나오다가는 그 중삼이네 오빠가

"여보게, 이소. 자네를 꼭 보고 싶다고 하는 자네 대학 때 여자 동급생이 하나 있데만 만나겠나?"

하는 데 또 말려들어 며칠을 보내고 만 것이 화근이 되고 만 것이다. 망할 놈의 자식 같으니라고…… 이 중삼이네 오빠 녀석은 제 누이 중삼이가 즈이 형부를 중학교 3학년 때 붙고 그게 마음병이 되어 있는 걸 내가 맡아서 붙어 그 마음을 옮겨 주어 구제된 것이라구 그 사은으로 이리는 칙칙히 군 것일까? 그게 그 녀석도 마귀고, 그걸 은근히 알면서 따라다닌 나도 무척은 방정맞기만 한 놈인 것이다.

　나와 대학 동기에 김선아라는 계집애 학생이 있어, 내가 구두끈이 끊어진 구두를 신고 갈 때나, 교정의 제일 어두운 골목 구석에 찌부러져 고요해 있을 때만 가끔가끔 그 옆에 나타나서 얼마 안 되는 말로 알은체를 하고 "같이 좀 가 볼까요?" 하던 아인데, 중삼이 오빠 녀석은 대한극장에서 〈벤허〉 재상영을 보고 극장 옆 다방에서 잠시 쉬게 되자,

　"여보게, 그 김선아라는 아이가 자네를 되게는 보고 싶어 하니……"

하고 전화를 건 것이다.

　김선아가 다방에 들어서는 것을 보니 꼭 대학생 때 그대로의 검소한 모양이었는데, 밖에 같이 나가자, 미끈한 회색의 자가용 대형 크라운 차 뒤칸에 나를 먼저 오르라고 권하고, 그 바로 옆에 자기가 냉

큰 자리 잡아 앉으며 차창을 콱 소리 나게 닫아 잠가 버리고는, 차 밖에 섰는 중삼이 오빠보곤 한쪽 손만 들어 잠시 까불어 보이곤,

"청평으로 갓!"

하고 운전수한테 나직하나 단호한 소리로 명령했다.

"궁금하구만. 그동안 어떻게 지냈는지? 왜 이렇게 만나게 되는지?"

내가 말하니

"가만. 가만있어. 청평 가면 다 말할 테니, 가만히만 있어."

했다. 그러고는 무슨 속셈인지 내 뻑다귀 사나운 사공의 손을 어느새인지 그 부드러운 손으로 처음엔 가만히 덮치다가 그다음엔 그걸 움켜쥐고 조이기도 하고 또 느꾸기도 하고 있었다.

청평의 어떤 방갈로─그네의 마음인 듯한 5, 60년생쯤은 넉넉히 됨 직한 노송 비슷한 적송들이 스무 남은 그루 줄지어 서 있는 속 슬라브 단층집의 어느 구석진 방으로 나를 안내하더니, 내가 앉은 소파의 바로 옆자리에 다붙어 앉으며 그네는 헐레벌떡 헐레벌떡 대략 다음과 같은 말을 들릴 만 안 들릴 만 내게 속삭여 댔다.

"이소. 여전하군. 내가 생각하고 있던 그대로야. 왜 임마누엘 칸트 시간 생각나겠지? '인식은 영 안 되지만 그래도 늘 두고 생각은 해 볼 수 있다'는 그 대목 말이야. 난 그 뒤도 늘 그렇게 살아온 학생 같아요. 아직두요. 그런데 내 시간은 아직도 정확하고 깨끗하지만 먼저 글르는 건 더러움게도 오래 해 먹어 온 그대로 사내들이야! 나보

고 마음대로 부리랴면 내 발가락 사이 때도 닦아 줄 자격도 벌써 없는 것들이야! 우리 집은, 왜 들어서라도 아실라는가도 몰라요. ○○회사의 ○회장이란 사람이 내 남편 아니오? 학교 나와서 내 생각으론 여유 속이라야 무얼 생각할 틈이라도 가질 거라고 하고 그 집 재취로 들어갔는데 못쓰겠습디다. 그 회장이란 사내가 시방 데불고 지내는 여자들을 이 청평에 불러들여 놓는다면 저 솔나무 잎들도 모두 눈살을 찌푸릴 만해요. 어떻게 하면 좋지요? 학생 때 일 생각다가 이 소 당신이 제일 조용한 행복을 아는 것 같아서 이리저리 물어보고, 당신이 서울에 오면 꼭 알리라고 박 판사한테 부탁했었죠. 말씀하세요. 저는 지금 어찌면 좋지요?"

이렇게 속삭이며 그네는 수은빛을 칠한 매니큐어의 날카로운 왼쪽 다섯 손가락을 내 오른쪽 어깨의 후미진 곳에 쓰윽 걸쳐 대더니, 그 손톱 끝들이 내 살을 눌러 좀 아프게 할 정도로 닿아 왔다. 그러고는

"날도 맑고 물도 맑으니 우리 같이 나가서 발이나 좀 씻읍시다."
했다.

그래 우리는 물가로 나가 발을 씻고 있었던 것인데, 나는 여기서 이것만은 말해 둘까 한다. 사람들은 흔히 미인을 말할 때 그 얼굴, 그 속에서도 눈과 입과 이빨과 귀와 코와 이마의 생김새들을 두고 평가하지만, 나는 내가 처음 보는 이 김선아의 두 벗은 알발의 발톱들의 그 반달 속에서 그런 모든 것을 커튼 쳐서 가리며 떠오르는 가을의 반달 같은 특수하고도 유력한 효력이 내게 작용해 오는 것을 느끼고 있었다.

방으로 다시 돌아오자 그네는 그런 그네 한쪽 발을 혹 그네 남편에게도 그렇게 해 왔던 습관이 있는 것인지 없는 것인지 내 무릎 위의 허벅지 위에 올려놓으며

"자자."

하고 눈을 감았다.

그러나 나는 이게 잠들 수 있는 일이 아니기만 하여 앉았던 자리에서 불쑥 불에 덴 사람처럼 일어서서는 무심결에 내 무릎 위에 놓인 김선아 그네의 한쪽 발을 두 손으로 움켜쥐어 붙들어 잡곤 그 어느 세레나데보단도 더 서러워만 보이는 그 발톱 밑의 반달들을 내 입속에 머금어 담고 그 감미로움과 황홀함에 한참 동안 도취해 깨어날 바를 몰랐다.

"우리 맥주나 좀 먹어 볼까?"

그네가 말해서 그걸 대여섯 병 들이켜고 다시 누운 뒤에는 우리는 저도 모르게 엉크러져 서로 주무르고 간지럼을 먹이고 하는 그 소년 소녀적인 상태 속에 놓였다.

"나는 내 어린 자식이 잊히지 않는데, 어떻게 하죠?"

그러면 흙탕이나 팥죽 다 된 녀석이면 몰라도 나 같은 놈은 거기서는 한 뼘의 한 치도 더는 내디뎌지지가 않는 것이다.

그래 나는 이 계집이 속 덜 차리고 제 고향에 가 지랄하듯 내게 대드는 것을 물리치고, 그 끈적끈적한 뱀 같은 짓을 하는 대신에

"아! 너 참, 발톱의 반달들 참 고웁구나!"

하며, 그 반달들을 내 입에 담아 씻어 헹구어 내는 걸로 자족할 수는

있었던 것이다.

"그럴 것까지는 없어! 그럴 것까지는 없어!"

그러면서……

　그런데 내가 고욤다래 나루터로 이러처럼 한 끝에 다시 돌아온 사이, 우리 강재곤이 하나가 깡그리 이 세상에서 자취를 감추어 버리고 만 것이다.

　장이소 선생님.

　당신 다 잘 알아요. 선생님은 우리 식구 둘을 다 살리려 하시지만, 앉은뱅이 쓸모없는 병신 내가 남으면 내 자식마저 해로울 것만 걱정하다가 가기로 했소. 내 마음은 죽을 수 없으닝개 죽지 않을 거요. 내 마음이 그러닝개 애써 찾지 마시오. 낚시질을 좋아하고 소나무를 좋아하시던 우리 집 할아버님이 언제던가 "사람 마음은 죽지 않기로 하면 영 죽을 수 없는 것이다"라고 하신 것이 기억나서 그리로 가니 산속도 바닷속도 찾지 마시오.

　그래 봐도 결국 허사일 것입니다.

하는 것이 대강 그가 내게 남겨 놓고 간 유서의 내용이었다.

　나는 내 바람난 겨울 여행 끝에 여기 닿은 뒤로, 강과 바다 산 할 것 없이 어느 후미진 곳까지도 다 찾아보는 그 암담한 일을 한동안 어느 때나 빼지 않고 내가 아는 사람들을 다 동원해서 시행해 냈다.

그러나 강재곤이 그가 간 자리는 땅 위에서는 어디에서도 발견되지 않았다.

마을 사람들 중에 누구는 말한다—

강재곤이란 놈은 원래가 굉장했던 놈이니까, 소가 목에 걸고 곡식을 가는 그 연자 맷돌을 미리 훔쳐 내서 제가 빠져 죽을 바다의 어느 언저리에 놓아두었다가 그걸 좀처럼 삭지 않는 두터운 피모시 줄에나 칭칭 동여 묶어서 제 모가지에 매달아 바다 밑바닥에 가라앉아 아무가 백 년쯤 찾아도 솟아나지는 않을 것이라는 둥……

어떤 이는 또 말한다—

강재곤이는 아직도 살아 있을 것이다. 그놈은 꼭 문둥이 바위 옆에 이슬만 받아 먹고도 살 수 있는 지독한 놈이었으니까, 사라졌으면 어디를 갔겠느냐? 아무 눈에도 안 띄게 그 앉은뱅이걸음으로 두꺼비처럼 걸으면서 이 세상 그 어디 바위나 큰 나무 뒤 어디쯤 숨어서 웅크리고 엿보고 있을 것이라는 둥……

11월 7일

사람이 사람을 돕는다는 것은 참으로 어려운 것임을 새삼스레 알게 되었다. 머릿박 속의 이해로서가 아니라 정으로 돕는 경우도 그 어려움은 마찬가지다. 사람은 정인 경우 누구나 즉흥시를 마음속으로 자주 쓰지 않을 수 없는 것이기에 사람을 돕는 즉흥의 경우도 자기 즉흥에 한참 동안 몰입하고 있다가 보면 상대는 또 그쪽의 즉흥을 따라 전혀 예상치도 않은 엉뚱한 것이 되어 있기가 보통인 것이다.

　앉은뱅이 재곤이와 그의 외아들 큰놈을 둘 다 좋게 해 주려고 하여 그게 잘되어 가는 것을 보고 좀 까불어 본 내 흥취와는 달리, 재곤이 쪽의 흥취가 그의 행방불명으로 뚜렷이 나타나는 것을 보자 나는 내 정신이 너무나 엉터리임을 깨닫지 않을 수 없었다. 주인 좋고 나그네 좋고라는 것은 거의 드문 것인가 부다. 나그네 입맛 나자 주인 장 떨어지자쯤이 고작 있는 것인 것이다.

　　그건 오직 있지 아니하면서부터 떠나지도 않는 것이니라
　　夫唯弗居 是以不去

　재곤이의 잠적과 유서는 노자의 이 말을 무척은 새로이 내 기억 속에 선명하게 떠올려, 내가 이 구절을 이 11월 하늘의 낮달처럼 지니고 으스스한 해 질 녘의 만조를 굽어다보고 나루터 한 귀퉁이의 바위 위에 우두머니 걸터앉아 있으면, 재곤이의 남긴 어린것 큰놈은 무엇이 두루 안심찮아 묘하게는 나보단도 한 서른 살쯤은 더 늙어 보이는 쌍판을 해 가지고 비척비척 내 옆으로 걸어와서 내 껌정물 들인 군 작업복 한 귀퉁이를 잡아다리며
　"아부지 멀리 안 갔을 것이랑개. 곧 올 것이여. 어서 들어가."
하면서 울상이 되는 것은 더구나 그 '부유불거 시이불거夫唯弗居 是以不去'를 하늘이 표현하고 있는 지독한 상징만같이 느끼게 했다.
　신라 때 꼭 요 비슷하게 없어진 검군劍君이란 사내의 이야기가 생

각났다. 흉년이 들어서 관리라는 것들이 먹을 게 모자라 정부 창고의 남은 곡식을 훔쳐 내 노나 먹기로 작정했는데, 그 창고지기 검군의 감정이 편들지 않아 걱정이었다. 그래 그들은 이것을 없애기로 하여 술상에 차린 음식에 독을 섞어 두고 그를 불러 먹고 마시게 했다. 검군은 그것을 미리 눈치챘다. 그러나 그는 그걸 조금도 내색해 보이지 않고 참석해서 그 독을 먹고 뻐드러져 버렸다. 여럿이 굶어 죽거나 형사刑死당하는 것보다는 저 혼자 없어지는 것이 효과적이라고 생각한 것이다.

이 식式은 이야기는 좀 다르지만 우리 재곤이의 행방불명의 방식과 천 수백 년을 사이에 두고 매우 흡사하다. 다르다면 저쪽은 남남 사이고, 이컨은 부자간이라는 거나 다를까. 그렇다면 나는 뭐냐? 기껏 좋은 일을 해 본다는 게 제 신바람으로 겨우 마련한 짓은 재곤이를 없이 만들어 그들 부자의 사이를 갈라놓은 것 정도 아닌가?

여기 생각이 미치자 나는 어디 몸 둘 곳이 없이만 느끼어졌고, 대학 강사 뒤의 이 나루 사공살이도 한낱 샌님의 허영이고 가식인 것만 같아 견딜 수가 없이 되었다. 그렇지만 '없어지면서 떠나지 않는 다弗居而不去'는 것이 사람들의 정신생활 속에서는 반드시 언젠가는 되게 실존하는 것이라는 것만은 철저하게 새로 깨닫게 되었다.

우리나라 사람들은 이 식으로 아마 그들의 정신생활의 참 많은 부면을 이끌어 온 듯하다. 이것은 아무래도 우리나라가 먼저 만든 정신인 것만 같다. 어떤 이가 말하는 것처럼 노자의 이 '부유불거 시이불거'의 사상은 옛날 우리나라에서 중국 쪽으로 새어 나가서 노자의

『도덕경』 같은 데 끼우게 되었을 것만 같다. 아주 극한으로 딱하게 살아 본 사람들이라야 이런 이해는 빨리 섰을 것이고, 딱한 푼수로야 우리 겨레 이상은 동양에도 더는 없었으니까 말이다.

11월 11일

나는 드디어 이곳 고욤다래 나루터의 주인 사공 노릇을 우선 걷어치우기로 작정하였다. 재곤이의 행방불명 속의 '없어지면서 있는 일'은 재곤이가 무언중에 내게도 실천하도록 당부한 것 같기도 하고, 또 선돌처녀가 일단 우리 큰놈을 양자로 맞아들이기로 하고 그 전답 마지기까지 선선히 태워 놓기까지 한 이상 우리 큰놈과 나 사이에 나라는 것은 인제 적당히 없어져도 될 존재라는 게 알려졌고, 또 나는 저 선돌처녀를 나 이상으로 꽉 믿고 있는 데다가, 내 방랑벽은 이보다는 좀 더한 시련을 원하고도 있었기 때문이다.

그래 우리 큰놈을 불러

"너, 저번에 만난 너의 새어무니 어쩌턴? 같이 살아도 되겠제?"

하니, 아무 말도 없었지만 까딱까딱 쉬이 까딱거려 찬성해 보이는 그 이마 밑의 두 눈깔도 과히 염려할 건 없는 것만 같아, 오늘 아침에는 별러서 그의 손을 이끌고 그를 데려다주려 선돌마을로 선돌처녀를 찾은 것이다. 사람과 사람 사이의 마음과 마음의 인과관계를 제일 깊이 멀리 생각하고 느껴 본 이로는 석가모니 이상이 아직 인류 정신사상에서는 없었던 걸로 나는 알고 있는데, 거기 맞춰 곰곰이 생각해 봐도 우리 큰놈과 우리 선돌처녀 두 사람의 연분같이 아주 썩 잘 들어맞는 것도 드물다고 성찰되었기 때문이다.

"죄송하요. 저는 인제 그만 여기서 떠나야 하겠기에 이 애를 맡기러 데불고 왔습니다."

내가 말하고

"이 애 아버지가 그동안 그만 어디론지 흐지부지 없어져 버렸습니다."

하며 그 이야기를 자세히 좀 마악 꺼내려고 하니, 뜻밖에도 그네는

"다 잘 알고 있었어라우."

하는 것이었다.

"이 애 아부지가 없어지신 것도, 또 장 선생이 그새를 못 참고 바람나셔서 돌아다니다 오신 것도 우리 같은 여자는 빨리 잘 들어 알아라우."

나는 여기엔 어안이 벙벙했다. 그래

"그렇다면 어디 그러실 수가 있는가요? 그렇다면 그새 단 한 번이라도 우리 고욤다래 나루터를 다녀가셨어야 할 일 아니오?"

하니, 그네 대답은

"가서는 무엇 한다는 게라우? 그 양반이 어디로 없어졌다는 기별을 듣고 고욤다래로 갈까도 했었지만 소용없는 일이겠등만이라우. 없어질라서 없어진 사람이 내가 가서 수다를 떤다고 새로 다시 나오겠능게라우? 안 나오겠능게라우? 그런 짓은 소용없는 짓이라는 것을 나는 오십 평생 두고두고 너무나 많이많이 겪어 왔응개 말이라

우. 불쌍하지라우. 불쌍하지라우. 없어진 사람도 불쌍하고, 남은 사
람은 더 불쌍하지라우!…… 염려 마시오. 염려 말어겨라우. 이 머스
매는 어차피 내가 그전부터 진작 맡기로 한 것이니 염려 마시고 맡
겨 두서라우. 참말이랑개! 어허허허! 왜 접때 말 않던가베? 전생의
전생 전부터 이 머스매는 원래 나한테 점지되어 있었던 것이라고 왜
내가 말하지 않던게라우?……"
이렇게 꼬리에 꼬리를 달아 끝없이 쏟아져 나오고 있었다.
　내가 그네의 그걸 도와서
"그런데요. 나는 되도록 빨리 어딜 또 가야겠으니 이 애를 시방부
터 맡아 주시겨라우."
하지 않았더라면 그네는 그네의 말을 하루 종일이라도 늘어놓아 멎
지 못할 것만 같았다.
　나는 미리 준비해서 껌정물 들인 내 군 제대 작업복 호주머니 속
에 끄리고 왔던 것―이건 뭐냐 하면, 내 어머님이 오랫동안 왼손의
약손가락에 끼고 사시다가 돌아가실 때 남긴 것이 어쩌다가 아직도
내게 남아 있는 그 때 낀 순은의 가락진데, 그걸 그네 앞에 내밀며
"이것이 하나 눈에 뜨여 가져왔으니 좋건 어디 한번 끼어 보시구
려."
무심결에 서울말로 이렇게 말했다. 왜 하필 '끼어 보시구려' 어쩌고
여기서만 그 점잖한 이조 선비연한 경조京調의 말투였는지, 프로이트
말을 들으면 막 절박한 때면 언어 오류라는 것도 있다 했는데, 아마
그 비스름한 일종이 아니었는가도 싶으다.

"아따 이건 누구 생원 댁 아씨나 끼고 계셨던 것인가 분데……"
하다가

"잘못했어라우. 나도 어찌다긴 이렇게 까불어서…… 그런데, 까부는 게 어떤 때는 약인 수도 있지만……"
하며 그네는 그걸 그네 왼손의 약손가락에 내 어머님이 끼시던 꼭 그 모습으로 천천히 천천히 끼어 가고 있었다. 여자들의 가락지 끼는 모양은 이렇게 거의 같은 것인가? 내가 어려서 어느 해 여름 지독한 염병에서 나았을 때, 그 벗어 두셨던 이것을 새로 끼며 반가워하시던 내 어머님의 그때 그 모습과 너무나 흡사하여, 그걸 내가 말해 알리니, 그네는 비로소 불에 문득 데인 사람처럼 움칫 몸부림을 쳐 보이며 "어!" 하고 소리치고 있었다.

"학사양, 참 고맙네. 참 고맙네. 잉이…… 나는 이 땅 우에 생겨나서는 이런 선물은 못 받아 봤당개! 못 받아 봤당개! 벼락 맞어 죽을 년의 팔자뿐이었당개!"

이렇게 외치는 그네의 음성의 질은 소학교 5, 6학년 때 동급짜리 소녀 아이의 그런 것 꼭 그대로였다.

"……무얼 그래? 그러고 말 것 없지 않어? 나이는 좀 칭하가 있지만 우리 그냥 이 자리서부터 합치고 말지! 하늘이사 설사 나쁘다고 하실라구?"

내게서는 나도 몰래 지난여름 바다에서와 비슷한 이런 소리가 나오고 말았다. 그러나 조끔치는 이 땅 위의 온갖 남녀의 관습도 아는 나 같은 사람하고는 이 선돌처녀는 아주 딴판이다. 전연 딴 세대의 사람이다.

　그네는 잠시 머뭇머뭇하며 그 눈뚜껑과 볼따구니께를 불그스레 그 속의 피로 물들이고 있었을 뿐, 그다음에 나오는 소리는,

　"에이 잡놈. 또 개지랄헌다."

한마디뿐이었다.

11월 13일

　나는, 그래, 인제 그 재곤이의 '여기서 없어져서 항시 남아 있는' 속을, 여기 놓아두고 홀가분히 떠날 수 있는 마련이 겨우 되었다.

　내일은 고욤다래 나루터를 떠나기로 작정하고 저녁때 여기 식구들을 불러 그 말을 전하고 내 이곳 유산을 그들에게 구두로 모두 상속시켜 주었다.

　내 스승이었던 돌아가신 그전 노사공의 과부 된 따님이 나를 제일 슬퍼해 주었다.

　그네 가게의 진로 소주에 오징어를 두 마리나 내다가 연거푸 내게 권하며,

　"인제 가시면 그래 언제 또 오실라는개라우?"

어쩌고 그 중국 시인 누군가의 '하일군재래何日君再來' 이래 우리나라에도 역대 왕조를 거쳐 부지기수히 입에 오르내리던 그런 구절로 인사말을 하기는 했지만, 말은 그 밖에 안 되었어도 그 씰룩이는 눈과 씰룩이는 입의 표정은 나를 정말 보내기 싫은 모양이었다.

"언제 또 꼭 다시 오리다."

나는 약속했고, 꼭 그렇게 하려 한다.

나는 어디로 갈꼬? 어디로 가면 더 좀 사람같이 한번 되어 볼꼬?

아무리 생각해도 생각나는 것은 다시 서울이다. 사람이 제일 많이 벅적거리는 곳 거기 가서 다시 한 번 부대끼며 살아 볼 생각이 든다.

나는 인제는 완전한 빈털터리의 맨손뿐이다. 이 맨손으로 서울 어디 뒷골목에 끼니 붙일 자리를 찾으려 한다. 되도록이면 더 암담하고 더 너절하고 더 싼 뒷골목에, 되도록이면 더 허술하고 업수이 여김받는 자리에 놓여서 다시 또 한 번 서울을 겪어 알아보고 싶으다.

(제1부 「고욤다래 나루터에서」 완完)

희곡

영원의 미소

제1막

때 기원전 530년경

곳 인도 카필라바스투 나라 왕궁 안과 밖

등장인물

싯다르타 카필라바스투 국왕의 태자

슈도다나 카필라바스투 국왕

마하프라자파티 왕비

야소다라 태자비

라훌라 태자의 어린 아들

난다 싯다르타 태자의 이복아우

콜리야국 태자

콜리야국 시종

주駐코살라국 카필라바스투 대사

왕의 승지, 연락시종, 전의 각 하나, 시종무관 둘, 시녀 둘

싯다르타의 승지, 시종 각 하나, 시녀 둘

농부 1, 2, 3

부상당한 농부

부상당한 농부의 노부

부상자를 태운 들것을 든 농부 둘

찬다카 마부

(고유명사 표기는 산스크리트 어음에 따랐음.)

제1장

카필라바스투 나라 슈도다나 왕궁의 바른편 성 밖의 빈터. 스물아홉 살의 왕태자 싯다르타가 한 그루의 무성한 히말라야시다 나무 밑 바위 위에 걸터앉아 있다. 성벽 위로 솟은 왕궁의 좌측 위로 높고 험준한 히말라야 산봉우리들의 모양. 싯다르타 태자의 머리 위에 일산을 받쳐 든 시종 하나. 양쪽 옆에서 공작털 부채질을 부드러이 하고 있는 시녀 둘. 태자의 왼편 저만치 공손히 서 있는 승지 하나.

막이 열리면서 패싸움의 왁자지껄한 소리, 무대 바른편 눈에 안 보이는 데서 울려오다가 개막 뒤 오래지 않아 농부 두어 사람 손에 삽과 괭이를 들고 숨을 헐떡이며 태자의 앞을 지나려다가 태자를 보고 그 앞에 오체투지의 예로 엎드린다. 두 팔꿈치와 두 무릎과 이마의 다섯 군데를 땅에 찰싹 붙이고 두 손을 머리 위로 펴 올리는 예禮.

싯다르타 (반쯤 감고 명상에 잠겨 있던 인자한 두 눈을 슬며시 뜨며)
또 물싸움이 난 거로구나. 아는 대로 어서 말해 봐라.

농부1 (농부들 오체투지의 예를 풀고 일어서며) 물싸움입니다. 또 물
싸움입니다. 날이 너무 가물어서 콜리야 놈들하고 또 물싸
움입니다. 날이 너무나 오래 가물어서 그 큰 로히니 냇물
로도 우리 카필라바스투하고 콜리야 두 나라 논에 물을 골
고루 다 댈 수 없으니까 할 수 없이 물싸움이에요. 고춧가
루는 매워야 맛이라구 기왕이면 우리가 더 매워서 그 콜리
야 놈들을 이겨 먹어야만 우리가 농사를 지어요.

농부2 제까짓 놈들이 우리보단 그래 쌀밥을 더 먹겠다니 말이나
됩니까? 문둥이 새끼들! 저희들은 원래 대추나무의 대추
나 따 먹고 살던 것들이 괜한 지랄입니다. 좋은 쌀밥이야
우리가 먹어얍지요. 태자마마! 아니옵니까? 국왕 폐하 이
름도 '좋은 쌀밥'이란 뜻이니 아무렴요, 우리가 먼저 먹어
야 하구말굽쇼. 그예 콜리야 놈들을 이겨야 합니다. 태자
마마! 염려 놓으십시오. 그래 저희들은 일가친척과 마을
사람들을 자뿍 더 데불러 가는 중입니다.

싯다르타 (깔깔거리고 소리 내어 웃는다. 히말라야 산의 햇빛처럼 밝고 맑
고 단단한 애정만이 쨍하게 담긴 개인 소리) 여보게 이 사람,
말씀 좀 조심하게. 콜리야는 내 돌아가신 어머님 마야 그
분의 친정 나라고, 내 계모님 마하프라자파티 그분의 친정
나라기도 하고, 또 내 아내 야소다라의 친정 나라도 되지

않는가? 자네들 가운데서는 거기 친척을 가진 사람은 아마 없는 모양이군.

농부 3 (머뭇머뭇하면서) 저도…… 저도…… 거기 콜리야에 처가가 있습니다, 태자마마.

싯다르타 (미소하며) 그래? 그러니까 자네 입에서는 욕설까지는 차마 못 나오는 것이지. 그래 자네도 자네 처갓집 족속들하고까지 한바탕 싸워 볼 작정인가? 서로 피를 주욱죽 흘리면서 말이야.

농부 2 싸움에 지면 우리는 쌀밥을 못 먹게 됩니다, 태자마마. (농부 3의 옷 끝을 잡아당기며) 자네만 자네 처가에서 몇 됫박씩 꾸어다 먹겠는가? 어디 어서 말 좀 해 봐!

농부 3 (딱한 표정으로 태자를 보며) 태자마마! 이 싸움에는 아무래도 우리가 이겨야만 우리가 살 거닙시오.

싯다르타 (미소하며) 글쎄. 이긴다면 우선 쌀밥은 이쪽에서 더 먹을는지 모르지만 지면 또 어떻게 하구? 싸움은 거칠어지기 마련인 것이고, 거칠어지면 피도 흘리게 되는 것이고, 피를 한번 보면 사람들은 앞뒷일도 다 잊고 점점 더 거칠어만 져서 멸망의 피바다로 만들고야 마는 건데, 만일에 이편이 힘이 부쳐 못 살게 되면 어떻게 하나? 하여간 내가 살아서 가까이 있는 한 이런 싸움을 하게 하지는 않을 테니 여러 소리 말고 (바른편 식지로 승지 저켠의 풀밭을 가리키며) 저만큼 가서 앉아 쉬고 있게나.

(그러나 그들은 거기로 몰려가서도 앉지는 못하고 엉거주춤하고 머뭇거리고 서 있다. 이때 두 젊은 사내가 싸움에서 부상한 한 사내를 실은 들것을 메고 태자의 앞에 닿아, 들것의 부상자를 거기 내려놓고, 두 사내는 태자 앞에 오체투지로 엎드려 절하고 일어선다. 태자는 시녀들의 부채질을 금한다. 일산도 걷어치우게 한다. 들것을 메고 온 자들의 원한에 찬 비통한 얼굴엔 눈물과 진땀이 범벅되고, 부상자는 피 묻은 옷과 얼굴로 신음 소리를 울리고 있다. 뒤이어 머리털이 하얀 늙은 사내 하나가 지팡이로 간신히 몸을 지탱하며 태자 앞에 닿아 역시 땅에 엎드리려 하는 것을 태자는 몸소 일어나서 그러지 못하게 공손히 부축해 말린다.)

할아버지, 절은 필요 없소. (노인의 손을 이끌어 자기가 앉은 바위에 같이 걸터앉게 한다.) 어찌 된 일인지 말씀해 보십시오. (얼굴에 크게 서러운 빛이 어려 계속된다.)

노인   태자마마! (울먹여 부르며 기가 막히는 듯 앉은 바위에 반쯤 구부러지며 제 가슴을 친다.) 저 콜리야 놈들이 이 늙은 것의 외아들 하나 남은 것을 저렇게 저 지경을 만들어 놓았습니다. 지지난해 여름 괴질에 큰자식은 할 수 없이 죽어서 소가 되어 갔는지, 닭이 되어 갔는지, 저것 하나 마지막 남은 걸 그 무지막지한 콜리야 놈들이 저렇게 멍 들여 놓았으니 저 자식마저 죽으면 어떻게 합지요? 태자마마! 아이쿠! 쿠! 쿠! 쿠! 쿠! (연달아서 제 손으로 제 가슴을 친다.)

들것을 메고 온 사내   (여전히 땀과 눈물로 범벅된 얼굴로 울먹이며) 큰일 났어요. 큰일 났어요. 우리가 콜리야 놈들한테 지고 있습니다. 그놈들은 웃는 낯으로 와서 화해를 하자고 하고, 우리보고 먼저 물꼬를 맡아 물을 대라고 해 놓고는, 마음 타악 놓고 물을 대고 있으면 무슨 심술통이 또 터진 것인지 벌 떼같이 여러 패로 떼 지어 몰려와서는 다시 시비를 걸고, 저희 수효가 많은 것만 기화로 안심하고 있던 우리들한테 뭇매질을 하곤 합니다. 첫째 수효가 모자라니 우리도 모조리 떼 지어 몰려가서 겨루어야 합니다.

부상자   (들것에 누웠다가 억지로 팔을 짚고 일어나려 안간힘을 다 쓰며) 나는 죽어도 괜찮다니까! 죽어도 괜찮어! 괜찮어! 우리 형은 병으로 죽어서 소나 닭이라도 되었겠지만 나는 그 콜리야 놈들이 나를 이 지경으로 만들어 놓았으니 죽으면 기어코 코브라 뱀이라도 되어서, 그놈들의 악독한 숨통을 그대로는 남겨 두지 않을 테야! 아이고…… 고…… (다시 들것에 폭삭 나자빠져 버린다.)

싯다르타   (얼굴의 크게 서러운 빛은 아주 인자한 빛으로 변하며 승지를 향해) 승지! 빨리 궁에 들어가서 전의더러 이 사정 말하고 약 있는 대로 다 골라 가지고 오라고 해라.

(승지 퇴장한다.)

싯다르타   (다시 일어서서 부상자한테로 가 그의 팔의 맥을 짚어 보고, 가슴에 손을 얹어 보고, 손수건을 꺼내 얼굴의 땀과 피를 부드러이 닦아 주며) 괜찮겠다. 절대로 죽지도 않고 병신도 안 되게 꼭 해 줄 테니 코브라 뱀 같은 징그럽고 독한 것이 될 생각일랑은 아예 하지 마라. (잠시 익살스레 미소하며 다시 앉았던 자리로 돌아와 앉는다.) 우리 전의가 약 가져올 동안 내 옛날이야기 좋은 게 있으니 하나 하지. 내가 이 이야기를 하고 있는 동안에는 약도 오시고, 또 싸움하는 사람들 마음보다는 훨씬 더 힘센 마음도, 여기 와서 아파 죽을 필요도, 싸울 필요도, 제 쌀밥 제가 못 먹게 될 필요도 다 없게 될 것이다. 내게는 그게 당신들 팔뚝에 심줄이 보이듯이 하늘 속에 똑똑히 잘 보인다. 자, 그럼 그 이야기를 해 보겠는데, 이 이야기는 나는 아마 전생의 어디서도 꽤 많이 한 것 같고, 또 이 뒤로도 어쩌면 더러 해야 할 것만 같군. 몰라, 여기 이 자리로 언제 이걸 하러 또 오게 되는지도……
옛날서도 더 옛날에 중생들이 시방보단도 아마 더 쑥같이 수투룸하던 시절에 지금의 히말라야 산골보단도 훨씬 더 깊은 산중에 새까만 깜정 사자 한 마리가 살고 있었는데, 큼직한 놈이니까, 그렇지, 자연 큼직한 나무 밑 뿌리쯤에서 뱅실뱅실 놀고 있었지. 부는 바람에 그 나무의 가랑잎이 가지에서 떨어져 내려 어깨를 치는 것도 자기를 깔본다고 성을 바락 냈었지. 원수를 갚으려고 단단히 웅크리고 앉았는데, 마침 달구지 바퀴를 만들 만한 목재를 찾아서 목수가 하나 어느 날 그 옆을 지나갔어요. "수레바퀴로 쓸라면야 이 나무가 꼭 적당하겠는데요" 깜정 사자는 목수보고 말했지마는 나무도 산 나무는 그대로는 못 있는 거라. "수레바퀴를 아주 질기게 만들어 쓰려면 사자 등가죽을 벗겨 두르는 게 상책이라니까요" 말했다는 거지. 그래 그 검은 사자하고 그 나무가 일러 준 대로 목수는 그 나무를 수레바퀴 재목으로 베고, 또 더 질기게 가죽을 씌우려고 그 검은 사자를 죽여서 둘이 다 몽땅 망하고 말았는데…… (영감 쪽을 유심히 돌아다보며) 어떻소? 영감님, 이 얘기가 요새 세상에는 아주 소용없을 것 같은가요?

노인　그…… 글쎄올시다, 태자마마. (말은 이랬지만, 이야기를 듣는 동안 그만 어린애 마음이 되어 잠시 걱정을 깜박 잊은 듯한 표정이다.)

싯다르타　(재빨리 일어서서 누워 있는 부상자 옆으로 가서) 자네 귀엔 어떤가? 동포.

부상자　(입가에 어느새 아렴풋한 소년적인 미소가 어려 있다.) 태자마마, 그런데 제 다친 곳은 문제없이 나을깝쇼?

싯다르타　아무렴, 염려 마라. 나을 것이니, 절대로 독사뱀 같은 게 되겠다고 소원하진 마라. 훨씬 더 착한 것을 소원하겠지?

부상자　네. (대답하는 입모습에 벌써 착하디착한 미소가 어려 있다.)

(이때 무대 우측에서 승지에게 이끌리어 전의 등장. 전의는 태자 앞에 오

체투지의 예를 올리고 부상자 옆으로 가서 그를 진맥하고 치료하고 있다.)

전의   (태자 쪽을 돌아다보며) 맞아서 겉에 상처가 좀 났을 뿐, 깊이 다친 데는 없으니 곧 낫겠습니다.

싯다르타   (미소로 말없이 머리만 끄떡거려 찬의를 표하고 나서 옆의 노인을 보고) 죽지도 않고 병신도 안 되고 잘 낫겠다니 다행이오. (바른손으로 노인의 어깨를 쓰다듬으며 위로한다.) 그런데 이 이상은 더 세상의 아무도 병도 없고 죽지도 않고 잘들 살았으면 하련만, 사람은 누구나 결국은 병나서 죽는 것이니 어떻게 하지요? 젊어서건 늙어서건 병나서 죽는 것이니 어떻게 하지요? 제아무리 오래 산 사람도 늙다가 보면 또 마침내는 병들어 죽게 되는 것이니 그걸 어떻게 하지요? 남보단 제가, 남의 집보단 저의 집이, 딴 겨레보다는 제 겨레가 더 잘살아 보겠다고 이렇게 발버둥거리고 애타고 원수가 되어 싸움까지 해 가면서도 오래오래 살고 싶지만, 결국은 제 마음대로 못 하고 누구나 다 죽어야 하는 것을 어떻게 하지요? 아무래도 우리는 쓸잘 데 없는 헛짓거리나 하러 생겨나서 살고 있는 것만 같아. 나는 왕의 아들이지만 나도 결국은 매한가진 것이지, 다르긴 뭐가 달라? 나는 아무리 생각해 봐도 이게 제일 걱정거린데, 영감님, 무슨 묘책이 없겠소? 어디 말씀 좀 해 보시구려. 나는 이게 첫째 안타깝고 섭섭하고 안심되지 않아 어디 중노릇이라도 가 앉아서 실컷 좀 생각해 봤으면 싶소. 내가 중노릇을 간 뒤라도 오늘같이 이렇게 또 병인病人 만들지 말고 마음 편히 잘 살아 내시오. 피 흘리고 싸워서 이기는 것이 언뜻 보기엔 힘센 것 같지만 그것은 덜된 생각입니다. 남의 피를 흘려서 한 번 이긴 사람들은 다음은 어쩌면 또 저희가 피를 흘리고 지기도 해야 할 사람들이니까요. 영감님, 부디 자손들을 잘 타일러서 남을 되도록 많이 제 몸같이 아끼고 위해 주도록 만들어 보시오. 이것이 더 큰 힘이오. 그렇게만 이어서 꼭 해 나간다면 여기에 항복하지 않을 장사는 없는 겁니다.

노인   (자기 등을 쓰다듬고 있는 태자의 손을 두 손으로 부둥켜 잡아 제 가슴에 안고 있다가 태자의 발아래 땅에 오체투지로 엎드리며) 태자마마! 태자마마 말씀대로 따르오리다. 태자마마!

(태자의 지시를 받은 승지가 노인을 다시 부축해 일으켜 세운다. 이때 무대 바른쪽 과히 멀지 않은 곳에서 코끼리 소리와 코끼리를 모는 소리 들리더니 뒤이어 보행의 두 사내 시종을 뒤딸린 콜리야국 태자 등장.)

콜리야국 태자   바쁘고 급하니 우선 이렇게 합니다. (오체투지의 최경례 대신에 두 손바닥을 마주 합쳐 들어 올리는 합장의 예를 하고 싯다르타의 바짝 앞에 다가선다.) 자형님과 누님을 지금 제가 찾아뵈려고 찾아 나선 뜻은 말씀드리지 않아도 잘 아실 줄

압니다. 저희 나라 농부들이 논에 물을 대려다가 이곳 농부들하고 편싸움이 붙어 이곳 농부들을 때려눕혔다고 해서 사죄 말씀 여쭈려구요.

싯다르타 그건 네 뜻이냐? 네 아버님의 뜻이냐?

콜리야국 태자 (미안한 표정이 짙어지며) 제 뜻이기도 하고 제 아버님의 뜻이기도 합니다만 그보단도 더 제 어머님 뜻입니다. 저는 그분의 다음이고, 아버님은 또 그다음이죠. 여러 말씀 드릴 것 없이 그저 죄송합니다.

싯다르타 오늘만 죄송하기냐? 다음에도 또 죄송하고, 그다음에도 또 죄송하기냐?

콜리야국 태자 오늘 일은 오늘 일이니까 이렇게 제가 죄송해하고 있지만, 다음 일은 어떻게 미리 말씀드리지요?

싯다르타 가만있거라, 너의 어머님 마음이 이 경우엔 바탕인 것 같은데 그분도 다음 일은 모르겠다고 하시더냐?

콜리야국 태자 아닙니다. 어머님은 내가 살아 있는 한 이 싸움은 그예 못 하게 한다고 하셨습니다.

싯다르타 그럼 너와 너의 아버님은 너의 어머님의 다음다음밖에 안 되면서 어째서 너의 어머님 뜻대로 우리가 살아 있는 날까지는 이 싸움은 그예 안 시키겠다고 똑똑히 말하질 못해? 이 딱한 사람아! 너희 나라를 바로 꾸려 나가는 것은 네 어머님 힘 때문인 줄 알아라. 네 어머님이 낳으신 딸이 내 아내니 그래도 너하고 무슨 상의라도 해 볼 수나 있지, 그렇지도 못한다면 너하고 무슨 얘기를 해서 우리 두 나라의 장래의 평화를 만들 수나 있겠느냐? 어서 입 있거든 말 좀 해 보고, 입도 있으나 마나 하거든 또 뭐라고 지분거려 봐!

콜리야국 태자   (머뭇머뭇하며) 잘못되었습니다, 자형님.

싯다르타   잘못이고 잘이고가 문제가 아니라 너희 나라 사람들과 우리나라 사람들이 다 같이 사는 것이 문제다. 싸우고 피 흘리다 서로 망하는 문제가 아니라, 안 싸우고 아끼면서 사는 문제다. 너의 어머님의 마음하고 내 마음이 만일에 지금 없었더라면 너희 나라나 우리 나라는 오늘 밤 안으로 피바다나 불 웅덩이가 될 수도 있다는 것을 몰라서 그러느냐! 원래가 한 사카 족의 씨라는 너희 나라 족속들과 우리나라 사람들―그 사람들 모두가 시방도 살아 있는 것은 네 어머님의 마음인 줄 알아라. 그렇지만 나는 모르겠다. 네 어머님이 돌아가시면 너나 네 아버지가 얼마나 네 어머님 뜻을 이어 지탱해 갈 수 있을는지?…… 시방까지 나는 여기 앉아 우리나라 부상자가 들것에 실려 오는 것을 고치면서, 더러운 탁류 바닥에 샘솟아 나는 시원스런 샘물 같은 네 어머님 마음 하나만을 믿고 생각하고 있었다. 우리 두 나라 사람들을 다 살리려고 소리도 없이 그분 마음이 기찬 힘으로 하늘 속에 흘러오고 있는 것을 여기 앉아서 똑똑히 느끼고 있었다. 콜리야 태자야, 너는 설마 저 늦여름의 험악한 사자같이 우리 두 나라를 노려보고 있는 저 큰 나라 코살라를 잊지는 않았겠지? 우리가 이렇게 서로 타시락거리고 있는 동안에 코살라는 감쪽같이 우리 두 나라를 집어삼키고 말 것이다. (심각하게 고민하는 표정이다.)

콜리야국 태자 (화제가 바뀌는 데에 약간 누그러지며) 아이, 자형님도…… 코살라를 잊기는 제가 왜 잊어요? 호박이 제 살에 들어박힌 말뚝은 잊는대도 우리가 코살라를 잊을 수야 있나요? 올봄에도 아버님하고 같이 쉰 마리 코끼리에 제일 좋은 비단 아흔아홉 필을 갖다 바치고 왔는데요.

싯다르타 나도 가 봤다. 그전에 멋모를 때 우리 아버지를 따라가 봤어. 못 당할 창피지? 안 그렇더냐? "카필라바스투 왕태자랍니다!"라고 코살라 대왕의 승지가 알리면 "으음, 아 그 녀석 귀가 좋은 것이 내 잔소리도 꽤나 잘 알아듣게 생겼는걸……" 하던 그때 그 소리를 나는 지금도 영 잊을 수가 없다. 우리도 너의 어머님 마음 그대로 되어 서로 화목해서 한 덩이가 돼야지 싸우고만 있다가는 저 코살라의 그 큰 아가빠리 속으로 둘이 다 말려들어 고스란히 멸망하고 만다! 이 인도에서 제일 크다는 두 나라 코살라하고 마가다, 그 둘 중에 어떤 것이 마지막 싸움에서 이길는지는 모르지만 우리는 싸움으로는 그들은 못 이긴다. 절대로 그건 못 이긴다! 몇십 배도 더 넘는 무력을 어떻게 이기겠느냐? 그렇지만 처남! 나는 그것들을 이길 자신이 있다. 무력으론 못 이기지만 마음으로는 이겨 낼 자신이 있다. 코살라나 마가다의 많은 사람들을 우리가 더 아끼고 바른길을 걷게 해서 그 왕들보단도 마음으로 우리가 그 겨레들을 더 가까이 차지하는 길이다. 처남! 내 말을 알아듣겠느냐?

콜리야국 태자   예, 형님 말씀은 그러면 이 땅을 전부 무력으로 차지하는 전륜왕이란 게 못 될 바엔 가르쳐서 다스리는 종교의 그 진리의 왕이라도 돼야 한다는 말씀 아닙니까?

싯다르타   싸움으로 이기는 사람들은 싸움으로 또 지고 멸망도 한다. 작은 나라건 큰 나라건 그건 그렇다. 코살라나 마가다가 제아무리 무력이 센들 그것이 꼭 영원할 수 있겠느냐? 그렇지만 너의 어머님이나 나같이 사람들을 두루 아껴서 화목하고 평화하게 살게 하려는 마음에는 대들 힘이 없다. 나는 이 하늘 밑에 아직도 더러 있는 네 어머니 같은 이들의 마음의 힘을 믿고 무얼 시작해 볼밖에 없다. 처남! 네게는 무슨 딴 수가 있느냐?

콜리야국 태자   형님, 형님의 뜻대로 하십시오. 그 인자하신 힘으로 코살라나 마가다 사람들의 마음까지 항복시켜 꼭 그 진리의 빈자리—진리의 임금님이 되옵시오. (약간 비웃는 표정으로) 자 그럼 저희들은 물러갑니다.

(콜리야국 태자 일행 오체투지의 예로 엎드렸다 일어서 우측으로 물러난다. 이때 무대 좌측에서 슈도다나 왕의 승지가 황급히 등장한다.)

왕의 승지   (태자 앞에 오체투지하고 일어서며) 폐하께서 부르십니다.
　　　　　코살라 주재 대사가 급한 일로 돌아와서 상감마마를 뵈시
　　　　　고 있습니다.
싯다르타   (허리에 찬 주머니를 열어 한 움큼의 돈을 꺼내서 승지에게 주
　　　　　며) 이 돈을 물싸움에 가담했던 백성들에게 골고루 나눠
　　　　　주어라. 부상자의 아버지에겐 따로 더 돈을 얹어 주고. 몸
　　　　　을 다친 사람은 그걸로 약을 하고 성한 사람들은 가다가
　　　　　약주라도 받아 마시라는 거요. 인제부터는 주먹으로 이기
　　　　　고 지고 할 생각 말고, 사람들을 두루 아끼는 마음으로 언
　　　　　제나 이겨 낼 작정 단단히 하면서 말이지.

(백성들의 오체투지하는 속에 태자와 궁속 일행 전원 퇴장하며 어두워진
다.)

제2장

카필라바스투 나라 슈도다나 왕궁 내정의 정자. 두리기둥에 기와 지붕, 좌우와 후면 세 쪽에 난간, 앞은 트여 있다. 좌측으로 본궁 너머 멀리 높은 히말라야 산 영봉들이 솟아 보이고, 우측 담장에는 왕의 가족들만의 사용私用인 듯 외부로의 아치형의 작은 통행 문이 굳게 잠겨 있다. 정자 안의 원탁을 앞에, 한가운데에 좋은 위아래 수염의 슈도다나 왕, 그 좌측에 마하프라자파티 왕비, 왕의 우측에 싯다르타 태자비 야소다라가 어린 아들 라훌라를 안고 의자에 앉아 있고, 그 옆에 왕의 둘째 아들 난다, 왕의 뒤에 두 시녀, 가벼이 공작털 부채질을 해서 바람이 귀하신 몸들에 두루 닿기를 마음 쓰고 있는 게 아렴풋이 나타나 보인다. 점심 뒤의 휴식 시간. 이 자리의 입구 양편에 서 있는 승지와 시종 하나씩. 그들의 좌우 쪽 몇 걸음쯤에 있는 두 개의 큰 청동 향로에서 타고 있는 전단향의 향내 퍼져 나와 객석

까지를 아련히 적신다. 거기서 몇 계단의 돌층계를 내려선 곳 마당
에 두 시종무관, 허리에 환도를 차고 서 있다.

슈도다나　(며느리 야소다라 쪽을 보고 기름진 쌀밥 느낌의 느긋한 미소를
　　　　　하며) 어디, 우리 라홀라를 내가 좀 안아 보자. 그동안에 좋
　　　　　은 쌀 몇 됫박만큼이나 무게가 늘었는지? (히말라야 산 쪽
　　　　　을 손가락질해 가리키며) 저 우리 히말라야 산 몇 길만큼이
　　　　　나 힘이 자랐는지? 어디 좀 만져 볼까? (아이를 받아 두 손
　　　　　으로 바짝 추켜올려 보며) 어, 도리도리도리, 도리, 도리, 도
　　　　　리…… (머리를 좌우로 가볍게 빨리빨리 도리질해 보이며) 도
　　　　　리, 도리, 도리, 도리, 도리…… 이 녀석아, 어디 싸악싸악
　　　　　도리질해서 세상을 쭈욱쭈욱 한번 잘 돌아다보아. 네 아범
　　　　　싯다르타는 전륜왕이 되어서 이 인도 전부를 다스릴 팔자
　　　　　라니까 네놈도 이어서 그 뒤를 대자면 세상을 두루 잘 돌
　　　　　아봐 살필 줄 알아야 할 것 아닌가? 안 그래? 그래? (애기
　　　　　가 좀 불편한 듯 칭얼거린다.) 오옳지, 이 녀석 벌써 알아듣고
　　　　　그렇다고 하는군. 암 그렇고말고, 그렇고말고. (무척은 귀
　　　　　여운 듯 두 팔에 끌어 가슴에 안고 한동안 그 몸을 좌우로 흔들
　　　　　며 만열에 젖다가 며느리 쪽을 보고) 그런데 애 아범 싯다르
　　　　　타는 어디에 가서 있기에 오늘도 또 우리끼리의 자리에 안
　　　　　보이지? (애기를 저희 엄마한테 넘긴다.)
야소다라　(연꽃 모양의 동그랗고 조용한 미소로 애기를 받아 안으며) 요

즘 가뭄에 콜리야하고의 물싸움을 염려해 오고 있었으니 아마 그 때문에 나간 것 같습니다. 콜리야 쪽으로 가는 길 어디엔가서 싸움을 못 하게 막고 있을 겝니다.

마하프라자파티 돌아가신 우리 언니 마야를 닮아서 싯다르타 그 애는 남 싸우는 것은 그대로 두고 보진 못해요. (손으로 하늘을 가리키며) 저 도솔천의 하늘에서 언니가 보시고 무척 좋아하실 거예요. (서글픈 미소.)

슈도다나 그렇지…… 그 애는 돌아간 제 어머니를 많이 닮았지. 또 당신은 그 애 이모고 어머니니까 당신도 많이 닮았소. 아닌가요? 어허허허 허허허허…… 그런데 그게 큰 걱정이오. 그 애가 생긴 상은 천하를 통치할 전륜왕의 상이지만, 어쩌면 또 이것까지도 그만 접어 두고 가장 큰 종교를 세워 세상을 가르치는 진리의 왕이 될 상도 아울러서 지녔다 하니 그게 내 걱정거리란 말이오. 콜리야와 우리 카필라바스투 두 나라의 마음을 하나로 모으듯이 우리 같은 모든 약소국의 마음을 다 모아서, 우리를 항시 쥐고 흔드는 저 음흉한 사자 코살라 나라의 콧대를 꺾어나 주었으면 작히나 좋겠소만…… 그 애가 그렇게 하기로만 한다면 그것도 그예 해내기는 해낼 것도 같은데……

(이때 연락시종, 좌측 중문에서 등장해 섬돌 밑의 두 시종무관 사이에 오체투지의 예를 하고 일어선다.)

연락시종 (또렷또렷 급하고 굵직한 소리로) 코살라에 가 있는 우리 대
        사가 꼭 뵈어야 할 급한 일로 돌아왔다고 금방 내각에 도
        착했습니다.
슈도다나 (동석의 가족들과 함께 불안하고 놀라는 표정이다. 그러나 이
        표정은 새것이 아니라 오래 두고 나타내 오던 타성적인 걸 보이
        고 있다.) 또 무엇을 귀찮게 하려고? (가느다란 한숨) 여기서
        맞이할 작정이니 대사더러 일루 그냥 들라고 해라.

(연락시종 퇴장한다.)

        (쓸쓸한 듯 입맛을 다신다.) 급한 일이라니 무얼꼬? 코끼리
        나 한 몇십 마리 더 보내 달라는 것쯤이라면 어떻게 우리
        대사가 직접 허겁지겁 달려오진 않을 텐데……

마하프라자파티 아마 코살라와 우리나라 사이의 군사 동맹의 무엇 때
        문 아닐까요? 해마다 그 군사 동맹의 조건들을 우리한테
        어렵게 늘려만 왔으니……
슈도다나 음…… 당신 눈이 역시 하늘눈인 것 같소. 그렇지만 여기
        와서 그걸 얘기할 작정이라면 거기서도 누구 저희 나라 대
        사를 보냈을 텐데, 그렇게 안 한 것을 보면 얘기가 좀 다른
        것 같기도 한데……
마하프라자파티 그거야 우리보고 오라고 할 수도 있지 않아요?

슈도다나   역시 당신 눈이 하늘눈인 것 같아.

(이때 연락시종, 주 코살라국 대사를 앞세우고 들어온다.)

대사   (오체투지의 예. 다음에 일어서서 좀 급한 어조로) 코살라 왕
       이 우리와 그들 사이의 군사 동맹 조건을 좀 더 늘리지 않
       을 수 없는 때가 되었다고 폐하께서나 아니면 우리 태자님
       더러 되도록 빨리 코살라로 오시라는 전갈입니다. 마가다
       나라의 힘이 늘어만 가서 코살라도 안 지려고 가까운 곳의
       약한 나라들만 들볶으려는 것이지요.

슈도다나   딱한 일이다. (머리를 숙여 고민하는 표정.) 정말 딱한 일이
       라…… 그런데 우리 태자는 어디서 무얼 하느라고 지금까
       지 그림자도 비치질 않지? 아무래도 그 애가 이번에는 코
       살라엘 다녀와야겠는데…… (정자 앞에 서 있는 승지를 향
       해) 승지! 승지는 어서 빨리 콜리야 쪽으로 가는 길로 나가
       서 태자를 바로 찾아 곧 모시고 오너라. (자기 옆의 태자비
       야소다라를 보고) 틀림없이 태자는 그쪽으로 물싸움을 말
       리러 나가 있겠지?

야소다라   네, 아버님. 태자가 마음 쓰는 건 언제나 한 가지뿐이고, 또
       그것은 언제나 사람들이 서로 아끼며 살게 하는 일이고,
       요즘 가뭄엔 콜리야하고의 물싸움 그것만 걱정하고 있었
       으니까요.

슈도다나   음. 네 눈도 역시 하늘눈이다. 아무렴. 그렇지, 그래. 그랬었
         으니 그렇게 가서 있을밖엔 없지.

대사   폐하, 코살라 왕은 일이 중대하다고 되도록이면 폐하께서
         직접 찾아 주시기를 바라고 있습니다.

슈도다나   (어이없는 듯) 무엇? 나를 보고자 한다고? 우리 태자한
         텐 무엇 켕기는 거라도 있는 모양이군. (쓸쓸하게) 흐흐흐
         훗…… 하기는 우리 싯다르타한테 한번 되게 켕겼던 일도
         있긴 있었지, 있었어. 그 애가 열두 살 땐가 나하고 같이 코
         살라를 찾았었는데 그 왕이 제 권세를 한번 으스대 보이느
         라고 우리 태자보고 "아, 그 녀석 귀가 잘생겼다. 내 잔소리
         도 꽤 잘 알아듣겠는걸" 했다가 되게는 한번 당했었지. 열
         두 살짜리 우리 싯다르타는 "폐하!" 하고 너무 크지도 않고
         또 너무 작지도 않은 뚜렷한 소리로 부르더니 "저는 뒷산
         의 이쁜 새소리라면 잔소리도 듣기를 좋아합니다. 칼라빈
         카 새소리면 암만 들어도 좋드면요" 하고 대꾸해 주었으니
         말이야. 이렇게 대답하는 아이한테 뭐라고 더 우자를 부릴
         수나 있었겠느냐?

마하프라자파티   오호호 호호호호호호홋! (흡족한 듯이 웃으며) 그때부
         터 코살라 왕이 우리 싯다르타한테 배울 것은 톡톡히 배우
         고 있었어요. 앞으로도 만나면 또 그렇게 되겠지요. 그 애
         를 보냅시다. 그 애가 가는 게 어느 모로나 좋겠어요.

(이때 왕의 승지를 뒤따르게 하고 태자 등장. 정자로 향한 계단을 올라 오 체투지하고 일어선다.)

슈도다나   (왕비의 옆자리를 가리키며) 저리 들어 앉거라.

싯다르타   (자리에 앉으며) 날이 너무 가물어 오늘도 또 물싸움들입니다. 마음들만은 안 가물어야 할 텐데 이게 또 가물어 들어 가서 걱정입니다. 우리나라는 먼저 콜리야하고 사이에 이 마음의 가뭄을 잘 막아 내어야만 되겠습니다.

슈도다나   (무척은 믿는 낯으로 태자를 보며) 싯다르타야. 가뭄의 시련 도 시련이지만, 더 걱정거리는 저 코살라의 물불을 가리지 않는 정책이고 호전 취미고 야심이다. 같지도 않은 정신인 줄은 알지만 우리가 무력이 부치는 작은 나라니 걱정이지. 우리하고 사이의 군사 동맹 조건을 더 까다롭게 하려고 나 든지 아니면 너를 보내라고 해 왔어. 그러니 이번엔 아무 래도 네가 가 봐야 할 것 같다. 어…… 코살라 왕은 네 열두 살 때에도 네 귀를 잘못 칭찬하다가 너한테 톡톡히 배운 사람이기도 하니 말이야. (허서그프게 미소한다.)

싯다르타   (부왕 쪽을 보기가 민망한 듯 허공만을 보고 단정히 앉아 단호 한 소리로) 우리가 약하다고 항상 코살라의 무력에 시중만 들다간 이 불안은 끝날 날이 없습니다. 그러다간 우리는 결국 어느 땐가는 그네들한테 망해요! 우리가 살길은 무 엇이건 그네들보단 나은 정신의 힘으로 그네들을 가르쳐서 이 땅에 평화를 있게 하는 일뿐입니다. 국적을 가리지 말고 사람들의 목숨을 아끼고 평화를 지켜야 한다고 우리는 주장할밖엔 없어요. 코살라뿐 아니라 마가다나 바이살리 같은 무력 센 나라들도 두루 다 가르쳐 내는 수밖엔 별딴 수가 없지요. 그들이 듣는 귀의 힘이 모자라 지금 당장은 잘 들어주지 않더라도 우리가 대를 이어 가며 해야 할 것은 이것 하나밖엔 더 없습니다. 아버님! (절약하면서도 또 무한한 힘을 담은 시선을 부왕에게로 돌리며) 코살라가 무력으로 한때 우리 조국을 참혹하게 넘어뜨릴는지 몰라도 제가 그들한테 지는 일은 절대로 없을 겝니다. 절대로 그 일만은 없을 겝니다! 제가 가서 이걸 말하는 대신 글로 쓸 터이니 (대사 쪽을 본다.) 대사! 자네가 갖다 주고 내 뜻이라고 하게!

슈도다나   애, 싯다르타야. 그렇지만 네가 장차 한 나라의 왕으로서 이겨 낼 길은 여러 나라들을 정복하는 전륜왕 노릇으로밖에 무에 또 있지? 너를 두고는 사람들이 또 말하기를 하늘 밑에 제일 큰 종교의 교주, 그 진리의 왕이 되리라고도 하지만, 네가 그럴려구 태자 자리를 비우고 후욱 떠나 버리면 여기는 또 누가 맡아 지켜 내지? 싯다르타야…… (시선을 아래로 깔고 적이 실심하는 기색이다.)

싯다르타   (머리를 숙이고 한참을 망설이다가 다시 머리를 들며 아우 난다 쪽을 보고) 아우 난다와 또 여기 있는 아버님의 손자 라홀라가 우선 남지요. 제가 정신의 힘으로 코살라와 마가다와 바이살리 그 밖의 모든 나라의 무력과 싸움을 잘 막아 내게 되면 우리나라 카필라바스투도 살 것이고, 만일이라도 제가 그렇게 미처 못 한 동안에 우리 카필라바스투가 망하게 된다면 저는 제 자식 라홀라도 제 아우 난다도 다 모조리 데불고 다니면서 세상이 제 뜻을 따를 날까지는 제 생각을 타이르고 타이르고 이어 타일러 가겠습니다. 아버님, 제 생전에 그게 안 되면 또 저 갠지스 강의 모래알 수만큼 한 햇수가 걸리더라도 뒤 대어 이어 가며 기어이 성취해 내도록 제 제자들한테 간곡히 타이르겠습니다. 그래야만 우리는 이겨도 바르게 이기는 것이니까요.

마하프라자파티 그렇지만 원, 얘야. 아버님 마음속도 짐작해서 언행을 가져야지, 그게 무슨 소리냐? 우리 애기 라홀라를 생각해서라도 아예 그런 소린 다시는 말아요. (태자비 쪽으로 두 팔을 펴며) 우리 애기 이리로 좀 넘겨라. (받아서 안고 잠시 어르다가 그 애를 태자에게 넘기며) 옜다, 좀 받아 안아 봐. 애비라고 뭐이 저리 무뚝뚝하담?

싯다르타 (라홀라를 마지못해 받아 안기는 안았으나 자기의 치부가 드러난 것을 안 사람이 흔히 보이는 것 같은 어색한 표정이다. 그러면서도 그 애를 보는 눈엔 깊은 연민의 빛이 나타나 있다.) ······

야소다라 (남편의 알뜰하지 못한 표정이 못마땅한 듯 두 눈을 흘깃하며) 무거우실 텐데 이리 주세요.

슈도다나 (팔을 벌려 애기를 받아서 야소다라에게 옮겨 주고 나서 태자를
보고) 그런데 내 생각엔 아무래도 '라훌라'라는 애기 이름
은 고쳐야만 할 것 같다. 그건 달무리니 해무리니 할 때의
그 '무리'라는 뜻인데, 빛을 내는 것이라야지 빛을 가리는
그런 걸로 이름을 삼아서 쓸까? 네가 깊이 생각한 끝에 그
렇게 붙인 줄은 알지만, 또 한 번 다시 생각해 보아.

야소다라 (두 눈에 눈물이 핑그르르 고인다.) 아버님, 그 이름은 너무나
해요. 아무려면 우리 애기가 햇빛이나 달빛을 가리는 무리
라야겠어요? 정말이지 정말이지 너무나 해요. 이 애기 때
문에 마음대로 진리의 왕 수도修道 길을 못 떠나게 되어서
그 느낌으로 그렇게 붙인 것 아니냐고 쑥덕이는 사람들도
있대요. (기가 막히는 듯 흑흑 흐느껴 운다.)

싯다르타 (자리에서 일어선다.) 그런 느낌이 아니오. 오해 마시오. 제
자식을 누가 몹쓸 것이길 바라겠소? 이대로 이렇게 살 거
라면 나나 당신이나 세상 사람들 모두가 햇빛도 아니고 달
빛도 아니고 그 빛을 가리는 짓뿐이니, 우리 라훌라는 자
라면서 그걸 알아차려서 그 무리를 말끔히 씻고 참사람이
되도록 명심하게 하려고 그렇게 붙였소. (자리에서 떠나 나
가려 한다.)

슈도다나 자, 그건 우선 그렇고, 코살라의 요구를 먼저 더 좀 자세히
생각해 봐야겠으니 본궁으로 돌아가서 또 지혜를 다시 한
번 더 모아 보자.

(왕과 왕비, 태자와 태자비, 난다 등의 왕족을 앞세우고 전원 좌측으로 퇴장하고 빈 무대만이 남는다. 뻐꾹새 울음만이 무대를 채우는 속에 어두워진다.)

제3장

　제2장과 같은 무대. 정자로 올라가는 돌층계의 맨 아래 칸에 걸터 앉아 두 발로는 마당의 맨땅을 단단히 디디고 홀로 깊은 명상에 잠겨 있는 싯다르타의 모습이 한밤중의 달빛에 비쳐 있다. 부엉이 우는 소리만이 한동안 나다가, 그 부엉이 소리를 반주로 싯다르타의 마음속 명상이 하늘에 메아리져 말씀으로 울려서 스스로 묻고 또 대답하고 있다. (녹음판 사용.)

문　　싯다르타야! 너는 너의 나라보단 더 센 나라들을 이겨서 전륜왕이 될 자신이 없으니까 한 종교의 교주가 되어 전륜 성왕 길이나 닦아 보자는 것 아니냐?

답　　그렇다. 그 밖에는 아무 딴 길도 없지 않느냐?

문　　너의 나라 카필라바스투가 네 힘이 뻗치기 전에 망하면 어떻게 하려느냐?

답 그건 나도 어쩔 수 없다. 누구는 그걸 어쩔 수가 있겠느냐? 그렇지만 내 생각을 온 세상이 이어서 많이 따르게 되는 날은 내가 생긴 나라 카필라바스투도 언젠가는 다시 소생할 수 있을 것이다.

문 네 말을 많은 사람들이 믿어 주지 않는다면? 그때에는 되돌아와서 칼 뽑아 들고 망하건 흥하건 한번 싸워 볼 생각이냐?

답 그렇게는 하지 않겠다. 나는 내 말을 많은 세상 사람들이 믿게 할 자신이 있다. 그러니 끝까지 그것만 해내면 된다.

문 싯다르타야! 네가 사람들을 믿게 할 수 있다고 확신하는 근거는 뭐냐? 사람들의 마음속엔 얼마만큼씩이라도 그 싹수는 있다는 그 선善이라는 것이냐?

답 그렇다. 선의 싹수가 있다는 것을 일러 주고, 북돋아 주고, 자라게 해서 더 이상은 없는 최상선으로 만들어서 힘을 부리게 할 작정이다.

문 그렇지만 아무리 착하려고 하는 사람들도 병들고 늙고 죽고 마는 걸 생각하면 사는 것에 허망함을 느껴서 그 선을 끝까지 행해 볼 용기가 떨어지고 마는 것인데 너는 그것은 또 어떻게 할 작정이냐?

답 그것이 문제다. 죽음에 항복하고 마는 길과 죽음을 넘어서서 정신으로 사는 길 두 가지를 다 증거를 들어 보여서 죽음을 넘어서서 정신으로 사는 길로 사람들을 이끌고 가며 거기서 용기를 얻게 해야 할 텐데, 나도 그것은 좀 더 오래 두고 생각해 봐야겠다. 어디 아주 조용한 수풀로 들어가서 몇 해 동안 그것을 생각해 볼 작정이다.

문   그것은, 싯다르타야, 네 자신이 산 증거라야 할 테니까, 저 높은 히말라야 산을 헐어서 다시 쌓아 올리기보단도 더 힘든 일일 것이다. 네 마음이 한때도 빈틈없이 그 본보기 상태로만 있을 수 있겠느냐?

답   그래 볼 작정이다. 낳고 죽고 버둥거리는 하찮은 목숨 대신에 영원한 참목숨을 내가 먼저 알아차려서, 그걸로 사람들을 모조리 한집안을 만들지 못하겠으면 나는 영구히 다시 살진 않겠다.

(이때 마부 찬다카, 무대 우측의 작은 문으로 슬금슬금 발자취 소리를 조심해 들어선다.)

찬다카   (소곤거리는 듯한 음성으로) 태자마마, 태자마마…… 성문 밖에다 아무도 몰래 말을 세워 놓았는뎁쇼. 떠나시기엔 시방이 꼭 알맞은 땝니다.

싯다르타   (명상에서 깨어나 마부 옆으로 다가와서 그의 어깨를 치며) 아무한테도 눈치채게 하진 않았겠지?

찬다카   아, 그러믄입쇼. 저 부엉이하고 귀뚜리하고 귀신들하고만 빼놓곤 말입죠. 으흐히히히히히히히히히히이! 꼭 그 어디 정든 님이라도 하나 숨어서 찾아가는 것 같은 기분인뎁쇼.

(부엉이 소리.)

저것 보세요. 부엉이란 놈이 다 허리가 꼬부라져라 하고 웃고 있지 않는갑쇼. 태자마마, 그런데 그 도라던가 그것을 가서 닦으면 그건 정말 왕 노릇보단도 한결 더 재미가 좋은 것인갑쇼?

싯다르타　왜? 너도 나하고 같이 산 깊숙이 들어가서 도나 한번 닦아 보려고?

찬다카　예, 좋다면야 태자마마 모시고 그러고도 싶지만, 처자식은 어떻게 하구요? 제 집에선 제가 없어지면 처자가 부지할 수가 없으니 저는 아무래도 도하고는 인연이 없는가 보지요?

싯다르타　인연이 안 닿는 일이 어디 있어? 만들면 되는 것이지. 아이들은 몇이나 되느냐?

찬다카　갓 캐낸 고구마같이 생긴 것들이 몇 있습니다. 그것들을 먹여 살리기도 무척 힘이 드는구면요.

싯다르타　그렇겠지. (허리의 주머니에서 한 움큼의 돈을 꺼내어 마부의 손에 쥐여 주며) 옜다, 이걸루 우선 보태 쓰고 도가 좋겠거든 너도 애들이 자라면 내 뒤를 따라오너라.

찬다카   도는 쌍사람들은 닦아 보고 싶어도 닦을 수 없는 것이라고
하는뎁쇼.

싯다르타   그건 염려 마라. 내가 있는 데서는 쌍사람이건 아니건 누
구나 똑같이 그걸 같이하게 하겠다. 귀족이라도 도가 모자
라면 도가 훌륭한 쌍사람 앞에서 꿇고 지내게 만들 테니
그건 염려 마라. 하늘 밑에 다 같은 사람인데, 사람 노릇을
바로 하는 사람을 위해야지, 왕족이니 귀족이니 그따위 것
은 가려 무엇에 쓰겠느냐?

찬다카   태자마마. 그럼 그 도라는 것은 왕 노릇보단 더 재미나는
것도 아닌 모양인데 무얼 하려고 그 어려운 걸 하시러 가
려고 하는갑쇼? (태자에게서 받은 돈을 다시 돌려주려 하며)
객지에 가시면 노자가 넉넉해야 할 텐데, 이것 도로 받아
간직하십쇼.

싯다르타   (마부가 내민 손을 두 손으로 꼭 움켜쥐고 밀며) 찬다카야, 너
같은 사람들의 마음속의 인정을 믿고 마음이 든든해져서
나는 나가 보려는 것이다. 사람들은 서로 깊이 사귀어 보
기를 꺼려해서 탈이지, 깊이만 사귀면 다 친한 집안 식구
같이 될 수 있을 것이다. (이때 좌측 성 밖에서 말이 발굽을 구
르며 우는 소리. 그 소리에 태자는 그의 가족들이 잠들어 있는
왕궁 쪽을 향해 두 손을 모두어 합장의 예를 하더니, 그걸로만
은 모자라게 느꼈는지 다시 이어서 그 자리에 꽤 오래 꿇어 엎
드리어 오체투지의 예를 하고 일어선다.) 가자, 찬다카야. 나

의 말 칸타카가 어서 오라고 기다리는 모양이니 어서 가
보자. 참 가는 것이 아니라 오려는 것이지…… 가고 오고
하자는 것이 아니라, 바로 다시 살아 여기 서 있으려는 것
이지……

(무대 우측 작은 문으로 마부와 태자 후닥닥 사라지며, 수를 늘려 우는 여
러 마리 부엉이 소리 속에 제1막의 막이 내린다.)

제2막

때 싯다르타의 29세부터 35세까지의 수행 시절
곳 제1장, 제2장, 제3장, 제4장에 각각 표시함

등장인물

싯다르타

빔비사라 마가다 국왕

빔비사라 대왕비

마가다국 총리대신

마가다국 시종장, 시녀장, 시녀 4인, 무관 2인, 연락시종

아라다 카라마 선인仙人

선인의 제자 상당수

우드라카 라마푸트라 노선老仙

카운디니야 외 4인 노선의 제자

마라 악마대왕

천녀天女 상당수

수자타 마을 처녀

제1장

    인도 마가다국 빔비사라 왕궁의 하절용 별궁. 좌측과 후면에 호화한 본궁과 수목이 솟아 보인다. 중앙에 24세의 젊은 국왕, 그 우측에 왕비, 각각 그 배후에 공작선을 든 두 사람씩의 시녀들이 부채질을 하고 있다. 왕의 좌측에 총리대신, 그 옆에 시종장, 왕비의 우측에 시녀장. 좌우 양측 말단에 칼을 찬 무관이 각각 서 있다.

빔비사라   어젯밤 짐의 꿈엔 커다란 흰 코끼리 한 마리가 혼자 서서
           울고 있는 게 보였는데, 아무래도 오늘 귀한 사람을 만날
           길조인 것 같아. (총리대신 쪽을 바라보며) 어떻소, 총리? 이
           꿈은 오늘 이맘때 여길 찾기로 했다는 그 카필라바스투 나
           라의 왕태자 싯다르타를 비친 것 아닐까? 우리 마가다가
           인도 통일을 해내자면 먼저 제일 큰 강국 코살라를 꺾어야

겠고, 그러려면 오랫동안 코살라에 쥐어 지내 온 카필라바스투 같은 데도 두루 우리 편으로 이끌어 들여야 할 텐데, 어떨까? 카필라바스투의 태자 싯다르타가 머리 깎고 중노릇하러 온 것을 그만 작파하고 짐의 권고를 들어 그의 국민을 동원해서 짐에게 합세하겠다고 선선히 나서 줄까? 총리, 대답하시오. 어저께 경이 우리 수도 밖의 판다바 산으로 싯다르타를 찾아갔을 때의 인상은? 내 부탁을 들을 것같이 생겼습디까? 아닙디까?

총리대신 예, 폐하. 폐하의 뜻하시는 대로 아주 잘 들을 것같이 생겼습니다만, 또 어찌 보면 아주 영 안 들을 것같이도 생겼사옵니다. 그가 곧 올 것이오니 폐하께서 직접 살펴보셔야만 확실한 것은 아실 수 있는 일인가 하옵니다.

빔비사라 그렇다면 사람된 기틀은 적진 않은 모양이군. 함부로 다룰 순 없겠어. 어떻습디까? 한 사단장감이나 될 수 있겠던지?

총리대신 폐하, 약속대로라면 아마 지금쯤 이곳에 가까워 오고 있을 시간이오니 오거든 폐하께서 직접 살피시옵소서. 소신이 보기에는 총사령관이라도 능히 감당할 만한 모습이고 언동이었사옵니다만, 그것은 그의 일면이고 또 다른 한 면으로 보고 있으면 어쩐지 소신도 그만 그의 제자인 것처럼만 느껴졌사옵니다.

빔비사라 허어 이 사람, 뜻밖에 왜 그리 못생긴 소리는 하나? 그렇다면 그 사람이 예부터 우리 선인들이 출현을 예언해 온 그 진리의 대왕―부처님이기나 하단 말인가? 원, 사람……

(이때 정부의 연락시종이 들어와 오체투지의 예 뒤에 일어서서 싯다르타
태자의 도착을 알린다.)

연락시종 폐하께 아룁니다. 어제 약속이라고 카필라바스투의 싯다
　　　　　르타 태자께서 내각 관방에 도착하셨습니다.
빔비사라 음 그래? 그렇잖아도 지금 단단히 기다리고 있던 중이다.
　　　　　곧바로 이리루 모셔 오너라.

(연락시종, 좌측 통용문으로 물러 나갔다가 곧 삭발 폐의의 수도자 싯다르
타를 안내해 다시 등장. 싯다르타가 오체투지의 예를 대왕 앞에 올리려는
것을 대왕이 말리어 서로 합장하고 선다. 연락시종은 다시 퇴장.)

싯다르타 제가 카필라바스투 나라의 슈도다나 왕의 태자였던 싯다
　　　　　르타입니다. 폐하를 늘 뵙고자 하다가 이렇게 불러 주시니
　　　　　큰 영광이옵니다.
빔비사라 (한참 동안 싯다르타의 모습과 언동을 위아래로 거듭거듭 뜯어
　　　　　보고 있다가 옛 친구나 만난 듯이 반갑게 너털거리고 웃으며)
　　　　　싯다르타 태자 전하, 참 잘 오셨소. 짐도 아마 전생부터 전
　　　　　하를 만나고자 오래오래 기다리고 있었던 것 같소. 어서
　　　　　들어 앉으십시오. (왕비와 시녀장 쪽을 보며) 시녀장이 자리

를 비켜 우리 왕비 폐하 옆에 싯다르타 전하를 앉으시게
해야겠다. 내 아내가 나보단도 진리와 수도에는 더 가까우
니 그 인연은 또 그렇게 가려야지. 어허허허허허허허……
(또 너털거리고 자리에 앉고 싯다르타도 권하는 자리에 앉는
다. 뒤에서 공작선 부채질을 하고 있는 한 시녀를 돌아보며) 너
는 싯다르타 전하 뒤로 가서 부채질을 해 드려라. (그 시녀
가 그렇게 하는 것을 보고 나서 싯다르타를 보고 말을 잇는다.)
싯다르타 전하. 그런데 짐은 아까 전하가 '슈도다나 왕의
태자였다'고 하신 말씀이 마음에 걸립니다. 어째서 현재도
태자인 아무개라고 안 하시고, 태자였던 아무개라고 지난
일로 말씀하시는지요?

싯다르타 예, 폐하. 저는 시방도 내 아버님 슈도다나 폐하의 큰아들
은 큰아들입니다만 그 국왕 자리를 이을 것은 작파하고 떠
났으니 그건 그렇게 지나간 일이 되었습니다. 저는 개인
사이나 나라 사이의 싸움들을 말리고 그 대신에 평화와 사
랑을 가르쳐 보려 합니다. 폐하. 폐하를 만나 뵙고자 한 까
닭도 여기 있습니다. 폐하께선 이 점에서 저한테 힘을 빌
려주셔야겠습니다. 제가 한 몇 해 동안 제 마음을 정리해
서 포교에 나서서 설법을 하게 되거든 들어 보시고 좋으면
제 힘이 되어 주십시오. 꼭 그렇게 될 줄 믿어서 저는 그 약
속을 하려고 폐하를 찾았습니다.

빔비사라 (총리 쪽을 보며 나직한 소리로) 역시 부처님 쪽은 부처님 쪽

이시군. (싯다르타 태자 쪽을 보며) 좋소. 그럽시다. 만일에 당신이 내 생전에 사람들 모두한테 사는 진리를 바로 가르치는 부처님이 되어 오신다면 짐은 짐과 짐의 가족과 또 짐의 8만 개 마을의 촌장들을 이끌고 당신의 제자가 되어 당신한테 배우지요. 어느 경우에나 평화와 사랑이라는 것은 그걸 모든 사람에게 통달시킬 수만 있다면 그야 물론 싸움보단이야 나은 것이니까요. 그런데…… 싯다르타 전하, 전하의 이상은 알기는 알겠습니다만 그건 짐의 마음속을 상당히 웃깁니다그려. 어허허허허허허허허! 전하는 짐보단도 나이가 아직도 적어 보이는데 올해 춘추가 어떻게 되시나요?

싯다르타   스물아홉입니다.

빔비사라   (깜짝 놀라는 표정) 예! 스물아홉이시면 짐보단도 다섯 살이나 위이신데 그렇게 젊으셔요? 형님이시군요. 형님! 그런데 형님한테 먼저 짐이 부탁해야 할 더 급한 일이 꼭 한 가지 있는데, 이걸 어떻게 하지요? 평화와 사랑은 물론 싸움보단 위고, 형님의 생각도 짐의 생각보단 위올시다만, 세상은 아직도 싸움으로 좌우되고 또 거기 어떻게라도 해서 이겨 내야만 살지, 지면 나라고 뭐고 모두 망해 버리는 것이고 사람들이 잘못 살게만 되는 것이니 이걸 어떻게 하지요? 짐의 청이라는 것은 딴게 아니라, 전하의 조국 카필라바스투에도 오랜 강적이고 폭군이었던 코살라 나라를 짐과 합력해서 먼저 물리치고 보자는 것이오. 일에는 선후가 있는 것이니, 먼저 그렇게 하고 전하의 수도는 그다음으로 미룹시다그려. 코살라의 군대보단도 훨씬 더 용감한 우리 마가다의 군대와 마르는 일이 없는 재산을 뒤대어 드릴 테니 우리 두 나라가 힘을 합해서 한바탕 지딱지딱 그까짓 코살라를 없애 버립시다. (총리에게 눈을 주며) 총리. 경이 싯다르타 전하를 바로 잘 보았어. (다시 싯다르타를 향해) 우리 총리는 전하를 뵙고 와서 우리 마가다의 총사령관이라도 능히 감당할 분이라고 했었는데, 짐도 이젠 총리 소견에 완전히 동감입니다. 자, 수도하셔서 부처님이 되시는 것은 잠시 접어 두시고 승낙하십시오. 천 마리의 아주 크고 씽씽한 코끼리 부대를 더 얹어서 앞세워 드리지요. 기왕에 깎으신 머리 그대로 지휘하시는 것도 한 멋이 톡톡히 있겠소. 자, 우리 서로 한번 결단해서 같이 행동해 봅시다그려. 이렇게 해서 인도 통일을 해내는 것만이 폐하가 말씀하신 평화도 사랑도 제대로 심을 수 있는 단 하나의 길인 것이오.

싯다르타   폐하, 그건 그렇지 않습니다. 싸움으로 이겨서 한동안 인도 통일을 해낸다 해도 그것은 또 싸움에 져서 딴 사람들의 손아귀에 빼앗길 수가 있으니까요. 그렇지만 싸우지 않고 서로 목숨 아끼고 사는 일을 누군가가 시작해서 찬성하는 동지들의 수를 늘려 간다면 이 일에만은 멸망의 염려가 없습니다. 갠지스 강의 모래알 수효만큼 긴 세월이 걸리건 그보단 훨씬 더 많은 세월이 걸리건, 또 그것이 영원히 사람들 전부를 얻지 못한 채로 간다고 해도 이 일에만은 멸망이 없으니 저는 이 일을 시작하려고 출가했습니다. 폐하. 저희 나라 카필라바스투를 걱정해 주시는 것은 고맙습니다마는 폐하의 나라 마가다와 합세해 코살라를 한동안 이겨 낸다고 해서 약소국인 저의 조국 카필라바스투가 건재하리라고는 생각지 않습니다. 저는 제 조국의 영원한 불멸을 원하고 또 폐하의 마가다와 그 밖에 모든 나라도 다 그렇게 되기를 바라기 때문에 그 영원히 멸하지 않고 같이 화목하고 아껴서 하는 길을 사람들에게 널리 가르치려 합니다. 어느 경우에도 작파하지는 않겠습니다.

빔비사라 (언성을 높이어) 허허어! 거 참, 딴은 대단하신 결단이시구려. 당신 아니라도 당신 아버지도 계시니 그거야 못 하겠다면 맘대로 해보시구려만, 그거 원, 전하의 그 생각이 어디 어느 세월에 될 법이나 한 이야기라야 말이지. 싸움도 적당히 해야 하는 것이고, 평화도 적당히 해야 하는 것이고, 진리도 또한 그래야 하는 것이라는 것을 어째서 아직도 깨닫지 못하시오? 참, 무척은 답답하구려.

대왕비 (왕을 보며) 폐하. 말씀하시는 소리가 너무 높사옵니다. 폐하의 생각하시는 일이야 싯다르타 전하의 아버님이신 슈도다나 폐하와 직접 상의하셔도 될 일 아니에요? 진리의 스승이 되시려는 분을 돕는 것은 예부터 우리 마가다 나라의 아름다운 풍습이었는걸요. (싯다르타의 미간의 백호白毫를 유심히 돌아다보며) 저는 우리 선인들이 예부터 바라고 기대하고 그 출현을 예언해 오신 그 부처님이 바로 이분이기를 바랍니다. 전쟁은 마지못해 하기는 하지만, 그걸 말려서 평화를 펴는 길도 한쪽에선 또 이어져 가야 해요.

빔비사라　(또 너털거려 웃는다.) 어허허허허허허허헛! 그러니 내가 벌써부터 다 알아보고 싯다르타 전하한테 당신 옆자리를 권한 거요. 아무려나 내일이야 마찬가지니 아무려나 합시다 그려. 자! 좋소. 좋소. 그럼 이렇게 합시다. 아까 약속한 대로 싯다르타 전하가 인도 사람 전부의 정신의 스승 자격으로 설교해 나오시는 날은 짐은 틀림없이 짐과 짐의 가족과 짐의 8만 개 마을의 촌장들을 데불고 배우겠지만, 만일에 싯다르타 전하가 도중에 생각을 고쳐서 짐의 한쪽의 군대를 맡아 고국에 돌아가 우리한테 호응하겠다면 또 그것도 그렇게 하기로…… 어떻소? 짐의 제안이. 싯다르타 전하.

싯다르타　(한동안 두 눈을 감고 깊은 생각에 잠겨 있는 표정이다가 얼굴에 그득한 미소를 나타내며 일어선다.) 한동안 지낸 뒤에 또 만나십시다. 부디 대왕 폐하와 실부室府 폐하 두 분이 늘 평안하시기만을 저는 마음속으로 빌고 있겠습니다. (작별 인사로 오체투지를 하려는데)

빔비사라　(일어서 가까이 가서 말리며) 전하, 그러지 마십시오. 전하께

서 부처님이 되시는 날은 짐은 그저 한낱 전하의 제자밖엔
안 되는걸요. 안녕히 가십시오. 안녕히 가시어서 잘 수행
하시어…… 그렇지만 짐은 역시 전하가 짐의 군대를 맡아
전하의 조국과 짐의 나라를 지키러 아버님이 계신 고향으
로 돌아가시게 되길 더 많이 바랍니다.

(빔비사라 대왕과 싯다르타 둘이서 같이 미소 속에 합장의 작별 예를 나누
며 어두워진다.)

제2장

가을. 빈디야 산맥 속의 아라다 카라마 선인의 동굴. 중앙에 앉아 있는 이곳 회주 아라다 카라마를 중심으로 좌우 양쪽에 늘어앉은 제자들, 바로 우측에 싯다르타. 그들은 모두 싯다르타처럼 삭발에 폐의를 감고 담소에 잠겨 있다.

아라다 카라마 　(싯다르타 쪽을 보고 깔깔거려 웃는다.) 아하학학학학칵 칵칵칵카아…… 어떻소? 인젠 내가 권한 그 '아무것도 제 것이라는 건 없다'는 이치를 요량하겠소? 세상에 있는 것 무엇이거나 가지려는 생각을 다 깨끗이 팽개쳐 버리고 더는 끌리지 않아야만 돼. 알겠소? 어?

싯다르타 　예, 알겠습니다.

아라다 카라마 　아는 것만 가지고도 되지는 않기도 해. 우리들처럼 오

래오래 이런 아주 고요한 데 틀어박혀서 참선을 하면서 그
경지에 길들여서 철저하게 틀이 잡혀야지. 어?

싯다르타　예, 그렇게도 할 수 있습니다.

아라다 카라마　고향 집안 생각이니 마누라나 아이들 생각에도 다시
는 전연 기울어지지 않을까? 딴 여자 생각에도, 재물이나
권력, 명예 그런 것에도 어느 때에나 다시는 기울어지지
않을 수 있을까?

싯다르타　예, 그럴 수 있습니다.

아라다 카라마　아, 그게 정말이오? 여기 오신 지 얼마 되지도 않았는
데 벌써 그게 될 수 있다면 우리 그러지 말고 둘이서 이 모
임의 대중들을 이끌어 갑시다. 나도 오늘 이 시간부터는
당신을 선생님으로 부르고, 또 대중들한테도 그렇게 불러
모시게 할 테니 우리 둘이 여기를 맡아 이끌어 가는 두 지
도자가 됩시다. 그렇지만 선생, 미리 잘 들어 두시오. 선생
의 마음속에 쬐끔치라도 무엇에 애착하는 마음이 생긴 것
이 나타나 보이는 때는, 그때는 다시 선생의 그 선생 대우
는 취소되고, 내 밑에 한낱 제자로만 또 놓일 것이오. 무엇
에 의심하는 집착까지도 마음속에 남아서는 안 되는 것인
데, 선생 거 정말로 자신 있소?

싯다르타　예, 그럴 수도 있긴 있겠습니다만……

아라다 카라마　'그럴 수도 있긴 있겠습니다만……'이라니? '만'이 무
엇이오? '만'이……

싯다르타　　그럴 수도 있긴 있지만, 아무것도 안 가지는 마음 하나만 이렇게 숨어 박혀 억지로 만들고 앉아선 무엇에 씁니까? 선생은 아무것도 소유하지 않고 또 소유하려 하지도 않는 데에는 철저하시니 그 점에서 머리 골치 아플 일은 없겠소마는 그것만 가지고서 어떻게 사람들을 두루 구제합니까? 저는 그걸로만은 만족할 수가 없습니다.

(싯다르타가 자리에서 일어서니 아라다 카라마 선인도 따라 일어선다.)

　　　　　　(합장하며) 제 수행의 길은 더 멉니다. 만류하지 마옵시오. 그동안 많이 배우고 신세 많이 졌습니다. (좌중을 둘러보며 합장한다.) 여러분, 안녕히 계십시오.

(좌중들 일어서서 마주 합장하며 섭섭해하는 소리, 아니꼬워하는 소리 아울러 들린다.)

좌중의 소리 A조　　체, 우리하고 끝까지 같이 지낼 줄 알았더니……
좌중의 소리 B조　　우리 아라다 카라마 선생님께선 저 사람을 잘못 보신 거야. 우리 이상을 깨달았다면 여기를 저렇게 홀홀히 뿌리치고 떠날 수가 있을까?
아라다 카라마　　(좌중을 둘러보며) 여러분들. 조용히 이분을 전송합시다. (돌아서서 좌석 뒤에 두었던 한 벌의 포개어진 바리때를 찾아 들고 일어나 싯다르타에게 주려 하며) 그럼, 선생. 이것이나 하나 가지고 가시오. 이건 곧 쓰이게 될 거니까……

싯다르타 (크고 밝은 소리로 깔깔거리고 소리 내어 웃는다.) 아무것도 가지려 해서는 안 된다 하시면서 그걸 왜 내겐 가지라고 권하시는지요? 선생께 배워서 가는 저이니, 고맙습니다만 그것도 그만 안 가지고 갈까 합니다. 구름이나 물같이 가기라면은 바리때도 지녀서 짐 아닐까요? 다시 언제 또 만나십시다.

아라다 카라마 (역시 깔깔거리고 웃는다.) 으으하하하하하핫 캭카하! 허기는 그렇지, 그래. 그렇고말고! 그러니까 나하고 같이 여기 머무르자는 건데, 모르겠소. 맘대로 해 보시구려만, 어느 때건 나한테로 걸음이 다시 내켜지면 서슴지 말고 찾아 주시오. 선생한테 내가 배울 만한 걸 선생 마음이 만들거든 꼭 오셔서 가르쳐 주시오.

(동굴을 떠나가는 싯다르타를 아라다 카라마와 그 제자들 전송해 나오며 어두워진다.)

제3장

    긴 백발 백수의 우드라카 라마푸트라 선인의 동굴 앞 수풀 속 공지의 풀밭. 제2장보단 훨씬 더 많은 수행자들. 그들은 두루 자라나는 대로의 긴 머리털과 긴 위아래 수염을 달고 있다. 그중에 혹자는 풀밭에 반듯이 누워서 하늘을 보고 있고, 혹자는 나무둥치에 기대어 거꾸로 물구나무를 서 있다가 쉬어 앉기도 하고 있다. 우드라카 라마푸트라 선인을 에워싸고 좌우로 단정히 앉아 있는 수행자들의 오른손에는 두루 한 송이씩의 붉은 꽃이 쥐여져 있어, 각기 그것들을 눈앞에 갖다 대고 열심히 보고 있다. 선인의 바로 옆 우측에 앉아 있는 싯다르타도 역시 그러고 있다. 한동안 침묵.

우드라카 라마푸트라   인제는 이 꽃이 어떻게나 보이는고?
앉아 있는 제자A   있다는 생각도 안 나고, 없다는 생각도 안 납니다.

우드라카 라마푸트라　수도자야. 행여 마음속에 거짓은 죄끔도 없으렷
　　　　다. 만일에 거짓이 죄끔이라도 그 말에 끼었다면 이 수도
　　　　는 억천만 년을 되풀이해도 헛짓이라는 걸 알렷다.
앉아 있는 제자 A　예. 그런데 꽃은 그렇게 생각되면서도 거기 고향의
　　　　처자 생각이 자리 잡고 일어납니다.
우드라카 라마푸트라　그래 처자 생각은 어떻게 나는지?
앉아 있는 제자 A　없지 않다는 생각이 아무래도 셉니다.
우드라카 라마푸트라　그래? 그럼 그 손에 든 꽃을 거기 앉은 자리에 놓
　　　　아두고, 밖으로 물러가서 물구나무를 서건, 나자빠졌건 해
　　　　서 그 마음을 다시 고쳐 가지고 자리로 돌아오너라.

(앉아 있던 제자 A, 자리에서 물러나 뒤에 서 있는 나무둥치에 기대어 거꾸
로 물구나무를 선다.)

앉아 있는 제자 B　저는 이 꽃을 보고 있다가 고향의 친구를 잠깐 생각
　　　　했습니다만, 곧 그 생각을 없애 버릴 수 있었습니다.
우드라카 라마푸트라　그런 야박한 마음이어서야 쓰나? 친구 생각을
　　　　누가 하지 말랬느냐? 거기 얼크러져서 친구를 빗보지 말
　　　　라는 거지…… 사람들은 무엇을 모두 차별해서 가려 보는
　　　　데만 길들어서 순수한 근본 모양 볼 줄을 모르게 되어 가
　　　　니 말이지. 너도 자리를 비우고 물러나서 다시 생각을 고
　　　　쳐 와 앉아라.

(앉아 있던 제자 B, 물러나 뒤 풀밭에 반듯이 나자빠지며 긴 한숨을 짓는다.)

　　　　(싯다르타 쪽을 돌아다보며) 그런데, 임자는 어떤지?

싯다르타　(빙그레 웃으며 그 손의 꽃을 코에 대고 한동안 향기에 잠기더니 꽃을 내밀며) 선생님. 이 꽃하고 선생님 꽃하고 바꾸어 가져 보십시다. 제가 이 꽃을 들고 하는 억만 가지 생각을 선생께 맡기고, 저는 선생님이 생각하시는 것을 대신해 보고 싶습니다.

우드라카 라마푸트라　옳거니 옳거니. 임자가 옳거니. 자, 임자 소원대로 임자 꽃과 임자 마음을 나한테 맡기고, 내 꽃과 내 마음을 대신 맡아 해 보시오. (싯다르타의 꽃송이를 받아 자기 코에 대고 웃으며, 자기 꽃을 싯다르타에게 건넨다.)

싯다르타　(그 꽃을 받아 들어 코에 대고 한층 더한 반가운 미소에 잠기며) 반갑습니다. 선생님. 선생님의 꽃과 선생님의 생각은 제 것보단 한결 더 반갑습니다!

우드라카 라마푸트라　허허어, 장하신지고! 장하신지고! 나는 여직껏 내 생각이 흐트러지지 않고, 차별하지 않고, 꽃이면 꽃, 사람이면 사람을 제대로 다 본모양대로 보려고 애쓰는 데만 골몰해 왔지만, 이분같이 자기를 완전히 접어 두고 있는 이는 처음 보았다. 이분은 나보단도 더한 선생님이다. (좌중을 둘러보며) 그러니 너희들은 인제부터 이분을 극진히 존경해서 스승으로 모시어 배우도록 해라. (싯다르타 쪽을 보고 무척 좋아라 하면서 그의 두 손을 모아 붙들어 잡고) 선생. 인제부터는 나도 선생을 선생이라고 부를 테니, 우리 둘이 같이 힘을 모아서 여기 이 수행자들을 이끌어 갑시다. (다시 무리들을 향해) 이분 앞에 엎드리어 경배하기 바란다.

(우드라카 라마푸트라의 제자들, 싯다르타 앞에 모조리 꿇어 엎드려 오체투지의 예를 올린다. 나무에 기대 물구나무셨던 이나 풀밭에 누웠던 이들이나 모두 다 그렇게 한다.)

싯다르타   여러분들 고맙소. 여기 와서 우드라카 라마푸트라 선생님과 여러분 덕에 배운 것이 많습니다. 이 세계에 뻗쳐 있는 것들에 자기 생각으로 얼크러짐이 없이 그 본모양을 밝게 보려고 애쓰는 여러분들의 마음 닦는 노력은 좋은 것입니다. 그러나…… 그러나 나는 여기서 배울 것은 다 배웠고, 할 일이 또 한정 없이 많습니다. 여기 일은 우드라카 라마푸트라 선생 한 분의 지도로 족할 것이니 안심하고 떠나겠습니다.

우드라카 라마푸트라   이 세상에서 제일 밝은 눈은 우리 둘뿐이고 정신의 온갖 혼란의 뿌리를 송두리째 뽑아 버린 것도 우리 둘뿐인데, 힘을 같이해서 사람들을 이끌지 않고 어디로 따로 떠나간다 하시오? 선생은 여기 남아 내가 죽거든 내 뒤를 맡아 주셔야 할 일 아니오?

싯다르타   선생께서 예까지 들어 말씀해 오신 '수염 깎는 면도를 보
면서 또 보지 않는' 관점—그것은 앞으로도 제 마음 닦는
길에 큰 숙제의 하나가 되겠습니다. 그러나 제가 할 일은
한 관점을 닦는 문제만이 아닙니다. 말리지 마시고, 부디
오래 청복을 누리고 계시어 훗날 다시 만나십시다.

우드라카 라마푸트라   (늙은 두 눈에 눈물이 배어난다.) 내 일생 동안 기다
리던 밝은 눈을 가진 사람 하나를 겨우 만났는데 그냥 떠
나가다니…… 우리가 가진 것 중에 마지막으로 부질없는
것—그 눈물이라는 것이 나한테서도 또 어쩔 수 없이 흘
러 내 밝은 눈에 잠실망정 안개를 끼우는군. 할 수 없지. 가
시지, 가! 그대가 가지고 보고 있다가 내게 바꾸어 준 꽃으
로 오늘 하루 나는 그대의 눈이 되어 보고 있을 것이니, 내
가 보다가 임자한테 준 그 꽃을 가지고 임자는 또 내 눈이
되어서 가며 가며 보아 주기 바라오. (눈물 그치고 밝은 미소
로 변해 있다.)

(일동 기립하여 합장하고 전송하는 가운데 싯다르타도 합장하고 떠나고
있다. 노선의 제자 중 카운디냐 등 다섯 사람 따로 모여 싯다르타의 뒤를
마지막까지 따르고 지켜보다가, 싯다르타의 모양이 사라지자 서로 말을
주고받는다.)

카운디니야 저 사람은 아무래도 장차 우리들의 스승이 될 사람인 것
      만 같다. 예언자들이 옛날부터 말해 온 진리의 대왕은 혹
      저 사람 아닐까?
그의 벗 4인 중의 A 글쎄. 얼마 오래지도 않은 동안, 우리 선생의 마음
      속 경지를 다 겪어 낸 걸 보면 보통 사람은 아닐 거야.
그의 벗 4인 중의 B 우리 중에 누구 하나가 들키지 않게 뒤 대어 따라
      가서 그 사람이 묵는 데를 알아 두자. 그이가 부처님이 된
      다면 우리도 그 제자라야지 않겠나?
카운디니야 그러자. 우리 서로 번갈아 가며 뒤를 살펴 놓치지 않도록
      하자.

(묘한 새들의 울음 속에 어두워진다.)

제4장

부다가야 근처 네란자라 강가의 무성한 우루빌바 수풀 속의 빈터. 무대 좌측으로 좀 언덕진 곳에 오랜 세월의 고행에 마를 대로 마른 싯다르타, 후면봉발^{后面蓬髮}에 앙상한 갈비뼈에 해골 같은 얼굴로 정좌하고 있다. 우측에서 등장하는 대악마왕 마라는 검은 옷에 검은 날개. 그러나 그 검은빛들엔 황금빛의 금가루가 두루 묻어 번쩍인다. 아름답고도 장대하고 의젓한 모습. 불그스레한 도홧빛의 뺨, 희고도 기름진 얼굴과 손을 가졌다. 왼쪽 겨드랑이에 상품^{上品}의 악기 비파를 끼고 있다.

마라   (겨드랑이의 악기를 두 손에 들고 한바탕 질탕한 곡조를 울리고 나서) 으학캬캬캬캬캬캬캬캬캬캬카하아! 요! 요! 대단스런 형이상학의 학생 양반! 안녕하시오? 욕계의 하늘땅의 최고 지배자인 나까지를 여기 안 올 수 없게 한 것을 보면 딴은 굉장한 양반이시지. 암, 그렇고말고! 우리 흉금을 탁 털어놓고 대화 좀 해 봅시다. 당신이 늙지도 않고 병도 안 들고 죽지도 영 않는 마음을 연습하고 앉았는 바람에 할 수 없이 나도 끌려서 여기까지 내려오긴 왔지만, 거, 될 법이나 한 일인가요? 뵈오니 당신은 벌써 송장 다 되어 있는데, 그 몸 해 가지고 마음일망정 영생을 빚어낼 수가 있을는지 아무래도 의문인데…… 자, 우리 그러지 말고 적당히 에누리하도록 하시지. 죽음을 앞에 보며 사는 것도 고쳐 생각해 보면 꽤나 한 맛이 있는 건데, 그걸 아직도 미처 못 깨달으신 모양이야. 바라문교의 학생처럼 베다 성경이나 깨끗이 잘 지켜서 성당의 불 앞에 바칠 것이나 꾸준히 바쳐만 가는 걸로도 꽤나 많은 공을 쌓을 수도 있고, 또 우리같이 꽤나 좋은 하늘에 옮겨 가서 얼마든지 살 수도 있는 일인데, 적당히 해야 한다는 걸 알아야지, 그렇게 고집 부릴 것 없지 않겠소? 자, 동감이거든 '예' 하고 대답하시오.

싯다르타 마라야. 시끄럽다. 물러가거라.

마라 정말이냐. 네 고집 때문에 살고 죽고 윤회하는 우리 욕계의 하늘땅의 생명관과 내 지배권이 흔들리니 내가 온 것 아니냐? 또 한 번만 기회를 주니 '예' 하고 대답해서 내 지배권과 욕계 중생의 법도를 따르도록 해라.

싯다르타   마라야. 어서 물러가거라. 나는 영원히 바로 사는 내 정신 생명을 깨닫기 전에는 여기서 뜨지 않을 것이다.

마라   고집 세구나. 그럼 좋다. 네가 이기는지 내가 이기는지 어디 두고 보자. 내 명령 하나면 하늘에서 금시 벽력이 5백 개라도 내려 너를 산산이 부서뜨려 버릴 수도 있다. (하늘을 향해 오른손을 치켜들며) 자! 벼락아, 내리어 저 욕계의 무법자 싯다르타를 쳐라!

(그 말이 끝나자마자 공중에 요란한 천둥소리와 번개. 그러나 떨어져 내리는 것은 벽력이 아니라, 그게 어느 사이엔가 모조리 변모해 내리는 아름다운 꽃잎들이다.)

싯다르타   (하늘에서 내리는 꽃잎을 몸으로 받으며 여전히 정좌한 채로) 보아라. 네겐 사람을 죽이려는 무기가 내 앞에 와서는 고운 꽃으로 변하는 것을…… 먼 뒷날에도 이런 일은 수도자와 수난자들 앞엔 가끔 있을 것이다. 지금 네가 보고 있는 꽃들은 내 마음의 상징이다. 눈 있거든 잘 보아라.

마라   응, 짐작된다. 너는 무력에는 굽히지 않을 자격이 있구나. 어디 보자. 너, 너의 아버지의 왕궁의 호화판 속에서도 네 눈으론 아직 못 본 아조 썩 이쁜 우리 시악씨들 맛 좀 볼래? 아마 물씬할 것이다. (하늘을 향해 왼손을 부드러이 올려들면서 그편 손가락으로 묘한 매력의 곡선을 공중에 긋는다. 그러자 무대로 쏠려 드는 미녀의 군중들. 그 향기의 칵테일이 관객석까지 쏠린다. 싯다르타를 향해 말을 잇는다.) 잘 겪어 보아라. 이 여자들은, 싯다르타 태자 전하, 너의 카필라바스투의 왕궁에 있던 여자들과는 다르다. 코살라나 마가다 같은 그런 큰 나라 왕궁에 가도 이렇게 속속들이 이쁜 건 전연 없어. 이 여자들의 두 눈엔 어느 경우에도 눈곱은 안 끼고, 이빨 어느 구석에도 더러운 건 티끌만큼도 없고, 싯다르타 너의 왕궁의 여자들처럼 밤에 잘 때 이를 가는 일도 절대로 없다. 발부터 좀 자세히 보아 두어라. 네가 본 여자들은 조끔만 걸어가도 발가락 사이에서 고린내도 나고 새끼 발가락들은 거의가 못생기게 이지러져 있지만, 이 여자들은 어느 때거나 고린내도 때도 거기 만들지 않고, 보아라, 어느 발가락의 발톱에나 눈부시게 나타나 있는 분홍 꽃 사이에 떠오르는 것 같은 초승달들을…… 못생긴 나라의 왕자 싯다르타야. 이런 여자들이었다면 너는 네 왕태자 자리를 버릴 생각도 안 났을 것이다. 이 여자들은 몸에서나 마음에서나 언제나 너를 기쁘게 하는 향내만을 뿜을 것이다. 너의 화가 누구도 이 여자들의 발톱 하나도 제대로 그리지는 못할 것이니라.

미녀 A   (싯다르타의 발부리에 가서 뺨을 비비며) 전하. 저와 같이 우리 타화자재천他化自在天 하늘에 가서 살아요. 우리 둘의 사랑은 늘 맑은 데서 새로 피는 연꽃 같을 거예요.

미녀 B   (싯다르타의 어깨를 주물러 위로하며) 전하. 저하고 같이 가
         서 사신다면 그것은 그야 항시 꿀벌의 꿀통같이 달기만 하
         지요.
미녀 C   (싯다르타의 다리를 어루만지고 주무르며) 전하. 전하와 내가
         우리끼리의 사랑의 하늘에 와서 같이 지낸다면 하늘의 해
         와 달도 우리만큼은 빛이 없을 거예요.
미녀 D, E, F, G……   (몰려가서 각기 애교를 부리며 싯다르타의 이곳저곳에
         손을 대고 만지작거리며) 아이, 이런 분이 왜 이런 데 이렇게
         시들고 계셔? 아이 딱해라, 아이 딱해라.
싯다르타 (눈을 반짝 뜨며) 어서 너희들 윤회 속에 돌아가서 놓여 있
         거라.

(그러자 무대 갑작스레 잠시 캄캄하게 어두워진다. 다시 밝아졌을 때는 미
녀 A는 입이 한 송이 연꽃이 되어 있고, 미녀 B의 입은 한 개의 꿀벌의 집
이, C는 전체가 새카만 깜둥이가, 나머지 미녀들은 땅에 자욱한 쓰레기 속
에 쓰레기 얼굴로 나뒹굴며 일어나지도 못하고 헤매고 있다.)

싯다르타 (다시 눈을 지그시 감으며) 이것들이 너희들의 마음이 자원
         해서 된, 내 눈에 비친 너희들의 마음의 상징이다. 뭐가 이
         쁘다는 것이냐? 어서 물러들 가거라.
마라   싯다르타 전하. 역시 그대는 상당키는 하다. 세상의 도인
         이란 사람들도 어느 만큼은 마음 쓰기 망정인 그 남녀의

사랑이라는 것까지도 잘 접어 버리는 걸 보니…… 그래 끝까지 이 욕계를 넘어서서 갈 테냐? 어쩌냐? 그대에겐 황제가 될 능력도 있으니 인도 전체를 통치하는 대왕이 한번 되어 보는 것은? 그대의 아버지 슈도다나 왕도 그걸 바랄 텐데…… 만일 생각이 있다면 그렇게 되게 너를 도우마.

싯다르타   부질없는 권고 말고 물러가거라. 욕계의 중생들이 이익이라 하는 것, 명예라 하는 것, 존경이라 하는 것, 그런 것에서 완전히 해방되어 서로 아끼고 사는 자유를 나는 가르치려 한다. 내 마음은 지금 어느 때보단도 맑고 밝고 힘이 있다. 마라야. 나는 벌써 너의 지배권의 관문을 넘어서서 네가 따라올 수 없는 고차원의 영원 속의 이 길을 마음으로 가고 있다. 너희들이 거느리는 군대―욕망과 혐오와 굶주림과 집착, 또 하염없음, 졸음, 공포, 의심, 허영과 강제, 이익이니 명예니 존경이니 하는 따위들로는 영원히 나를 어쩌지 못한다. 어서 물러가서 네 인연 속에 네 영역을 우선 지켜라. 내겐 벌써 죽음이 없다.

마라   (오체투지하여 엎드려 경배한다.) 잘못되었습니다. 싯다르타 태자 전하. 영생으로 중생들을 화목하고 단합하게 하시는 부처님이 되옵소서. 전하께서 6년 동안 수도하시는 사이 저는 늘 숨어 눈여겨보고 있었습니다만, 크나큰 바위에서 기름 덩이를 찾으려는 수리개처럼 연달아서 그건 허사이고 말았습니다. 전하가 만드신 자유에 저는 그만 지치어 항복하고 물러갑니다.

(그가 일어설 때 그의 겨드랑이의 비파는 엉겁결에 땅에 떨어져 뎅그랑 소리를 내고 구른다. 마라와 그의 미녀군 퇴장한다.)

(부엉이 소리가 꾀꼬리 소리로 바뀌며 밝아 오는 새벽빛 속에 하늘에서 아스라한 소리가 침묵 속에 잠겨 앉아 있는 싯다르타의 마음속 생각의 반향인 양 울려온다.)

하늘의 소리 인제는 무얼 좀 잡수십시오. 죽이라도 좀 잡수십시오. 욕계의 지배에서 벗어난 분은 음식의 지배도 안 받습니다. 부처님과 보살님들의 부탁입니다. 죽이라도 오늘 아침은 좀 받아 드십시오. 좀 있으면 또 우루빌바 마을의 촌장의 딸 수자타가 우유죽을 받쳐 들고 찾을 것이니 오늘 아침은 거절 마시고 받아 잡수십시오. 욕계의 최고 지배자 마라의 항복을 받으신 분은 우유죽쯤 잡수셔도 괜찮습니다. 도솔천의 하늘에 계시는 당신의 어머님 마야 부인께서도 부탁이십니다. 거절 마시고 오늘 아침은 죽이라도 좀 받아 드옵시오. 드옵시오. 그리고 인제는 네란자라의 맑은 강물에 그 몸을 맑게 씻으시고, 아조 맑게 맑게 씻으시고, 싯다르타 보살님, 성도하실 준비하옵시오. 성도하실 때가 가까워 왔습니다. 성도하실 때가 가까워 왔습니다. 싯다르타 보살님, 준비하옵시오.

(아침이 점점 밝아져 온다. 우루빌바 마을의 촌장의 딸 수자타, 쟁반에 우유죽을 받쳐들고 등장한다.)

수자타   (우유죽 그릇이 담긴 쟁반을 반쯤 감은 눈에 뼈와 가죽만으로 앉아 있는 싯다르타의 앞에 갖다 놓고 오체투지한다.) 보살님. 오늘 아침은 이거라도 꼭 좀 잡수셔야 해요. 벌써 몇 달을 그냥 헛다녀가기만 한 제 정성을 생각하셔서라도 오늘 아침은 꼭 잡수어 주세요. 보살님.

싯다르타   (손을 뻗치어 죽 그릇을 들고 숟갈로 떠먹기 시작하며, 처녀 수자타를 보고 빙그레 웃는다. 이빨과 눈이 햇빛에 눈부시게 반짝인다.) 고마웠다. 수자타야. 나도 인제부터는 먹을 만한 것을 먹기로 했다. 육지와 바다의 고기들만을 빼고 풀과 나무에서 거두는 것은 먹기로 했다. 우유도 소가 제 새끼한테 주려는 것을 덜어 먹으니 미안키는 많이 미안하지만, 가끔 조금씩 얻어먹는다면 용서야 겨우 되겠지. 수자타야. 너는 내 고향 카필라바스투의 쑥대밭의 쑥풀 많이 나는 마을에서 온 사람 같구나. 네란자라의 그 맑은 강물에 오늘은 내 마음이 명절날 같으니 오랜만에 아침 목욕이나 좀 해 볼까?

수자타   (너무나 반가웁고 좋아서 어쩔 줄을 모르는 표정. 그러나 점잖은 인도 사람이라 그건 그저 잠시 얼굴에서만 맴돌다가 간추려 진다.) 목욕을 하고 와 앉아 계시면 또 우유죽을 갖다 드리 지요. 우리 집 새끼 난 암소 세 마리 가운데서도 제일 젖이 넉넉한 암소 젖을 짜 죽을 쑨 거니 그 암소도 뭐 그리 싫다 고도 하진 않을 거예요. 오히려 소도 마음이 있다면, 그러 라고 좋아하겠지요, 보살님.

(점점 더 많은 수로 세차게 우는 꾀꼬리 소리 속에 제2막의 막이 내린다.)

제3막

때   음력 12월 8일 밤

곳   인도 마가다국 부다가야의 수풀 속

등장인물

석가모니

어미 호랑이

왕자

시종, 거지, 병자, 고민자, 신선 약간 명

부부 두 쌍

도적 2인

도적을 잡으러 나온 사람 약간 명

소년

좀 언덕진 곳의 보리수 밑에 혼자 정좌해 부처님이 될 마지막 생각들을 마음속으로 가다듬고 있는 35세의 석가모니(여기서부터 우리는 싯다르타를 이렇게 부르게 된다)의 모습이 배경의 수풀과 함께 무대 뒤쪽에 보인다. 무대 전면은 넓은 풀밭. 석가모니가 이 밤 마음속으로 생각하는 내용들은 이 풀밭에서 모양 있는 상징으로 전개되기도 하고, 또 그냥 하늘에 울리는 메아리 소리로 들려오기도 한다.

  맑은 하늘에는 빛나는 별들.

  석가모니는 그가 이 땅에 생겨나기 전의 그의 전생들이 어떤 것이었던가를 2천 5백여 년 전의 많은 인도 사람들의 통례대로 열심히 생각하고 있다. 제3막에서 유형有形의 상징과 하늘에 울리는 소리로 나타내려는 것은 그가 생각(상상)한 그의 여러 전생들 가운데서도 중요한 것 중의 하나인 '사신사호捨身飼虎'의 한 생애이다.

하늘의 소리(석가모니의 생각)　석가모니는 틀림없이 전생에 호랑이 밥이 된 일이 있었던 거라. 호랑이가 불쌍해서 호랑이 밥이 된 일도 있었던 거라. 겨울 눈이 내리고 (그 소리에 하늘에서는 눈이 억수로 쏟아져 내린다.) 많은 새끼들을 낳은 어미 호랑이가 그 새끼들한테 먹일 먹이가 없어 처량히 울고 있을 때 (그 소리에 또 좌측 언덕의 호랑이 굴에서는 호랑이의 비명 소리 울리며 크고 깡마른 어미 호랑이가 나와 눈 속의 풀밭에 민절하는 행동을 보이다가 다시 굴속으로 엉금엉금 걸어 들어간다.) 그게 불쌍해 못 견디어서 틀림없이 호랑이 밥도 되었던 거라. 가만있자, 그때 나는 무엇이었을까? 내가 시방 이승에서도 왕의 아들이었듯이 그때도 틀림없는 왕의 아들이었던 거라. (그 소리에 한 왕자를 모신 시종들의 일행, 무대 우측에서 나타난다.) 그렇지만 왕의 아들은 왕의 아들이면서도 나는 여느 왕자들같이 왕자 노릇에만 만족하고 살 수는 없었지. 가난에 헐벗고 굶주리고 사는 사람들 (그 소리에 거지 떼 좌측에서 몰려나와 우들우들 떨고 늘어선다.) 병들고 걱정에 이지러져 죽어가는 사람들 (그 소리에 병자와 고민자의 무리 또 좌측에서 등장하여 앞에서 온 자들의 뒤에 늘어선다.) 그네들을 눈앞에 빤히 보면서 그냥 모르는 채 접어 두고 왕자일 수는 없었지. 나는 내 가진 것 모두를 그네들한테 주었던 거라. 돈도 옷도 약이라고 지녔던 것도 위로의 말도 내가 가진 거라곤 모조리 그네들한테 주었던

거라. (그 소리를 따라 무대의 왕자는 그의 옷을 벗고 속옷 바람
이 되며 또 가진 것을 모두 다 거지 떼와 병자들에게 나눠 주고,
고민자들에겐 또 무언으로 위로의 동작을 한다.) 그러고 나는
그때의 내 위로의 말만 가지고는 아무래도 다 풀어 줄 수
없었던 그네들의 고민을 풀어 줄 길을 조용히 생각해 볼
양으로 산속의 신선들 속에 한몫 끼어 신선이 되었던 거
라. (그 소리에 무대 뒤켠 산의 한쪽 언덕에서 신선들 나타나 내
려오고, 왕자는 거기 가서 끼인다.) 그런데 거기 들려오는 호
랑이의 울음소리. (그 소리에 굴속의 호랑이가 으르렁거리고
운다.) 처참하게 연거푸 울어 대는 호랑이의 울음소리. (그
소리에 호랑이는 거듭거듭 으르렁대고 운다.) 신선들은 나보
고 말했던 거라. (그 소리에 맞추어 신선들 중의 한 사람은 왕
자의 귀에 대고 뭐라고 소리 안 나게 소곤거린다.) 저 암호랑이
는 새끼들을 낳았다고. 저 호랑이는 새끼들을 낳았지만 눈
에 갇혀서 먹이를 찾지 못해 새끼들하고 함께 굶주려 죽게
된 판이라고. (이 소리에 다시 무척 신음하는 듯 으르렁대는 호
랑이 소리.) 그래서 나는 생각하고 또 느꼈던 거라. 내 몸뚱
이를 호랑이 굴에 던져 호랑이 어미와 새끼들의 목숨을 우
선 구해 보자고. 내 몸의 살과 피와 뼉다귀들을 굶주린 호
랑이들을 주어, 뜯어 먹고 마시고 씹어 먹게 하는 것은 살
아 있는 모든 생명들을 더없이 사랑하는 내 마음을 영구히
살려 남겨 놓기 위해서는 더없는 길이라고. 이 이야기는

오래오래 남을 것이고, 온갖 고민하는 사람들한테는 그래도 이 이야기는 어느 위로의 말보단도 더한 약이 될 거라고. 그래 나는 서슴지 않고 호랑이 굴 옆으로 다가가서 두 눈을 덩그렇게 뜬 채 그 속으로 몸을 던졌던 거라. (그 소리에 무대의 왕자는 호랑이 굴 옆으로 가 다시 으르렁대는 호랑이 굴속을 향해 두 눈을 덩그렇게 뜨고 몸을 던진다. 굴속에서는 왕자를 뜯어 먹는 듯한 호랑이의 소리. 왕자의 비명은 한마디도 들리지 않는다.) 그때 내가 송두리째 호랑이한테 먹힐 때도 나는 비명 소리 한마디 지르지는 않았을 거라. 아프다는 느낌도 가지지는 않았을 거라. 그렇던 나다! 나 석가모니다! 하늘아! 땅아! 영원아! 그렇던 내가 지금 어디로 물러날 수 있는가? 저 고난하는 사람들을 맡기로 한 내가 어디로 물러날 수 있는가? 나는 끝까지 기어코 사람들의 마음속에 불어 넣을 것이다. 죽을 줄도 늙을 줄도 병들 줄도 모르고 영원토록 늘 꽃다이 살아 이어 가기만 할 정신 생명을…… 서로 제 몸처럼 남을 아끼고 섬겨 나란히 같이 살아갈 수 있는 마음을…… 싸움이 없는 세상을…… 무엇보단도 먼저 싸움이 없는 땅을……

(잠시 무대 어두워지며 등장인물도 호랑이 굴도 다 없어지고 하늘엔 한층 더 반짝이는 별. 다시 밝아지는 무대에는 수풀 속 언덕에 정좌한 석가모니만 그대로 남아 있다.)

하늘의 소리   좋은 떡을 세 개씩 가진 두 쌍의 부부가 있으니 (그 소리
          에 무대 좌우 양쪽에서 각기 한 쌍의 부부 등장. 아내들의 손에
          는 각기 보자기가 하나씩 들려져 있고, 그들은 그걸 열어 세 개
          씩의 좋은 떡을 세어서 꺼내 관객들에게 보인다.) 어디 마음 내
          키는 대로 서로 상의해서 잘들 노나 먹어 보시오.

우측에서 나온 부부 중의 아내   우선 한 개씩을 같이 나누고, 나머지 한
          개는 어떻게 할까요? 반씩 나눌까요?

그 남편   에이, 그걸 어떻게 꼭 똑같이 나눌 수가 있겠소. 한 개는 임
          자가 더 먹구려. 임자는 아이들 길르느라고 배도 더 고플
          테니……

그 아내   아니오. 임자가 더 잡수시오. 임자는 힘든 일 하시노라고
          배가 더 고프실 테니……

(그들은 그 떡을 한 개씩만 노나 먹고는 남은 한 개를 서로 사양하다가 남
겨서 들고 있다.)

좌측에서 나온 부부 중의 아내   두 개라면 나누기는 쉽지만 남은 한 개를
          똑같이 나누는 건 어렵겠는데요. 위선 한 개씩만 나누어
          먹고 나머지 한 개는 놓아두고 봅시다. 상의해 봤댔자 그
          걸 아조 똑같이 나누기는 아무래도 어려울 거니 우리 아무
          말도 하지 말고 또 절대로 손도 대지 말고 보고 있기로만
          합시다. 그래 누가 더 오래 아무 말도 않고 손도 안 대고 견

다나 두고 봅시다. 더 오래 견디는 사람이 그것을 먹기로
합시다.

그 남편　임자 생각이 경우에 맞구려. 그렇게 합시다. 그럼 시방부
터 바로 말도 행동도 다 강치고 남은 떡만 보고 있도록 합
시다.

(그들은 거기 주저앉아 떡 한 개씩을 나눠 먹고 남은 것은 앞에 모셔 두고
무언으로 심각하게 바라보고 있다.)

하늘의 소리　그렇지, 여기 도적이나 들면 어떻게 하지?

(그 소리에 도적 한 사람 나타나 우측 부부가 가진 떡을 노려 덤비려 한다.
그러나 이 부부는 말과 행동의 자유를 스스로 가졌기 때문에……)

우측 부부　(큰 소리로) 도적이야!

(그 소리에 몰려나온 몇 사람의 힘으로 그 떡도 잃지 않고 구제된다. 또 하
나의 도적이 등장하여 좌측 부부가 모셔 둔 떡 앞으로 가서 그걸 넙죽 손아
귀에 쥔다. 그 바람에, 스스로 그들의 말과 행동을 속박했던 부부 중의 아
내는 그 자원한 속박의 맹세도 깜박 잊어버리고……)

좌측 부부 중의 아내　아이고 도적이야! 도적이야! (소리치며 도적한테

달려가서 매달린다.)

도적   너희들이 짐이 되어 어찌지도 못하고 놓아둔 거니 이 떡은
내 거다. 같이 나눠 먹을 생각이면 내 편을 들어라. 야, 거,
너 참 꽤나 야들야들하니 이뿌장하게 생겼구나. 이 떡을
같이 나눠 먹으려거든 나하고 같이 지내야만 논리가 맞을
것 같은데, 아니냐? 어때? (여자를 덥석 끌어안고 그 뺨에 자
기 뺨을 대고 비빈다.)

좌측 부부 중의 남편   (일이 이쯤 되는 데 이르러서는 그만 더 견디지를 못
하고 주먹을 부르르 떨며 쥐고 일어서서) 네 이 연놈들 어디
보자! (두 패륜의 남녀에게 덤비러 간다.)

하늘의 소리   거기 멎어라!

(그 소리와 함께 무대 어두워지며 하늘에 요란한 천둥과 번개. 그게 그치
고 무대 다시 밝아지자 우측 부부가 있던 자리에 어느 사인지 솟아나 있는
한 그루 나무 위에 매달린 조롱 속에 한 쌍의 새가 들어 있고, 좌측 부부가
있던 자리엔 두 개의 검은 돌이 놓여 있을 뿐 무대는 텅 비었다.)

다시 이어 나는 하늘의 소리   이것이 딴게 아니라 살고 죽고 윤회하는 뭇
생명들의 짓[業]거리라는 것이다. 가만히 잘 지키면 될 본
래 맑은 좋은 마음자리에 무명無明을 적시어 마음속의 온갖
궂은 걸 다 만들고, 조둥아리의 부질없는 말이라는 것으
로 또 온갖 것을 다 만들고 그것을 또 행동에 담아 갖은 혼

란한 짓거리들을 저지르는 것이다. 그렇지만 조롱에 든 새
는 그래도 비교적 의좋게 떡을 먹으려던 값어치는 있는 것
이니, 살아서 하늘로 한번 몽땅 날아도 다녀 보아라. 착하
구나! 착한 사람 거기 누구 없느냐? 어서 나와서 저기 아직
산 것들과 아주 죽은 것들을 각기 저희들 갈 곳으로 돌려
보내 주어라.

(그 소리에 우측에서 한 소년 등장하여 나무 위 조롱의 창을 열어 한 쌍의
새를 하늘에 방생하고, 이어 두 개의 검은 돌을 줏어 든다.)

소년   석가모니 부처님, 이 돌들은 어디에다가 버리리이까?
하늘의소리   그것들을 들어다가 먼 바닷물 속에 던져 버려라. 그것들
           이 무슨 힘으로 당장 하늘을 날 수 있겠느냐? 그것들은 바
           다 밑 어두운 지옥에 가라앉을 수밖에 없을 것이다. 몰라,
           꽤 오랫동안이 지나면 거기 굴 딱지 같은 거나 돈이나 그
           래도 목숨값이나 될는지? 불쌍한 것들. 불쌍한 것들. 불쌍
           한 것들! 사람들과 뭇 생명들이 짓거리를 잘못해 끝없는
           윤회의 괴롬 속에서 허덕이는 것을 보는 것은 내게 남은
           가장 큰 슬픔이다. 구제하리라. 구제하리라. 구제하리라!
           내 마음이 저들의 마음의 어버이가 되어서 구제하고 구제
           하고 또 구제하리라!

(석가모니의 모습에만 각광을 주고 무대 잠깐 동안 어두워지다가 멀리 트여 오는 새벽빛에 싸인다. 새벽 샛별의 모습이 하늘에서 유난히 빛난다.)

나 석가모니의 마음은 이제 육체를 가진 자의 욕망의 온갖 더러움에선 완전히 넘어설 수 있다. 살아 있는 자의 온갖 더러움에선 완전히 넘어설 수 있다. 온갖 더러움의 뿌리―무명의 더러움에선 완전히 넘어설 수가 있다. 나는 해탈했다. 내 눈은 인제부턴 바로 하늘의 눈이 되고, 또 영원의 눈이 되었다. 이 세상에 있는 모든 것 모든 일들은 나를 막을 수 없을 것이고, 이 세상에 있는 어떤 이론도 내 것만은 다 못하니, 나를 막을 수 없을 것이다. 강물들이 흘러서 모두 바다로 들어가듯이 하늘과 땅에 있는 모든 생명들은 나 석가모니의 생명의 바다로 들어올 것이다. 내 정신 생명은 인제부터는 끝없이 무한한 것이 된다. 있는 것 중에선 허공이 가장 영원하듯이 나도 모든 생명 가운데서 가장 목숨이 길게 된다. 내 나이는 지금 몇 살인가? 나 석가모니는 카필라바스투의 정반왕淨飯王의 태자로 태어나 출가해서 지금 서른다섯 살에 성불한 것이라고 하면 될 것인가? 아니다. 아니야. 내 마음은 백 천만억 년도 더 되는 끝없는 옛날부터 벌써 참사람 부처님의 자격을 지키기 위해 살아왔었고, 또 미래도 영원히 그럴 것이다. 가령 어떤 목숨이 긴 사람이 있어 이 하늘과 땅 사이의 온갖 우주를 다 부수어 티끌을 만들어 놓았다 하자. 세월을 따라 살아가며 5억 3천2백만 년만큼씩 한 티끌씩을 뿌리고 간다고 하자. 그 티끌씩을 다 뿌리자면 얼마만큼 한 시간이 걸리겠느냐? 그렇지만 나 석가모니가 참사람! 부처가 되기 위해 살아온 세월은 그보단도 훨씬 훨씬 더 먼 끝없는 옛날부터다. 그러고 또 그만큼 한 푼수로 내 이 길은 하늘이 미어지는 한이 있어도 미래 영원히 끝나지는 않을 것이다. 구제하리라! 구제하리라! 영원히 죽을 수도 없고, 변덕으로 윤회할 수도 없는 참사람의 정신이 어째야 할 것인지를 가르치고 또 가르쳐 구제하리라. 내 조국 카필라바스투도 원수의 나라 코살라도, 또 제일 세다는 나라 마가다도, 온 세상을 다 가르쳐 구제하리라!

(석가모니 일어서서 두 팔을 벌려 뭇 생명을 그 품에 안으려는 듯한 자세로 걸어 나오며 제3막의 막이 내린다.)

제4막

등장인물

제1장

석가모니

그의 제자 가급적 다수

빔비사라 마가다 국왕

국왕의 시종 약간 명

우루빌바카샤파 부처님의 제자 중 부처님보다도 훨씬 연로한 제자

제2장

마하카샤파 제자

사미승

마하프라자파티 왕태후, 석가모니의 계모이자 이모

라훌라 석가모니의 외아들

아난다 석가모니의 처남

난다 석가모니의 이복아우, 마하프라자파티 왕태후의 친생자

마이트레야 미륵

제3장

석가모니

비루다카 코살라 국왕

그의 장병 적당수

제4장

석가모니

춘다 부부

아난다 제자

제5장

석가모니

아난다

춘다 부부

석가모니의 제자들 가급적 다수

우파바나 제자

수바드라 제자

제1장

때 석가모니 성도한 지 몇 년 뒤
곳 인도 마가다국 수도 라자그리하

   마가다국 수도 라자그리하의 성 밖. 천여 명(무대에서는 수십 명 정도로 가하겠음)의 제자를 거느린 석가모니 도착의 기별을 듣고 마가다 국왕 범비사라는 시종들을 데리고 영접을 나온다. 성 밑 빈터에 제자들에 에워싸여 앉아 있다가 왕을 맞아 일어서는 석가모니의 발 아래 왕은 오체투지의 예를 올리고 일어선다.

범비사라 석가모니 부처님. 잘 오시었습니다. 언젠가 제게 약속하신
그대로 결국 부처님이 되신 줄을 저는 벌써부터 잘 들어
알고 있었습니다. 그때 약속하신 대로 진리의 대왕이 되셨

으니, 그때 제가 또 부탁드린 대로 인제는 저를 가르치셔서 부처님의 제자를 삼아 주십시오. 석가모니 부처님, 제가 부처님의 가르치심을 받들게 되면 약속드린 대로 저의 나라 8만 개 마을의 촌장들도 제 뒤를 따라 부처님을 받들어 모실 것이옵니다.

석가모니　(합장의 예로 그를 맞이하며) 안녕하셨습니까? 폐하. 풀밭이 새파라니 좋습니다그려. 어디 같이 좀 앉으십시다. (풀이 아주 좋게 난 자리를 왕에게 권해 앉히고, 풀이 별로 좋지 않게 난 자리에 부처님도 왕을 마주 보고 앉으며 제자들을 둘러보면서) 여러분들 어서 빔비사라 대왕 폐하께 인사를 드리시오.

(부처님의 제자들 모조리 오체투지로 엎드려 대왕에게 무언의 절을 하고 다시 일어서 합장을 한다.)

우루빌바카샤파　(부처님보다도 훨씬 연로한 제자가 나서며) 폐하! 만수무강하시옵니까! 저올습니다. 저 모과나무 수풀에서 5백 명의 제자들을 데불고 불이 목숨의 근원이라고 불을 섬기던 그 카샤파올습니다. 우리들 바라문교의 베다 성경과, 불 섬기는 걸 다 버리고 저의 제자 5백 명과 저의 두 아우의 제자 천 명이 한때에 석가모니 부처님께 돌아왔사옵니다.

빔비사라   (놀라는 표정으로 일어서서 마주 합장하며) 안녕하십니까? 가
            야성 모과 수풀의 카샤파 선생. 내가 선생님을 잊다니요?
            당치 않으신 말씀을…… 나도 역시 선생을 따르던 한 신도
            가 아닙니까? 왕족보다도 더 깨끗한 바라문 족속 중에서
            도 아주 크신 바라문이신 선생을 생각하는 내 존경은 시방
            도 여전합니다. 이리로 같이 앉으시지요. (카샤파를 그의 곁
            에 권해 앉히며 또 부처님의 제자들을 향해) 여러 스님들도 같
            이 앉으십시다.

(그 소리에 부처님의 제자들도 각기 적당히 자리 잡아 앉는다.)

            (다시 카샤파 쪽을 보고) 카샤파 선생의 세 형제분께서 우리
            석가모니 부처님의 제자가 되셨다는 소문도 벌써 다 익히
            들어 잘 알고 있었습니다. (다시 부처님을 향해 웃는 낯을 돌
            리다가 그 앉은 위력에 감동하며) 부처님! 인제 저한테도 가
            르침을 주십시오. (다시 또 한 번 오체투지의 예를 드리고 일
            어서서 합장하고 기다린다.)
석가모니   앉으십시오. 폐하. 들으십시오. 내가 폐하보단 다섯 살을
            더 먹은 손위의 형이지만, 폐하의 나라보단 형편없이 약
            한, 작은 나라의 태자로서 내 작은 나라 일을 걱정하다가
            뛰쳐나와 폐하를 찾았을 때, 폐하는 나더러 폐하의 막강한
            군대를 빌려줄 테니 우리 공통의 적국인 코살라를 같이 쳐

부수자고 하셨지요? 그래서 그때 나는 그건 안 된다고 했었지요? 지금도 나는 마찬가지 생각이오. 그렇게 해서는 한때씩은 이기거나 지거나 하겠지마는 영원을 두고 이기려는 길은 되지 않습니다. 그러니 진심으로 나를 믿는 신도가 되시려거든 내 앞에서는 무기를 접어 두고 사람들을 누구나 다 아끼십시오. 자기 몸 아끼듯, 되도록이면 자기 몸보단 더 아끼십시오. 폐하의 적국이고 또 우리 카필라바스투의 적국이기도 하지만 코살라 사람들도 하나 빠뜨리지 말고 똑같이 아끼십시오. 자기 살같이 아끼십시오. 자기 살붙이보단도 더 아끼십시오. 이것이 제일 중요합니다. 내 권고대로만 하신다면 폐하께서는 끝까지 이기실 것이니, 정말로 제일 잘 이기기를 좋아하는 나도 폐하의 친구일 수가 있겠습니다.

빔비사라 예, 형님. 아니, 말씀이 빗나가서 죄송합니다. 석가모니 부처님! 나는 부처님의 마음이 어느 만큼인지 다는 몰라도 그래도 대강 짐작은 합니다. 내 목숨이 이 땅 위에 살아 있는 한, 부처님의 앞에서라면 무기를 들지 않으리다. 절대로 들지 않으리다. 다음은 또 무엇을 해야 할지 말씀해 주십시오.

석가모니 사람이 참사람 노릇을 하자면 언뜻 보면 간단하고 쉬울 것 같지만 사실은 무척 어려운 것이 또 하나 있소……

빔비사라 (무척 궁금한 듯) 그게 무엇인지요? 어서 말씀해 주십시오.

석가모니 사람이 서로 바로 아끼며 사는 일에는, 마음속으로도 못되지 말고 입으로도 못되지 말고 몸뚱이로도 못되지 말고, 이 세 가지 어느 것도 눈 깜짝 사이도 못되지 말고……

빔비사라 (꼭 어린아이 같은 눈망울이 되어 까막까막하며 한참 동안 침묵하다가)…… 예, 부처님. 그렇게만 할 수 있다면 나 같은 왕 몇억천만 개를 합친 것보단도 더 깨끗하게 그렇게 존엄을 갖춘 사람이 될 수 있겠습니다. 그렇게만 된다면 참 굉장하겠군요, 사람의 값은…… (그의 꼿꼿하던 목이 슬그머니 수그러진다.)

우루빌바카샤파 저도 석가모니 부처님 말씀을 듣다가 제가 하던 짓이 괜한 우자라는 것을 알고 버리고 나섰사옵니다. 돌이켜 생각해 보면, 그렇게 제가 온갖 목숨의 근원이라고 숭상했던 불도 결국 제 감각에나 좋은 우잣거리였다니까요.

빔비사라 우루빌바카샤파 선생. 선생의 말씀이 맞겠습니다. 우자라는 건 왕에게 더 많은 것이지요. 그래서 왕인 나는 선생의 그 활활 타오르는 불을 우자로 좋아했었던 것 같군요. (석가모니 쪽을 향해) 부처님. 그렇지만 말씀하신 대로 마음속과 입과 몸뚱이를 눈 깜짝 사이도 빼지 않고 단속하기란 참 정말로 어렵겠습니다. 부처님. 꼭 그렇게 한다고는 이 자리에서 약속 못 드리겠고, 다만 애써서 노력해 보겠다는 것만 약속해 드리겠습니다. 내 따위로 얼마나 그게 잘될 것인지요? 부처님. 무얼 좀 더 말씀해 주십시오.

석가모니 빔비사라 대왕 폐하. 폐하께서 아직도 가지시는 제일 큰 걱정거리가 있다면 그게 무엇인지요?

빔비사라 많사옵니다. 석가모니 부처님. 맨이옵니다. 사람들은 몰라서 왕이면 마음도 늘 평안한 줄 알지만, 왕일수록이, 왕 노릇 제대로 하려는 왕일수록이 밤잠도 제대로 못 자는 걱정거리는 더 많은 것이라는 걸 왕 노릇 하고 나서부터 차차로 알게 되었습니다. 어떻게 이것을 씻고 평안할 길이 있는 것인지요?

석가모니 마음에 걱정이 생기거든 그 속으로 빠져들어 가지 말고, 그 걱정의 이유가 무엇인가를 잘 살펴서 그것을 없애 버리는 데 마음을 쓰시오. 병을 고치는 의사가 병자의 병을 고치려면 그 병의 이유를 캐어 약을 쓰는 거나 마찬가지 이치요. 그렇게 마음을 쓰는 것도 서투른 의사가 약을 쓰기가 서투른 것처럼 처음부터 잘은 되지 않는 것이지만, 한 번 두 번 열 번 스무 번 이어서 마음 써 가는 동안에는 잘 길들게 되는 것이오. 그렇게 그게 잘되면 병 나은 사람이 좋은 건강으로 사는 것이 즐겁듯이 그 걱정 없는 마음속에 진리는 달가움게 자리를 잡을 수 있는 것이지요. 그렇게 마음먹고 해 보도록 하시오.

빔비사라 역시 부처님 말씀이 세상의 딱딱한 어느 학자들의 이론보단도 알기 쉽고 또 저한테 잘 들어맞습니다. 부처님, 꼭 그렇게 마음속으로 애써 길들여 가도록 노력하겠습니다.

석가모니 노력이라 하시니 무슨 쓰거운 약이나 권해 드린 것 같군
요. 점점 갈수록 달가웁기만 할 일이니 쓰거웁게 생각할
건 없을 것이오. 폐하. 나는 내가 말하면 바로 알아들으시
는 폐하의 이해력을 믿소. 내가 생겨난 쬐그만 나라 카필
라바스투도, 악착같이 거센 나라 코살라도, 이 하늘 밑에
어느 나라도, 폐하의 잘 통하시는 이해력으로 사람들이 평
화 속에 서로 아끼고 살게 해 주십시오. 싸움이 생기게 해
서는 아니 됩니다.

빔비사라 석가모니 부처님. 부처님의 말씀은 말씀하실수록 제게 사
람값을 더 찾게 하십니다. 제 말씀을 들어 보십시오. 제가
아직 왕이 아니고 왕태자였을 때 제게는 다섯 가지 큰 소
원이 있었습니다. 첫째는 제가 좋은 왕이 되는 일이었고,
둘째는 우리나라에도 언젠가는 성인이신 부처님이 나오
시기를 바라는 일이었고, 셋째는 제가 몸소 그 부처님을
모시고 섬겨 보고 싶은 일이었고, 넷째는 부처님의 가르치
심을 제 귀로 잘 들어 보고 싶은 일이었고, 다섯째는 그 부
처님의 가르치심을 따라 저도 그와 같이 깨달아 보고 싶은
일이었습니다. 그런데 오늘 이 자리에서 저는 저의 왕태자
시절의 그 다섯 가지 소원을 다 이루었습니다. 인제부터는
저를 부처님의 한 신도로 받아들여 주시옵시오. (엎드려 오
체투지의 예를 올리고 일어서서 합장하며) 지금부터 저와 저
의 나라 8만 개 마을의 촌장은 석가모니 부처님의 가르치

심을 따를 것이고, 만일 싫지 않으시다면 지금 바로 부처님과 부처님의 제자들이 거처하실 좋은 대수풀도 하나 드리겠습니다.

(석가모니 부처님의 빙그레한 미소를 각광이 비추며 어두워진다.)

제2장

때 석가모니 속수俗壽 40여 세 때

곳 바이샬리국 수도 바이샬리 교외

마하바나 수풀 속 정사精舍의 뜰. 밝아지면 정자 안의 청마루에 제자들에게 에워싸여 석가모니 부처님 선정禪定에서 풀린 쉬는 자세로 앉아 있다.

마하카샤파 부처님. 오늘은 날이 참 좋사옵니다. 이렇게 맑고 좋은
날이면 어떻게 사는 것이 제일 좋은 것인지 말씀해 주시옵
시오.

(석가모니, 아무 대답도 하지 않고 그의 옆에 있는 꽃병에 꽂힌 연꽃 쪽으

로 얼굴을 가만히 돌려 빙그레 웃으면서 한 송이를 손가락 끝으로 살살 어루만지고만 있다. 각광에 비치는 그 찬란하고 한정 없이 기쁜 조용한 미소가 강한 인상으로 관객의 눈에 배어든다. 부처님의 침묵 속의 마음이 하늘에 메아리를 이루면 하늘의 소리로 울려온다.)

하늘의 소리   암. 하늘이 끝없이 맑고 마음이 끝없이 맑은 날은 무엇보단 먼저 꽃다워야지. 악보단도 선보단도 더 좋은 이 모양으로 꽃다워야지. 꽃은 아직 악에도 선에도 물들지 않은 훨씬 더 청정하고 황홀한 목숨이다. 하늘이 더없이 맑고 마음도 또 그러하거든 꽃다움거라. 이것은 아직 차마 말도 아니 된, 더없이 더없이 황홀한 것이다.

(마하카샤파 역시 아무 말도 없이 부처님의 그 미소를 받아 자기 마음과 얼굴에 옮겨 빙그레 황홀하게 웃는다. 각광 거기 비춰 마하카샤파의 얼굴의 미소도 인상적으로 관객의 눈에 들게 한다.)

하늘의 소리   이렇게 맑아서 이렇게 고요히 내 마음이 네 마음속으로 이어 가고, 네 마음이 또 누구의 마음에 이어 가고 하여 한정 없었으면 오죽이나 좋겠느냐? 꽃은 우리더러 이런 본목숨을 알라고 상징으로 해마다 또 피고 또 피고 하는 것이다.

(이때 밖에서 한 사미승이 청마루로 들어선다.)

사미승   밖에 웬 할머니 일행이 오시어서 부처님을 뵙게 해 달라고
        하십니다.
석가모니 (옆에 있던 제자이고 손아래 처남인 아난다를 보고) 아난다야,
        네가 나가 보아라.

(아난다와 사미승 퇴장. 아난다는 석가모니의 계모이며 이모인 마하프라
자파티 왕태후를 모시고 등장한다. 삭발한 왕태후가 손에 보자기를 들고
있다. 좀 놀란 낯으로 일어서서 영접하는 석가모니 부처님과 그의 뒤를 따
라 일어서는 제자들. 왕태후의 얼굴이 가느다랗게 떨리며 두 눈에서 눈물
이 스며 흐른다.)

마하프라자파티   아들아. 너는 따라오지 말라고 했지만, 아무래도 못
        견디겠어서 아주 머리를 깎고 또 찾아왔다. 이번에는 가라
        고 하지 마라. (고개 숙여 흐느낀다.)
석가모니 어머님. 앉으셔서 절 받으시지요. (제자들을 획 한 바퀴 둘러
        보며) 내 어머님이시니 너희들도 나 따라서 절들을 해라.
        오 참, 내 자식 라훌라하고, 내 아우 난다하고, 내 처남 아
        난다하고, 그 밖에 내 일가친척이 되는 사람들은 따로 내
        곁으로 함께 와서 왕태후 폐하께 절을 드리도록 해라.

(그 말씀에 라훌라를 비롯한 석가모니의 일가친척 출신자들 5, 6인 부처님 옆으로 줄지어 모여 선다. 왕태후는 자리에 앉고, 부처님과 일동은 그네에게 오체투지의 절을 올린 뒤 각기 그 자리에 앉는다.)

마하프라자파티 (자리에서 다시 일어나 오체투지로 부처님을 예배하고 앉으며) 부처님! 인제는 이 늙은 어미더러 가라고 하시지는 않으시겠지요? 부처님이 아조 어리셨을 적에 내 친언니였던 부처님의 어머님 마야 왕후 폐하께서는 돌아가시고, 내가 그 뒷자리를 맡은 뒤 줄곧 이어서 그래도 정성껏은 부처님을 길러 온 이 에미입니다. 내 남편 슈도다나 선왕 폐하께서 돌아가셨을 때 국장의 상주로 부처님은 고향 카필라바스투로 오셨지만 장례가 끝난 뒤 이 에미가 그렇게도 간절히 여승이 되겠다고 소원하는 것을 부처님은 들어주시지 않으셨습니다. 여자는 중노릇하기엔 약하고 모자란다고 끝까지 들어주시질 않았습니다. 그래 이번엔 이렇게 (자신의 깎은 머리를 손을 들어 가리킨다.) 머리까지 아조 깎고 왔으니 제발 그냥 가라고는 마십시오. 내 아들들은 부처님과 난다까지 둘이 다 여기 중이 되어 있고, 가라고 하셔도 인제는 마음 붙여 갈 곳도 없습니다. 내 단 하나뿐인 손자 라훌라까지도 다 여기 있구요…… (옆에 놓아두었던 보자기의 묶은 매듭을 끌러, 그 속에서 금실로 수놓은 가사 한 벌을 꺼내서 부처님 앞에 가져다 놓는다.) 이것은 이 늙은 어미가 손수 수도 놓고. 바느질해서 꿰맨 것이니 마다고 마시고 입어 주옵시오. 부처님.

석가모니　(잠시 눈을 지그시 감고 깊은 명상에 잠기다가 슬며시 눈을 뜨며) 어머님. 우리나라 새 왕은 어찌 정치나 제대로 꾸려 갑니까?

마하프라자파티　예, 부처님. 코살라 나라의 성화에 여전히 부대끼기는 하지만 그래도 그대로 곧잘 꾸려 가긴 합니다. 마음 놓읍시오.

석가모니　그게 어디 마음이 놓일 수 있는 일이라야지요. 어머님. 늙으신 어머님이 손수 지어 주신 이 아름다운 가사는 아들인 제가 입는 것이 자식 된 도리기는 하지만, 사람이 한번 중이 되면 그런 사사로운 모자의 정으로는 무슨 일을 하는 것이 아닙니다. 그러니 이것은 어머님의 아들 저한테 주시는 것이 아니라 우리 많은 중의 모임에 주신 걸로 하겠습니다. (왼쪽 끝에 앉아 있는 젊은 중 하나를 눈여겨 돌아보며) 마이트레야(미륵)야. 일루 내 앞으로 와서 이걸 받아다가 네가 입어라. 내가 이것을 너보단도 더 훌륭한 여러 큰 중들을 다 놓아두고, 가리고 가려서 너한테 주는 것은 너도 부처님이 꼭 한 번 돼야만 하겠기 때문이다. 내 몸이 이 세상을 뜬 뒤, 오랜 세월이 지나면 너도 언젠가 한번 이 어려운 땅에 부처님이 돼야 하지 않겠느냐?

마이트레야　(부처님 앞으로 나와 웃는 낯으로 그 가사를 집어 입고 나서 오체투지한 뒤 거기 부처님과 마주 앉으며) 오랜 뒤라 하시니 그건 언제쯤이옵니까? 이 몸이 이 땅에 살아 있을 동안에 될 일이옵니까?

석가모니 네 한 몸이 있고 없고 하는 것이 그게 무슨 큰일이냐? 네 정신이 훌륭해서 영원히 떳떳하게 살아남는 것이 큰일이지. 마이트레야야. 네가 이 어려운 땅에서 부처님 노릇을 하는 것이 56억 7천만 년쯤 뒤라면 또 어떠냐? 아직 그때까지는 그게 잘 안 된다면, 그렇다고 너는 바른 사람— 부처님 되는 노력을 중간에 작파해 버리고 말겠느냐? 그 56억 7천만 년의 56억 7천만 갑절의 세월이 걸리더라도 우리 중들은 바른 참사람—부처님이 되려는 노력을 작파해서도 안 되고, 쉬어서도 안 된다. 마이트레야야. 너는 아직도 헛욕심도 있으니, 아직 네 마음으로는 하늘을 간대도 도솔천의 하늘이나 그런 언저리겠지. 그렇지만 우리 사람값이 겨우 그거여서야 쓰겠느냐? 한 56억 7천만 년쯤을 노력할 작정으로 내 어머님이 주시는 그 아름다운 가사를 입고 힘쓰도록 해라. 반듯한 사람이 되기 위해서 지켜야 할 계율 다 잘 지키고 마음이나 말이나 하는 짓이나 늘 허투루 흐르지 않게 하고, 언제 어디서도 어긋나지 않는 바른 이해력을 늘 갖도록 하고…… 그러면 언젠가는 너도 이 하늘땅과 영원 속의 가장 큰 스승—부처님이 반드시 되고 말 것이다.

(이때 부처님의 오른편 바로 옆에 앉아 있던 제자 마하카샤파가 부처님 앞으로 나와 오체투지의 예를 올린 다음 마이트레야 옆에 부처님을 마주해 앉는다.)

마하카샤파 부처님. 제가 입고 있는 이 제일 남루한 가사와 장삼은 부처님께서 오래 두고 입으시던 것입니다. 그러니 여기 (손으로 그의 옆의 마이트레야를 가리키며) 이 마이트레야가 56억 7천만 년쯤 뒤에 부처님이 되시어서 이 땅 위의 목숨들을 가르치러 나오신다면, 그때 마이트레야 부처님께서 먼저 갈아입으셔야 할 것은 석가모니 부처님께서 몸소 입으셨던 바로 이 (자기가 입은 남루한 가사와 장삼을 손으로 가리키며) 옷들이래야 않겠나이까? 그럼 저는 이걸 전해 줄 그때를 위해서 어떻게 있었으면 되겠는지요? 부처님. 저는 부처님의 육신이 이 세상을 뜨신 뒤면 부처님 대신 여기 이 스님들을 이끌고 부처님의 하시던 일을 이어 가겠지만, 제 몸도 이 세상을 뜰 때가 오면 저 영특한 산─영취산에 올라가 바위 문을 열고 바위 속으로 들어갈까 하옵니다. 그 속에서 기다리옵지요. 석가모니 부처님이 몸소 오래 입으셨던 이 누덕누덕 기운 가사 장삼을 지니고, 이걸 다음에 오실 마이트레야 부처님께 바쳐 드리기 위해서요. 제 마음의 힘이라면 기다리지요. 56억 7천만 년이라도 단 하루같이요.

석가모니   장하다. 장하다. 우리 카샤파야. 너는 참 장한 사내로구나.
(마이트레야를 보며) 마이트레야야. 너도 우리 마하카샤파
스님을 부지런히 따라야겠다. (방 안의 제자들을 쭈욱 둘러
보며) 내 몸이 이 세상을 뜨거든 너희들은 두루 마하카샤
파 스님을 나 섬기듯 섬겨라. 그럼 두고두고 우리는 늘어
나지 줄지는 않을 것이다. (어머니 쪽을 보며) 어머님. 우리
가 언제 어느 때라고 망할 것 같습니까? 언제고 어느 때고
망하지 않습니다. 그래서 어머님과 저의 나라 카필라바스
투는 망하지 않고, 우리하고 마음을 같이하는 나라는 다
살아날 것입니다. 한동안은 곤란해도 또 살아날 것입니다.

마하프라자파티   (또 흐느낀다.) 그래 너를 찾아온 것 아니냐. 아이고,
이 노망 봐라. 내 아들이 부처님이신 것도 깜박 잊고……
부처님. 그래서 이 늙은 것이 이렇게 못 잊어 또 왔사옵니
다. (두 팔을 허공에 벌리며) 라훌라야! 내 손자 라훌라야!
이 할미 앞에 잠시만이라도 가까이 좀 오너라, 보자.

라훌라   (할머니 앞으로 달려 나가 흐느끼며 그 품에 안긴다.) 할머니!
나야. 나야. 울지 마, 할머니!

석가모니   (또 감았던 눈을 떠서 제자들을 주욱 돌아다보며) 어떻게 했으
면 좋을까? 여자한테도 중노릇을 허락해서 우리하고 같이
지낼까? 아니면 여태껏 해 오던 대로 못 하게 할까? 여자
는 사내보단 약하고 부질없어서, 중노릇은 사내만은 못할
것이다마는 어떻게 할까? 너희들 생각을 말해 봐라.

마하카샤파   여자더러 전연 가까이 오지 말라고 하는 것은 오라고 하
기보단 더 어려운 일인 줄 아옵니다. 사람들의 세상엔 여
자도 빠질 수 없는 것이오니 여기도 세상이라면 같이 있으
면서 견디어 봐야만 되겠습니다.

제자 일동   예. 예. 마하카샤파 말씀이 맞습니다.

석가모니   그럼 너희들의 생각을 받아들이고 또 내 생각을 받아들여
서 인제부터는 사내들만의 중노릇 외에 여자들의 중노릇
도 받아들이기로 한다. 내 어머님은 여자 중으론 맨 처음
의 중이 되는 것이고, 또 앞으로 한동안 그 여자 중들의 우
두머리가 될 것이다.

마하프라자파티   (낯에 그득한 기쁨의 미소 속에 손자 라훌라를 쓰다듬고
있다가 일어서서 오체투지로 엎드리며) 참, 고맙기도 하셔라.
부처님……

(석가모니, 일어서서 나아가 마하프라자파티를 부축해 모셔 앉게 하는 속
에 어두워진다.)

제3장

때 석가모니의 만년

곳 코살라국에서 석가모니의 조국 카필라바스투로 가는 대로변

밝아지면 높은 산맥을 배경으로 무대 중앙에 몇 그루의 큰 고목나무 아래 무얼 기다리는 듯 혼자 서 있는 늙으신 석가모니 부처님. 이윽고 군대가 진군하는 나팔 소리, 북소리와 함께 왁자지껄한 소리 들려오며 몇몇 선봉대를 앞으로 수레를 탄 코살라 국왕 비루다카가 나타난다.

비루다카 (석가모니의 옆까지 오자 수레에서 내리어 그 앞에 오체투지의 예로 엎드리고 일어서며) 석가모니 부처님. 짐은 먼발치에서도 곧바로 부처님이 여기 계시는 걸 보았습니다. 저의

코살라 왕가도 부족한 대로나마 석가모니 부처님을 꽤 오래 숭상해 왔었지요. 그런데 이게 웬일이시옵니까? 이 외로운 고목나무 아래 이 호젓한 곳에 홀로 서 계시니?

석가모니 (합장하며) 여기쯤이면 비루다카 폐하를 만나 뵈올 수 있을 것 같아서 미리 기다리고 있었습니다.

비루다카 짐을 만나시려면 짐의 궁으로 오실 것이지…… 하필이면 이 외진 곳에서요?

석가모니 폐하께서 지금 내 생겨난 나라 카필라바스투를 치러 가시는 길인 줄을 나는 잘 알고 있습니다. 그만두시지요. 사람의 큰 힘은 싸우는 것이 아니라, 서로 아끼는 데 있는 것이니까요.

비루다카 부처님의 생각은 부처님의 생각대로 맞습니다. 그렇지만 싸움은 세상에 늘 있어 온 것이고, 안 싸울 수 없으면 싸워야 하는 것이고, 싸우면 또 이겨야 하는 것이어서, 우리는 지금 이기려고 가는 길인데요.

석가모니 항시 싸워서 이길 수만도 없는 것이니, 언젠가는 또 질 수도 있는 것입니다. 그러지 마시고 우리 서로 목숨들을 아껴서 사는, 훨씬 더 큰 힘을 가져 봅시다.

비루다카 저는 부처님이 아니고 일개 국왕이라 그렇게는 못 합니다. 비켜 가시고, 그런 말씀은 뒤에 한가할 때 하십시다.

석가모니 (또박또박 좀 큰 소리로) 못 가시오! 더 진군해 가시려거든 이 석가모니의 목을 먼저 치고 가시오!

(석가모니, 길 한복판으로 나가 두 팔을 벌리고 막아선다. 그 마음의 광채가 두 눈과 얼굴과 몸에서 뻗쳐 나와서 사방을 눈부시게 비치어, 왕의 군졸들은 칼을 빼러 가던 손들로 두 눈들을 비비기 시작한다. 군졸의 많은 수는 비비던 눈을 떠 부처님의 빛을 다시 보고 놀라며 땅에 엎드린다.)

비루다카   비키시오! 비키시오! 정말로 안 비키시면 칼을 뽑겠소! 아무리 딩신 부처님의 마음이 우리 인도 전부를 다 차지했대도 우리 진군까지를 막을 권리는 없소!

(비루다카, 칼을 빼어 들고 부처님에게 대들어 치려 한다. 그러나 자기도 모르는 사이 그의 칼 쥔 손은 와르르 떨리며 쥔 칼이 땅에 떨어져 뎅그랑 소리를 낸다.)

석가모니   마가다 나라는 폐하의 코살라보단도 더 세지만 나한테 이렇게는 하지 못했습니다. 변변치 못한 사람들이 그렇듯이 나라들도 흥하면 또 망하기도 하는 것입니다. 우리는 흥했다 망했다 그러지 말고, 서로 늘 사람들을 아껴서 언제까지나 흥하도록만 한번 해 봅시다그려.

(부처님의 눈과 낯과 몸에선 점점 더해지는 광채. 그 광채 속에 코살라 국왕 일행의 진군은 비척거리며 머뭇머뭇 뒷걸음질 쳐 물러나간다. 무대 어두워지다가 깜깜해지기 한 1분간쯤.)

(무대 다시 밝아지자 고목나무들 아래 석가모니 또 여전히 서 있다. 또 나팔 소리와 북소리에 진군의 떠들썩한 소리 들리며 코살라 국왕과 그의 군대, 이번엔 왕이 맨 앞에 나타난다. 석가모니를 보자 수레 속의 국왕 또 할 수 없이 수레에서 내린다. 이것은 부처님 신분자 앞에선 지켜야 하는 고대 인도의 통례이다.)

석가모니   (또 길 한복판에 가 두 팔을 벌리고 막아서며) 못 가십니다. 비루다카 폐하! 내가 생겨난 나라 카필라바스투가 작기는 작지만 겨자씨같이 맵긴 매울 수도 있고, 제아무리 히말라야 산같이 큰 것이라도 생각이 모자라면 겨자씨 한 알 속에 마음을 심어야 하기도 하는 겁니다. 물러가시오. 아니면 내 몸을 찌르고 가시오! 마가다 나라는 폐하의 나라보단 더 세지만 나한테 이렇게는 하지 못했습니다. 우리 카필라바스투가 지금 폐하의 손에 잠시 망한대도 언젠가는 또 살아납니다.

(이 말들이 끝나자 여전히 그의 마음의 힘에서 나오는 빛들이 눈과 낯과 온몸에서 쏟려 퍼지어 국왕과 그의 군졸들을 현혹게 한다.)

비루다카   (눈부신 빛에 눈을 비비며) 석가모니 부처님. 당신이 어렸을 때 언젠가 우리나라에 오시어 우리 아버님을 말씀으로 골탕 먹였다는 이야기를 들었습니다. 말씀만이 제일강산은 아닐 테니까 우리 둘이 한바탕 무력으로 실컷 싸워 봅시다. 부처님이 이기시면 내가 물러가겠고 부처님이 지시면 아조 비키시지요. (자기 칼을 뽑아 석가모니의 손에 쥐여 주고, 자기는 자기 부하 중의 한 장사의 칼을 뽑아서 든다.) 자! 어서 덤벼 보시오!

석가모니 (자신의 손에 옮겨진 칼을 가벼이 코살라 국왕의 앞에 내어던진다.) 그냥 나를 찌르시오! 그쪽이 훨씬 편할 것이니……
(눈 감고 합장하고 땅바닥에 좌정한다.)

(석가모니의 마음의 빛이 한층 더 거세게 발산하여 코살라 국왕의 무리들은 눈을 못 뜨고 비척거리며 또다시 뒷걸음쳐 물러난다. 또다시 무대 어두컴컴하다가 아주 캄캄해지기 1분간쯤.)

(밝은 뒤에 보니 고목나무들 아래 석가모니는 여전히 서 있다. 이어 또 나타나는 나팔 소리, 북소리, 어수선한 소리 속에 코살라 국왕과 그의 군대가 진군하고 있다.)

비루다카 (석가모니 옆을 수레를 탄 채 지나면서 그 속에서) 미안합니다. 석가모니 부처님. 당신네 나라가 망하면 짐은 우선 그걸 차지해야 하는 것이지요. 능력이 있으시다면 언제든지 당신도 또 짐의 나라를 차지할 수 있고…… 마가다가 우리보단 세니까 어디 짜고 한번 잘해 보시지. 우리가 잘못해서 지면 그때엔 또 엎드리어 조공이라도 바칠 수밖에⋯⋯

(말을 멎기가 바쁘게 그와 그들의 군대 번개처럼 지나쳐 가 버린다.)

석가모니   (고목나무들 아래 홀로 남아 서서) 내 고향 나라 카필라바스
          투야. 너는 오늘 망할 인연이 있어 망할 것이다마는 때가
          오면 또 흥할 것이다. 내 고향 땅 카필라바스투야. 사람들
          은 네 한동안만을 생각지만 나는 네 영원을 생각한다. 내
          나라야. 너는 한때 망하는 걸 견디어 영원에서 또 살고 살
          아 나가거라.

(어두워진다.)

제4장

때   석가모니 부처님 여든 살 때
곳   파바국 수도 교외 철공 춘다의 집

무대 우측에 간소한 대장간이 꾸며져서, 거기서 중년의 주인 춘다
는 도끼와 낫, 식도 같은 것들을 다루어 만들고 있고, 무대 좌측에는
역시 허술한 오막살이 살림집. 거기 춘다의 중년의 아내 혼자서 남
루한 꼴로 툇마루에 걸터앉아 있다. 배경은 울타리 너머 짙은 수풀.

춘다   (다루고 있던 도끼날을 손에 잡아 보며 혼잣말로) 제기랄 것!
        바로 벼락이라도 한번 떨어져야지 세상이 답답해서 어디
        살겠나? 가만있자, 석가모니라던가 뭐라던가 하는 도인
        이 우리나라에 들어와서 밥을 빌어먹으며 설교를 하고 다

닌다는 소문인데, 그런 도인이라도 한번 찾아들어 보든지. 제기랄 것! 그런데 여보! (아내 있는 쪽을 바라보며) 석가모니 부처님은 올해 여든 살인데 병이 날 줄도 늙을 줄도 모른다는데 그게 정말일까? 사람들마다 모두 그렇게 말하니 아마 정말이겠지? 세상에선 역시 한번 해 볼 만한 건 부처님 노릇뿐인 거라. 그런데 정말로 병나는 일도 죽는 일도 없을까? 정말 그런 것을 내 눈으로 확실히 볼 수만 있다면 나도 제깍 따라서 중노릇이나 떠나고 말겠다.

춘다의 아내   (두 눈으로 흘기며) 임자만 그 생각인 줄 아슈? 임자보단 내가 먼저 따라가겠쉬다. 석가모니 부처님은 여자 중들도 거느리고 지내시고, 자그만치 왕태후 폐하인 그 어머니까지도 중을 만들었다는데, 따라다니면 어련히 좋겠쉬까?

춘다   여보, 농담이 아니라 정말 내기해 볼까? 만일에 혹시 지금이라도 당장 우리 집을 석가모니 부처님이 찾아드신다면 독약이나 한번 먹여 볼까? 아조 죽지는 않을 만큼 말이오. 정말로 그걸 먹고도 아무렇지도 않다면 이깟 놈의 것이 고생하고 살 건 무엇이오. 우리 둘 사이엔 아이 하나도 아직은 없것다, 아조 둘 다 따라서 중노릇이나 가서 팔자 한번 편해 봅시다그려.

춘다의 아내   (구미가 바짝 당기는 듯) 그런데 그 독약은 또 어디에? 독약이 있기로소니, 꼭 죽지는 않고, 앓기만 하게 먹이는 재주는 또 어디 있고?

춘다   (낄낄거리고 웃으며) 저런, 저런 멍추 봤나? 왜 저 전단나무
       버섯 있지 않어? 달여 약으로 마시는 그 버섯 말씀야. 많이
       마시면 죽는 것이지만, 적당히만 마시면 한동안 되게 앓기
       는 하지만 죽지는 않는 것 말야. 어때? 만일에 우리 집에
       끼니를 빌러 오신다면 한번 시험해 봅시다그려. 정말로 앓
       지도 않는지 어떤지?

춘다의 아내 (벌떡 자리에서 일어서며 반겨 찬성한다.) 야! 임자 머리는
       정말 참 부처님감이오! 그럽시다. 그럽시다. 그거야 한번
       시험해 봐서 나쁠 게 있겠소 어디? 그 버섯이면 우리 집에
       도 약으로 쓰려고 좀 말려 둔 게 있으니, 그것 참 안성맞춤
       이구랴!

석가모니 (마침 무대 좌측 출입구 언저리에 등장하여 목탁을 두드리며 진
       언을 읊조린다.) 정구업진언 수리수리 마하수리 수수리 사
       바하. 수리수리 마하수리 수수리 사바하. 수리수리 마하수
       리 수수리 사바하. 오방내외안위제신진언 나무 사만다 못
       다남 옴 도로도로 지미 사바하. 나무 사만다 못다남 옴 도
       로도로 지미 사바하. 나무 사만다 못다남 옴 도로도로 지
       미 사바하……

춘다의 아내 (눈을 휘둥그렇게 뜨고 맞이해 나가 석가모니 부처님 앞에
       다가선다.) 스님이 석가모니 부처님이 아니신지요, 호옥?

(석가모니, 말은 없이 고개만 두어 번 가벼이 끄덕인다. 이걸 보고 있던 춘

다도 반겨 뛰어나와서 그의 아내 옆에 선다.)

춘다   부처님. 석가모니 부처님. 그렇잖아도 부처님을 한 번 뵙
기가 자나 깨나 소원이어서 우리나라에 오셨다는 말씀을
듣고 혹시나 하여 나날이 두 눈이 빠지게 기다리고 있었사
와요. 여보…… (아내의 옆구리를 손으로 찌른다.) 어서 부처
님께 절해 모셔요.

(부부, 오체투지하여 부처님을 예배하고 일어서서 그 집의 마루 위로 공손
히 모신다.)

석가모니   (그들이 새로 깔아 권하는 돗자리에 앉아 두 눈을 지그시 감으
며) 무엇 죄끔만 요기하면 돼요. (얼굴과 몸에서 빛이 발산한
다.)

(춘다의 아내가 먹을 것을 만들 동안 춘다는 마룻가에 걸터앉아 쭈그리고
있다.)

춘다   (끝내 참지 못하여 혀를 놀린다.) 어떻게 다 우리 집까지를 오
셨는지요. 집이 누추해서 무척 황송하와요.
석가모니   (두 눈을 감은 채) 인연이지요. 누추하니까 더 가까운 인연
이지요.

춘다   부처님께서는 병도 안 나시고, 늙지도 않으시고, 또 이 세
       상에서 돌아가시지도 않습지요?

석가모니 (여전한 표정으로) 암, 그렇고말고…… 마음이 그러니 그럴
       수밖에……

춘다   (가책을 받는 듯 부르르 떤다.) 저…… 저저…… 저저……
       저…… 부처님은 으레 그러시겠습지요마는…… 저 같은
       사람은 몸이 한번 죽으면 마음도 깜빡 꿩 구워 먹은 자리
       로 무엇이든 다 잊어버리고 말 것인뎁쇼.

석가모니 (여전한 표정으로) 꿩 구워 먹은 자리도 잊는다고 생각하는
       사람은 잊지만, 꿩 안 구워 먹은 자리도 안 잊는다고 생각
       하는 사람은 잊을 수 없지. 당신도 그 꿩 안 구워 먹은 자리
       로 해 보시오.

(춘다의 아내, 상을 차려 가지고 와서 부처님 앞에 놓는다.)

춘다의 아내   (속이 좀 저린 소리로) 반찬은…… 반찬은…… 없지만 많
       이 듭시와요. 부처님……

석가모니 (그걸 받아 대강 먹고 마시고 나서 좀 있다가 상을 약간 찌푸리
       더니, 입에서 피를 토하여 옷을 적신다. 놀라는 기색은 전연 없
       다.) 이게 무엇 때문이지?

춘다 부부   (어쩔 바를 모르고 쩔쩔매며 입을 가지런히) 아이고, 이를 어
       째? 이를 어째? 이를 어째?……

춘다의 아내   그 국에 전단나무 버섯을 좋은 약으로 넣는다는 게 정도
          가 조끔 지나쳤는가 봐요. 아이고, 부처님. 살려 주십시오.
          이럴 생각이 아니었사와요. 전연!

석가모니   (두 눈을 번쩍 뜨니 빛이 반짝하고 길게 뻗쳐 나온다.) 이럴 생
          각이었더라도 나한테니까 괜찮소. 귀신이더라도 목숨에
          한정은 있으니 죽기도 하지만, 나는 죽으려고 생긴 사람이
          아니니…… 아무 염려 마시오. 석가모니는 거짓말을 안 하
          니…… (그대로 목탁을 들고 일어서 나간다.)

춘다 부부   (부처님 앞을 막아 엎드려 그 발부리에 매달리며 나란히 울부짖
          는다.) 어디로 그냥 가시옵사와요? 저희도 그 버섯국을 마
          시겠나이다! 마시겠나이다! 마시겠나이다! 저희들도 둘
          다 데불고 가시옵소서. 부처님 제자를 삼아 주옵소서. 삼
          아 주옵소서…… (둘은 흑흑 느끼어 운다.)

석가모니   괜찮다. 이까짓 육신의 목숨이 참목숨이겠느냐? 괜찮다.
          춘다야. 춘다의 아내야. 내 마음 뒤를 정말로 따를 생각이
          거든 따라오너라.

춘다   (바로 그 자리에서 아내와 손을 잡고 부처님 뒤를 따른다.) 어
          디로 가시려 하시옵나이까?

석가모니   망해 없어진 내 고향 나라 카필라바스투를 한번 둘러보고
          싶어 나섰던 길인데, 인젠 얼마나 더 갈 수 있을는지는 모
          르겠구나. 그렇지만 내 몸이 가다가 더 못 가거든 너희들
          이 내 마음을 받아 가지고 가면 될 것 아니냐? 내 망한 고

향 나라 사람들이 다시 살려 일어나거든 그때는 너희도 도와주어라. 춘다야. 춘다 아내야. 잘 마음 내서 나섰다. 참 장하다. 인제부터는 너희들의 마음도 언제까지고 죽는 일은 영 없을 것이다.

아난다   (좌측 출입구에서 등장하여, 마침 나가고 있는 부처님과 춘다 부부와 마주쳐 부처님과 합장한다.) 저는 딴 집을 다녀 나와 수풀 속에서 부처님을 기다리다가 오래 나오시지 않기에 염려되어 찾아왔습니다. (부처님 옷에 묻은 피 흔적을 발견하고 손으로 가리키며) 아니, 그런데 이 피는 웬 피이옵니까? 네, 부처님!

석가모니   (춘다 부부가 부들부들 떨고 있는 것을 눈여겨보며) 아무것도 아니니, 더 묻지 말고, 어서 갈 길이나 가자. 아난다야, (춘다 부부를 손가락질해 가리키며) 여기 네 친구를 두 사람 또 얻었다. 인제부터는 우리 일행들이니 늘 많이 도와주어라. 그런데 우리 다른 일행들은 끼니나 제대로 차지가 갔을까? 흉년이라, 하루 한때의 끼니를 빌기도 마음이 어쩐지 언짢아서 못하겠구나.

아난다   부처님께서 앞서 말씀하신 대로 쿠시나가라 나라 서울 밖의 사라나무 수풀에서 모두 모여 다시 만나기로 했습니다. 어서 가시어요.

(일동 퇴장하며 어두워진다.)

제5장

때 며칠 뒤의 황혼

곳 쿠시나가라국 수도 교외의 사라나무 수풀 속의 공지

밝아지면 석가모니보다 일찍 도착한 제자들, 여기저기 흩어져 앉거나 서 있다. 제자 아난다와 춘다 부부에게 부축되어 등장하는 80세의 석가모니 부처님은 많이 피곤해 있다. 춘다 부부는 그사이에 벌써 승 차림이 되어 있다. 부처님을 보고 깜짝 반겨 모조리 오체투지하고 일어서는 수풀 속의 제자들.

석가모니 (제자들을 둘러보며) 모두 어디 적당히 앉으시오. (춘다를 보며) 춘다야. 오늘 여기 이 자리에 오니 너를 좀 더 가까이해 보고 싶다. 내가 맨땅에 앉을 때에는 누구나 옆에 가까이

있는 제자가 웃옷을 벗어 네 쪽으로 접어서 땅에 깔기로 되어 있는 규칙이 있다. 그러니 지금은 네 것을 벗어서 한 번 그렇게 해 봐라. 그렇지만 너는 여기 처음이니 우리 스님들에게 먼저 인사를 드려야지. (대중을 향해) 이 춘다 부부는 파바 땅 교외에서 나하고 마음이 맞게 된 우리 친구요. 잘 인도해 가르쳐 주고 도와주시오.

춘다 부부 (무언으로 스님들에게 오제투지의 베례를 하고 일어서서, 웃옷을 벗어 네 겹으로 접어서 부처님께 깔아 드린다.) 부처님. 여기 저희 내외의 마음도 같이 접혀 깔리옵니다.

석가모니 (옛비슷이 옆으로 비껴 누우며) 육신이란 참 하잘 나위 없는 것이다. 나도 이렇게 구부러지기도 하니…… 춘다 내외야. 아난다야. 내 몸은 오늘 밤 안으로 이 세상을 뜰 생각이다. 밤 12시쯤부터는 내 몸은 죽고 순 마음만으로 너희들하고 같이 남으려 한다.

(아난다와 춘다 부부, 참지 못하고 아무 말도 없이 고개 숙여 흐느낀다.)

석가모니 (깔고 있던 춘다의 웃옷을 꺼내 춘다에게 도로 주며) 자, 춘다야. 인젠 그만하면 되었다. 네 웃옷 도로 받아 입어라. (아난다를 향해) 인제는 아난다 네 것을 벗어 내 등 밑에 깔고, 나를 부축해서 북쪽으로 머리를 향하게 좀 눕게 해 다오. 여기서 과히 멀지 않은 북쪽에 망한 우리 고향 나라 카필라바스투가 있지 않느냐? 아난다야, 나도 이 땅에서 이 몸을 타고나기는 그곳에서였으니, 마지막 이 머리는 그리로 향하고 가는 게 옳지 않겠느냐?

(춘다는 웃옷을 부처님에게서 받아 입고, 아난다는 웃옷을 벗어, 많이 흐느끼며 새로 부처님 밑에 깔아 드린다.)

아난다야. 울지 마라. 오랫동안 너는 나를 잘 도와주었다. 한정 없는 정신의 목숨, 늘 남을 잘 아끼고 도울 줄밖에 모르는 정신의 목숨, 늘 보람 있으려고 하고, 더럽혀지거나 헛갈리지 않고, 그러니 할 것도 전연 없는 정신의 목숨, 몸으로도 입으로도 마음속으로도 늘 이렇게 잘되어만 가려는 정신의 목숨, 이 바른 목숨의 바른길을 너는 오랫동안 잘 섬겨 왔다. 내 몸이 간 뒤에도 늘 게으르지 말고 힘써라. 그럼 언제나 더럽혀지지 않는 사람이 되리라. 더럽혀지지 않는 것이 바른 목숨엔 무엇보단 먼저 중요한 일이다. 너희들을 가르쳐서 믿고 가는 것이니, 아난다야, 우리 고향 나라 카필라바스투 사람들을 다 우리같이 만들어서 망한 걸 다시 회복게 해내라. 내 생전엔 아무래도 인연이 안 닿아 못 그랬지만 거기 사람들이 다 우리 뜻같이 된다면 망할래야 망할 길도 없을 것이다. 아난다야. 나는 인제 좀 쉬겠으니 나를 잠깐 혼자 있게 해라.

(아난다와 춘다 부부, 여전한 흐느낌 속에서 몇 걸음씩 물러앉아 점점 어두워 오는 하늘을 보기 시작한다.)

우파바나 (혼자 부처님이 누워 있는 곁으로 와 바싹 다가앉으며) 부처님. 제가 무엇 도와 드릴 게 없을는지요? 맑은 샘물이라도 좀 떠다 바치오리까?

석가모니 (옛비슥이 옆으로 누운 그대로, 눈만 잠시 돌려 우파바나를 어렴풋이 보며) 맑은 샘물? 너는 먹고 마시는 것 중에선 참 좋은 걸 아는구나. 그렇지만 나는 아까 여기 올 때 딴 곳에서 그걸 벌써 마시고 왔어. 좋은 것일수록 아껴서 마셔야지. 우파바나야. 내가 가끔 말해 온 것처럼 이 세상에 나서 지금까지 내 마음으론 나는 사실은 아무것도 먹지도 마시지도 않았다. 우파바나야. 지금 나는 내 돌아가신 아버지 슈도다나 왕의 넋이나, 내 어머니의 넋이나 또 다른 넋이나 그런 귀신들하고 좀 이야기를 나누어 보고 싶다. 내 제자, 네 정情이 거기 막고 있으면 귀신들이 못 온다고 수군거리니, 너도 잠깐 거기를 비켜 조용히 앉아 쉬고 있거라.

(우파바나, 멀찌감치 비켜 가 앉는다. 뒤이어 이미 어두운 하늘의 사방에서 석가모니 부처님을 향해 쏠려 오는 여러 줄기의 푸른 광선들. 그 광선들 속에 석가모니 정좌한다. 잠시 침묵 뒤 좌측 출입구에서 백발의 수도사 수바드라, 큰 소리로 석가모니 부처님을 부르며 등장한다.)

수바드라　석가모니 부처님! 석가모니 부처님! 이 늙은 수도인을 가
　　　　없게 여기시어 영생의 길을 가르쳐 주옵시오! 인연이 인제
　　　　야 겨우 닿아 부처님께서 오늘 밤 열반하옵신다는 소문을
　　　　듣고 마지막 가르치심을 받으려고 달려왔습니다.

아난다　(일어서서 나가 수바드라의 앞을 가로막으며) 부처님께서는
　　　　지금 많이 아프십니다. 곧 이승의 몸을 떠나시려고 마음을
　　　　모으고 계시옵니다. 그러니 지금은 안 됩니다. 뒤에 보살
　　　　님들한테 물으십시오.

수바드라　(큰 소리로) 석가모니 부처님! 석가모니 부처님! 석가모니
　　　　부처님! 어디 계시옵니까? 저한테 마지막으로 죽지 않는
　　　　마음길을 가르쳐 주십시오. 죽음이 앞을 가려, 이 늙은 것
　　　　의 마음은 마음도 차마 아니올시다.

석가모니　아난다야. 그 사람을 물리치지 말고 내 곁으로 가까이 데
　　　　리고 오너라.

(하늘에서 쏟려 오던 여러 갈래의 빛, 비로소 사라진다.)

수바드라　(아난다에게 안내되어 부처님 앞에 와서 오체투지하고 아난다
　　　　와 나란히 앉으며) 부처님! 안 죽고 안 괴로운 마음의 길을
　　　　가르쳐 주옵시오. 눈앞에 점점 가까워지는 죽음이 이 늙은
　　　　것ㅡ수바드라를 짓눌러 가슴이 조일 뿐이옵니다.

석가모니　수바드라, 잘 들으시오. 아난다, 너도 잘 들어 두고, 여러

스님들도 잘들 들으시오. 어떤 목숨은 일곱 번 생겨났다 일곱 번 죽어서야, 겨우 안 죽고 살기만 해야 할 마음길을 이해하기도 하고, 어떤 목숨은 한 번 생겨났다 한 번 죽어 보곤 이해하기도 하고, 또 어떤 목숨은 한 번 생겨났다 죽으면서는 바로 그걸 알기도 하지만, 어떤 목숨은 한 번 생겨나 살면서 그 영생을 바로 환하게 불 보듯 깨우쳐 알아 버리지. 각기 그 사람들의 마음의 힘 나름이니, 쉽게 안 된다고 애탈 것도 없지. 언제던가, 내 제자 카샤파한테 내가 말하지 않더냐? "강물은 모두 바다로 흘러들어 간다"고…… 사람들과 하늘땅에 사는 모든 목숨의 강물들은 모두 진여眞如의 한 목숨 바다로 들어간다. 그러므로 이 진여를 잘 자각한 사람―부처님의 목숨은 한없이 영원한 것이다. 있는 것 가운데선 하늘이 제일 영원하듯이 부처님이 되면 그 목숨은 영원해……

수바드라 어떻게 마음을 가지면 그 진여의 목숨이 될 수 있는지요?

석가모니 있는 것, 없는 것을 가려서 따져 보아서는 안 돼……

수바드라 그다음에는요?

석가모니 빈틈이 없는 밝은 지혜로 온갖 괴로움의 이유를 밝혀, 없이해서, 참목숨의 빛을 찾고……

수바드라 다음에는요?

석가모니 거짓말 말고, 잘못된 말 말고…… 단 한 번도 그러지 말고……

수바드라　그러고 그다음엔요?

석가모니　그다음에는 하는 행동도 아까 말한 세 가지를 따라서 해내야지.

수바드라　또 그다음에는?

석가모니　그다음은 물론 바른 생활을 해야지. 별난 꼴 해 가지고 사람들을 속여 살지 말고, 자기 공을 내세워 살지 말고, 남의 길흉을 점치는 따위 짓거리로 살지도 말고, 제 잘났다고 호언장담하며 위세나 부려서 살려 하지 말고, "저기서는 재수가 좋았는데 여기서는 왜 이리 재수가 없나?" 가는 데마다 그러고 다니면서 이利끝이나 노려 살려 하지 말고……

수바드라　부처님! 제게 정신의 영생이 무엇에 두루 막혀 잘 보이지 않던 까닭을 알겠습니다. 그다음을 또 말씀해 주옵시오.

석가모니　그다음은 그렇지. 악의 싹이 나온 뒤에 허덕일 것 없이, 그 싹이 마음속에 나오기 전에, 이게 영 못 나오도록 노력해야 하고, 선한 싹이거든 또 나오기 전부터 이게 아주 썩 잘 나오게 늘 마음을 써야지.

수바드라　다음에는요? 부처님.

석가모니　응…… 잘못된 생각은 마음속에서 일어나기가 무섭게 늘 잘 버리고, 늘 바른길로 향상하도록 수행하며 정신을 모으고……

수바드라　또 더 좀 말씀해 주옵시오. 바작바작 애타던 제 마음에 부처님 말씀은 가뭄에 내리는 단비 같사옵니다.

석가모니 그럼 마음이 태평하게 되지. 마음은 언제고 산란해서는 못 쓰고, 태평해야만 영생은 마음눈에 보이는 거니까. 그런데 수바드라, 위에 내가 말한 여덟 가지 길을 지켜 한번 중노 룻을 해 볼 생각이오?

수바드라 예, 부처님. 지금 부처님 말씀으로, 제 마음은 가뭄에 내린 비에 새싹이 돋는 밭같이 되었습니다. 부처님, 저도 영구 히 부처님의 제자가 되오리다.

석가모니 참 장하다, 수바드라. (바른팔을 대중 쪽으로 펴서 손을 벌려 보이며) 거기 부전 스님은 가사 장삼을 일루 가져오너라. (그것들을 부전 스님이 가져오자 부처님은 손수 일어서서 그것 을 수바드라에게 입히고 나서) 참 장하고도 장하다. 수바드 라. 조끔만 더 늦었어도 너는 내 목소리를 들어보지 못했 을 것을…… (말끝을 다 맺지 못한 채, 석가모니 기막히는 듯 침묵 속에 꼿꼿이 먼 곳을 뚫어지게 보고 섰다가) 보인다! 저 기 영원의 빛나는 눈이, 내 영원한 눈이 보인다! (문득 주저 앉으며) 그런데 참말 허망한 것은 이 육체의 몸이구나! 생 겨난 자는 반드시 죽어야 하니…… 인제는 나도 고요한 데 들어갈 시간이 다 되었다. 부디 오래 견디고 향상하면서 내 제자들은 내 뒤를 이어 주기 바란다. 개인 사이에서나 나라 사이에서나 싸움이 못 일어나게 하고, 서로 아껴 살 게 하고, 이 세상 중생들 마음을 모두 좋은 한마음을 만들어라…… (앉은 채 조용히 숨을 거둔다.)

(긴 침묵, 사이, 하늘의 빛 쏟려 와서 석가모니를 거듭거듭 비춘다. 제자들의 흐느끼는 소리와 아! 소리치는 감탄의 소리 속에 막이 내린다.)

미당 서정주 전집 18

1판 1쇄 인쇄 2017년 7월 14일
1판 1쇄 발행 2017년 7월 21일

지은이 · 서정주
간행위원 · 이남호 이경철 윤재웅 전옥란 최현식
펴낸이 · 주연선

책임 편집 · 심하은
자료 조사 · 노홍주
표지 디자인 · 민진기 본문 디자인 · 권예진

(주)은행나무
04035 서울특별시 마포구 양화로11길 54
전화 · 02)3143-0651~3 ㅣ 팩스 · 02)3143-0654
신고번호 · 제 1997-000168호(1997. 12. 12)
www.ehbook.co.kr
ehbook@ehbook.co.kr

잘못된 책은 바꿔드립니다.

ISBN 978-89-5660-583-8 04810
        978-89-5660-885-3 (전집 세트)
        978-89-5660-529-6 (소설 · 희곡 · 전기 · 번역 세트)